寫托邦

與

消失　咒

WRITOPIA AND THE SPELL
OF DISAPPEARANCE

潘　國靈

序一

極端生命的殘酷閱讀
——潘國靈和他的消失角色

洛楓

有沒有一個文學作品曾經讓你失眠、心悸、坐立不安而念茲在茲？然後迷失在文字的苦海不能自拔卻又無路可逃？法國文論家愛蓮．西蘇（Hélène Cixous）曾經引述卡夫卡（Kafka）的書信，論析「殘酷閱讀」的境況，一些作品彷若利刃一般插入心房，彷彿災劫、如同自殺，沒有給予任何甜美的快感，卻敲打腦袋致命一擊，情緒晃亂、思慮震動，片刻不能停止或靜止，然後重新發現了自己和生命的所在，祇有這樣的書才值閱讀（頁一七—一八）。說起來有點玄幻不可思議，閱讀是一個死亡和再生的過程，目的是讓我們醒悟於日常的慣性、沉冗與平庸，承受當頭棒喝，猛然驚醒於個體存在的形相及其卑微，這樣的書不容易尋找，這日子卻讓我碰到一本：潘國靈的首個長篇小說集《寫托邦與消失咒》，夜裡失眠的時空總會回閃那些片斷和字詞，明明那是一個基於現實的虛構世界，偏偏血肉相連，割不斷、理還亂，一切從「矛盾的悖論」（paradox）開始說起三個關鍵字：文本互涉、場所、書寫……

開放與私密：文本互涉

第一個關鍵字是「文本互涉」（intertextuality）。法國文論家茱莉亞・克莉斯蒂娃（Julia Kristeva）引用俄國理論家巴赫汀（Bakhtin）的觀點，結合法國羅蘭・巴特（Roland Barthes）有關「文本」（text）的闡釋，提出所有作品和言說都是一種文本互涉的存有，從縱向的歷史與橫向的社會、從作家的書寫到讀者的閱讀，都是無數文本的轉化和嵌入（頁三五—三七）。克莉斯蒂娃論述的是文學原理和語言學（儘管許多人誤以為修辭手法或文學技巧），潘國靈在這個認知的基礎上採用「後設」的策略，將「文本互涉」的情態轉換而成小說的構成，刻意大量的引用和鑲嵌幾達鋪天蓋地的程度，以「他者」（The Other）的話語浮出人物的性格、作者的言說，形成一個表面文本開放、內裡其實非常私密的書寫體系。是的，潘國靈在寫小說：《寫托邦與消失咒》有三個人物、兩段情感故事，作家遊幽為了創作關於「消失」的小說而自行失蹤，他的愛人悠悠四處尋找，為了進入他的創作生命而來到了「寫作療養院」，療養院的看守人余心一邊帶領悠悠遊逛不同的房間和角落，一邊勾畫處身的城市景觀，於是，幾條線索扣在不同視點的轉換，共同砌出一座沙城的社會鏡像與歷史命運，它的「潛文本」（subtext）就是「香港」！然而，潘國靈又不在寫小說：《寫托邦與消失咒》是一個「文本互涉」（intertextuality）的樓台或迷宮，層層疊起迂迴曲折的各式話語，通篇密佈古今中外的文學、哲學、心理學、繪畫、電影、神話、文學及文化理論的引述，包括波赫士、羅蘭．巴特、杜哈斯、吳爾芙、艾慕杜華、聖經、馬格列特、高達、米蘭．昆德拉、傅柯、西西、村上春樹、尼采、紅樓夢、王文興、尼金斯基、Ouroboros，Narcissus，Peter Pan……這些繁雜文本的穿插，是故事情節結成的部份，以很割裂的形式構成無法割裂的狀態，使《寫托邦與消失咒》變成了「文本萬花筒」，潘國靈把玩猶如七色玻璃的拼貼，旋轉幻變的流光！這樣的取捨，想像的原因有二：一是書中三個角色都是寫作人的身份，不能避免游弋於浩瀚的書海，二是作者本人除了文學創作外，同時也是一個文化評論人，文字一直穿梭於古今中外的論述；基於這兩個設定，我便有理由相信，小說的三個人物其實都是一個作者的分裂化身，何況潘國靈互涉的文本還包含自己過去的創作如《親密距離》、《無有紀年》、《靈魂獨舞》，甚至早期的《病忘書》與《傷城記》！基於第三個邏輯論辯，我更確定《寫托邦與消失咒》其實是作者本人一次自我迷失與尋找的啟蒙旅程！

異質空間：寫托邦與沙城

第二個關鍵字是「場所」（locale），事件發生的所在地。法國哲學家傅柯（Foucault）

在論及「駁雜地形學」（heterotopology）的時候指出，理解當代世界的方法是從「空間」出發，探討空間如何形成？空間與空間之間怎樣連結？建構了甚麼人際關係？其中更提出「異托邦」（heterotopias）的混雜形態，它是一種「異質空間」（heterogenous space），跟「烏托邦」（utopias）是鏡像關係——如果說「烏托邦」是一個無何有之鄉，不存在現實卻又處處反映現實的匱乏和欠缺，藉此美化「理想地」的追求，那麼，「異托邦」就是鏡子的對立面，帶有「他者」（Other）的屬性，照見自我的存而不在，I find myself absent from the place where I am（頁三五二），是鏡子的另一端，反照自我身處的真實所在，同時看見鏡中的自己及鏡面的存在，並在這虛擬的維度直視周遭的環境（頁三五二）；「異托邦」不是固定不變的，而是以迴異的形相分佈不同的角落，有些是禁地，有些是異類場域，像墓塚、監獄、精神病院、療養院、妓院、博物館、殖民地等等（頁三五三—五六）。《寫托邦與消失咒》滿是異質空間，其中互相對照的是「寫托邦」和「沙城」，前者類近一個虛構地方，後者便是香港的「變體」。潘國靈在小說開首的章節即描述「寫作療養院」之所在，是一個「應許地」、「中途站」，隱喻「烏托邦」的色彩，裡面住著自願前來的作家，服用維持寫作慾望的藥物「花勿狂」，是一處「不知實存還是虛構的『寫托邦』（writopia）國度」，不在水上、不在山中，在一個極限盡頭、一個失樂園，寫作人寄居其中，以「文字」作為建築材料，搭建自己的房子和堡壘，是俗世無處可逃、最後匿藏的洞穴或迷宮，四周是房間與牆的幽閉空間，最後成為終老的棲居地；所謂「沙城」，是小說故事發生的現實與現世場景，根據作者的地貌描寫，依稀可以辨認旺角、油麻地、將軍澳等香港區域，到處都是鋼筋水泥的建築、遊玩的樂園、購物商場、公共交通樞紐，同時也是主角遊幽和悠悠日常生活的家和「華麗安居」，生活破碎，人際關係疏離，大眾遵行起承轉合的生命歷程，從出生、長大、工作、賺錢、置業、結婚、養家、生兒育女到老死，溢出這些規條的容易被視為異類，行動講求效益、生活追求舒適，在父母、朋友、同事、伴侶，甚至敵人的人際網絡裡，織縫牢不可破的身份分配和責任，是男主角遊幽極力逃逸的地方，也是一座逐漸腐化、風化而消失的城市！

然而，另一方面，在我個人非常主觀的閱讀過程中，「寫托邦」與「沙城」還鬼魅地迴響了兩個經典的文學文本：西西的《浮城》與村上春樹的《世界末日與冷酷異境》，作者繼承前者的寓言結構，以「他鄉」說「故地」，將「香港」化成隱喻的載體，同時又借用了後者的「二元結構」或佈局，以一虛一實的空間或世界共同顯影香港的社會實況。無論「寫托邦」還是「沙城」，都是傅柯所言的「異質空間」：一，隱伏危機，所以主角遊幽失蹤了、許多歷史事物被消失了；二，個體行為異常，像遊幽的反抗世俗、世俗者的功利主義；三，充滿禁忌，像對「六四」、「23」等數字的敏感和忌諱，從而消滅；四，矛盾並置，像新與舊、傳統與現代、中與西、真實與類像、封閉與開放等等生活文化。從這些脈絡看來，潘國靈筆下的「寫托邦」和「沙城」其實也是一個鏡子的重像關係，彼此折射人處其中的欲求不滿與內外掙扎，以及生命的流離失所和自我放逐！

道成肉身：書寫與疾病

第三個關鍵字是「寫作」（writing），及其引發的疾病隱喻。西蘇認為「書寫」是一種爬落梯子底層的狀態，不斷下沉才能到達靈魂的深處、思想和感情的深度，尋覓並發見那些未可預知的領域，而且沉到底層必然轉身攀爬上去，這便是「昇華」的時候（頁五—六）；西蘇又說「寫作人」必須活於極端的生命之中（live at the extremity of life），承受常人不能承受的、才能超越常人不能超越的，以「我寫，故我在」來明證自己，因為「寫作」源於死亡與失去，失去至親、愛情，便以文字填補那些空洞和虛空，延續生命、克服恐懼、戰勝憂患和記錄傷痛（頁一〇—一一）！此外，「寫作」必須幽閉，在高牆和樓塔之間禁錮靈感的思緒，忘情也忘我的投入筆下的世界，讓自己方生方死、輪迴再生，然後成就也留下作品（頁二七—二八）。《寫托邦與消失咒》是一本關於「寫作」的論述，以「作家」作為人物切入書寫的世界，揭開各樣因寫作而來的心理、生理、社群或人際糾纏，例如不能依靠「寫作」維生和界定自我，寫作人如何尋找身份、堅持意向、抵抗外來壓力？「作家」到底是甚麼人種或物類？在現實種種捆綁、扭曲、異化和妥協的規範下，寫作人的「烏托邦」究竟在哪裡？假如為了堅守寫作的陣地而脫離世界、傷害愛人，作為基本的「人」又如何取捨？書中的遊幽夾縫於城市生活的瑣碎與寫作生命要求的專注，選擇了離群索居，再自我流徙，「以四海為家，以四圍為界」；失去了愛人的悠悠留守「寫作療養院」，立意要將遊幽的情話寫成傳記，作為「重新擁有他的一個方法」！就這樣潘國靈展開一幅一幅「寫作」的版圖：它是一種執念，用以對抗世界的氾濫與庸俗，也是一種不能抵抗的慾望和誘惑，彷若藥物帶來的幻境和快感；它是一種儀式、信仰、救贖、自我構成，是生命書寫的附魔狀態，甚至是病、是身體的一部份，寫作跟身體息息關聯、呼吸與共也禍福相連，既可療癒又可戕害！此外，寫作猶如「愛情」，充滿徒勞與塗抹，不是能愛便能獲得，不是失去便可以彌補，用盡力氣與花盡心思可能還是一無所有，但仍然能夠寫下，卻是唯一擁有對方的憑藉，很矛盾和解構，卻是書寫與愛情共有的本質！最後，寫作其實是一趟自我消失的旅程，在迷途中掉進懸崖或囚室，或迷失於網絡世界，以書寫善終！

隨著「寫作」而來的是「病」（illness），各樣身體、心理、精神和社會的病，及其種種藥物效應，像因失眠而服用的「白瓜子」（安眠藥）、因抑鬱症而來的胃酸倒流，還有癲癇症與痙攣、亢奮與疲憊、Depression與脾臟沉降，還有菸葉、大麻、罌粟、酒精、咖啡和迷幻藥，甚至「寫作病」，一種自閉、自疑、焦慮、驚恐的症狀，體力與心力透支的盡頭是人的解體，肉身最後消失。美國才女作家蘇珊・桑塔格（Susan Sontag）在《疾病的隱喻》（*Illness as Metaphor*）一書中說過，「疾病」通過身體言說，將精神和人性心理變成戲劇化的語言、一項自我表述，不同性格導致不同病理，於是疾病也宣示性情，另一方面，「流行病」是社會動亂的表徵，呈示宗教、道德與公共秩序的失衡（頁四四—五八）。《寫托邦與消失咒》呈現大量的「疾病」書寫，既聯繫個體的生理失調與生活壓力，也環扣社會、政治、經濟、人際關係的腐化和侵蝕結果，個體的病、群體的隱患、城市的不健全與病態，連成一線，牽一髮而動全身，而潘國靈筆下的沙城（或香港）充斥過度發展的消費與浪費、政治的壓抑與禁制、文化的稀薄和功利、社會的分歧和貧富不均、族群的決裂和孤絕等等積勞成疾的病變，而當這些人與城市的疾病變成絕症以後，便祗有消亡的終局，因此，在遊幽失蹤後也預示了「沙城」即將的殞滅！

潘國靈寫道：「他在，又不在。眼睛盯著前方，但又有一種渙散。渙散是於我而言，他其實在對焦另一個世界，或者可以說，生活在他方。」像這樣相反相成的「悖論」，貫穿了整個小說的核心與外圍，而當無數弧線重疊的時候，核心的外圍也是核心的內圍，於是，寫托邦與沙城，書寫與疾病，潘國靈跟他消失的角色，還有我這個讀者（同時也是一個作家的身份），都被捲入了複像與疊影之間：「真身與影子、後方與前方、演員與觀者、光與暗」（書中悠悠的敘述）！正如傅柯所言：I see myself where I am not，如果「文學」也是一面鏡子，它的殘酷就是照見了眾生的極端生命！

引用書目

Cixous, Hélène. "The School of Dead," *Three Steps on the Ladder of Writing*. New York: Columbia University Press, 1993, pp. 1-54.

Foucault, Michel. "Of Other Spaces: Utopias and Heterotopias," Neil Leach ed. *Rethinking Architecture: A Reader in Cultural Theory*. London & New York: Routledge, 1997, pp. 350-56.

Kristeva, Julia, "Word, Dialogue and Novel," *The Kristeva Reader*. Oxford: Basil Blackwell, 1990, pp. 34-73.

Sontag, Susan. *Illness As Metaphor and AIDS and Its Metaphors*. New York: Picador, 1990.

洛楓，詩人、文化評論人，香港大學文學士及哲學碩士，美國加州大學聖地牙哥校區比較文學博士，香港電台廣播節目《演藝風流》客席主持。著有詩集《飛天棺材》；小說集《末代童話》、《炭燒的城》；散文集《變臉幻書》；評論集《世紀末城市：香港的流行文化》、《盛世邊緣：香港電影的性別、特技與九七政治》、《情書光影：洛楓演藝評論集I》、《迷城舞影：洛楓影藝評論集II》等。

序二

開拓寫托邦與消失美學
——論潘國靈首部長篇《寫托邦與消失咒》

凌逾

香港知名作家潘國靈已寫了十四部書，又經N年醞釀，第一部長篇小說《寫托邦與消失咒》，終於在二〇一六年問世。扉頁有「作家消失、解咒、文字女巫、幽靈召喚」等字眼，開篇就營造出詭異神祕氛圍，讓人好奇，這到底是奇幻、偵探、魔幻小說？還是雌雄莫辨、難以歸類的小說？

一、自創：寫托邦、寫作療養院

為打造首部長篇，潘國靈度身訂做了一批新詞。一開幕，獨特意象就登場亮相：「寫托邦（Writopia）、寫作療養院」。然後，愛情故事出場：悠悠被情人丟棄，失魂落魄地來到療養院，想找回男子遊幽，而遇到了解救者余心。為尋回這消失了的作家，余心引導悠悠，寫下遊幽莫名出走的過程，以便了解事故的真相。追求安樂窩、世俗幸福的女子，無法理解在寫托邦療養院沉潛寫作的男子。只有同樣進入寫作世界的女子，才能明白作家的魂去了哪裡。

潘國靈不斷嘗試給自創新詞下定義。寫托邦恰似寫作療養院，裡面住著一群懷著寫作執念的人：病人們每天要服用一定劑量的藥物，「花勿狂」，既是解藥也是毒藥，每劑配方都不同，但均為文字書葉，書寫者按需要採摘啃食，以實現自我完成的循環系統。筆者梳理一下「寫托邦」的理論譜系[1]。烏托邦（Utopia），憧憬美好社會，中式有莊子的無可有之鄉，西式有柏拉圖、莫爾論述。今人讚新科技：米切爾認為，「伊托邦」（E-topia）從水井中心到水管中心，再進化到網路中心[2]；凱文．凱利說未來科技是「進托邦」（protopia）。但法蘭克福學派批判科技文化有末世論（eschatology）；安德魯．芬伯格認為，科技是歷史終結的元兇[3]，詛咒惡托邦（dystopia）時代；這源於對戰爭的反思，赫胥黎、奧威爾的反烏托邦憂思，《駭客任務》、《全面進化》、《魔鬼終結者》等科幻都憂慮智慧型機器人過度進化。傅柯創設「異托邦」（heterotopia），描述監獄、瘋人院等處於邊緣和交界，不同於烏托邦的空存。董啟章《地圖集》寫殖民地香港的異托邦，認為地球實體空間幾近研究殆盡，唯有 -topia 想像之地，尚有文藝置喙可能。二〇一六年初迪士尼電影《動物方城市》（zootopia），想像全新的動物烏托邦：肉食和草食動物和平共處，尊重多樣性和差異性，減少歧視和偏見。創客們日益喜歡創造「-topia」系列詞，大有「X托邦」情結。

潘國靈創設「寫托邦」王國，既烏托邦，也異托邦。這飄浮於沙城上的一方淨土，遠離人類，既開放又排斥、既打開又關閉，將本不能並存的幾個空間並置，不是幻想的而是補償的異托邦，既在此又在彼的鏡子烏托邦，內裡又有歷史堆疊的時間異托邦，即異托時，如博物館、圖書館，共時和歷時的異托邦共存。寫托邦恰似「異次元空間、多維空間」，次元即維度，一維線性、二維平面，三維立體，四維則超越了空間概念。寫托邦，也許不在三維空間，而立身於五維、六維等高維空間，存在於心靈、靈感空間，像靈魂的夢境，自由的天堂。

為什麼創設「寫托邦」新詞？寫小說的人寫小說，自曝虛構過程，這是西式後設小說。但《寫托邦與消失咒》既曝露作家寫小說的過程，也省思寫作本身，寫透創作病症的林林總總，彷彿寫作病理學專著。書寫者們在紙上搭建文字堡壘，我寫，我寫，寫進去，三重血

1 凌逾，《跨媒介香港》（北京：社會科學文獻，二〇一五），頁一八一—九五。

2 威廉・J・米切爾（William J. Mitchell），吳啟迪等譯，《伊托邦：數字時代的城市生活》（*E-topia: "Urban Life, Jim-But Not As We Know It"*）（上海：上海科技教育，二〇〇一）。

3 Andrew Feenberg, *Alternative Modernity: The Technical Turn in Philosophy and Social Theory* (Berkeley: University of California Press, 1995), p. 41.

淚；長年迷失在書屋和圖書館，在搬書勞苦中體驗生活；深知唯有書本，能把自己帶到應許地；陷入寫作的無限迴圈，像堂吉訶德，與自我的風車作戰。《寫托邦與消失咒》書葉以淚澆灌，書脊以血灌注，書寫者唯一的存在之高處在深淵，這深淵無法以「尺、米」記，只能以「尋」記，尋不完、沉不完。可謂一把辛酸淚，兩袖空空風。

二、迷宮文學：人際層次的多重鏡像、傳統與世界的知識迷宮

迷宮本指門戶道路複雜難辨，也比喻充滿奧祕不易探討的領域。全球善造迷宮文學的高手，有波赫士、卡爾維諾、納博科夫、普魯斯特等，搭建時間的迷宮、敘事的迷宮、自我的迷宮、記憶的迷宮……書寫本義隱匿纏繞，費人思量。潘國靈創設迷宮編碼，讀者破解編碼，發現新書的隱藏密碼，如何滲透出香港性、本土性、傳統化與世界性因素，也很有趣。

構築人物層次的多重敘事迷宮。全書開篇不久就直白以告，人名創設的緣由：「青青子衿，悠悠我心」，因有悠悠，而有余心，在遠古詩經就有了塵世的約定。無名無姓，任我命名，是為文字最初的自由。悠悠和遊幽有同音之名，卻有不同的性別身份，分裂為兩半，彼此尋找。只有男作家寫透女巫，女巫寫透男作家，悟透性別的奧妙；只有我心，才能凝聚神魂。悠悠、遊幽、余心實際是三位一體，互為鏡像。當男女分身完美地凝合為雌雄同體，性別和解，才能尋回最強大的自我。就像卡爾維諾的《分成兩半的子爵》，子爵被劈成善惡兩

半，最終必須合體，才能成為完整的人。

搭建敘述者、人物與讀者的迷宮。不採取套盒結構法，而用旋轉木馬式輪軸轉法，讓三個人物各自吐露心聲，輪流登臺，好像話劇一般。三人都身兼多重化身：互為作家，又互為作家的筆下人物，又互為讀者；作者尋找人物，人物尋找作者，作者尋找讀者，種種苦情；他們結成一個個對子，複調對寫。後現代戲劇熱衷於實驗一人分飾多角，或是多人分飾一角。潘國靈的敘述者也不斷分身，從親歷者、旁觀者、中立者等角度傾訴，折射書寫者的所有悲喜。有時作家又兌換成書，書又兌換成作家，形成更撲朔迷離的關係。

再造香港本土文學迷宮，向前輩作家們致敬。潘國靈從西西的「我城、浮城」改寫起步，創設「沙城」書寫。二〇〇五年，向西西三十年前的《我城》致敬，寫〈我城零五〉之版本[4]，串燒西西筆下子民，另炒出新家族關係圖：阿果女友悠悠，朋友麥快樂，麥快樂嫲嫲為白髮阿娥；還向西西〈浮城誌異〉取經，也借馬格列特超現實畫作想像，讓愛寫的悠悠代筆寫文：「悠悠的浮沉之城、眼睛之城、烏鴉之城、口罩之城」。新書讓前作的人物裂變；且對烏鴉城、口罩城有更深的發揮：提及當年寫〈鴉咒〉，將自己完全寫進去，迷狂體驗如邪靈附身。新書乘上想像的飛氈，也向西西《飛氈》致敬。

4 香港藝術中心及kubrick合作"i-city Festival 2005"項目之《i－城志——我城05跨界創作》（香港：藝術中心及kubrick，二〇〇五）

召喚前期作品之魂靈。如新書寫及人與櫥窗模特人偶互動，與作家的兩篇前文互涉：一是小說集《靜人活物》的〈不動人偶〉；一是《存在之難》中的〈兩生花店〉。新書再次寫及死魂靈出版社，也出自《靜人活物》。潘國靈說被《去年在馬倫巴》的謎打動，謎無法破解，如人生[5]，也像其迷宮文學。

重構全球文化符碼，鑲嵌神話、傳說、小說、電影、戲劇等多元豐富元素，有高遠的世界情結。如寫月神娜娜（Nanna），抄寫女神妮莎巴（Nisaba）；對比歐洲的木偶劇與中國的皮影戲映照，為了寫囚徒與影子人；提及杜哈斯《寫作》的洞穴隱喻，為了寫洞穴放映會，洞穴癖。寫蛇頭咬著蛇尾的傳說，為了引出麥克．安迪的《說不完的故事》，小男孩闖入文字叢林，進入忘我境地，自我消失，故事不止。西西也寫過〈永不終止的大故事〉。活在河的第三岸的父親消失了，這是向巴西作家若昂．羅薩的短篇致敬。西西也引用過此作。人同此心，心同此理，有心人總能在全球人、歷史人中找到靈魂感應對象，心有靈犀一點通。

創世紀的寫托邦。這本新書其實意在創建體系，作為階段性的寫作系統整合，這部集大成之作建立書寫者的寫托邦，視野宏闊。董啟章的《貝貝的文字冒險：植物咒語的奧祕》，自創少兒文學的創意寫作教材，小女孩咒語附身，必須寫作闖關，才能逃離困境。此書也像創意寫作小說教材：余心帶著悠悠，逛遊寫作遊樂場，讓其感悟寫作的祕笈，在文字中找回消失的情人，體驗寫作之痛。劉以鬯《酒徒》是對寫作進行酒徒式反觀凝思；潘國靈《寫托邦與消失咒》是對寫作進行失魂式招魂苦思。

三、暗黑的基因：消失的咒語

《寫托邦與消失咒》所憂思的，首先是對書寫的寫性體悟，其次是對沙城的城性界定，深層是對未來的憂慮。作家吹響了負能量詞彙集結號，從章節標題到具體文本，塗抹了大量的灰色，種下了暗黑的基因，描繪憂思：孤讀者、離鄉者、憂鬱者、失焦者、失神者、無適度者、書墓園、災難界、已死區、回收筒、自照湖、埋葬場……人到中年的迷茫，極致的寫作體驗，陰森的寫作文風，讓人印象深刻。潘國靈讀卡夫卡感悟到，創意在陰溝、沼澤中滋生，正常，與文學無親，這也是藝術之難。在寒冰文風影響下，敘述者形象多變易變。

文學語言的執念者。這些人額上都有W印痕，這些文字問米婆、被閃電擊中的人，學徒階段多做抄寫員：把白粉牆當作塗鴉牆，從客廳到門再到塗鴉牆，從個人空間轉向公共空間，一步步略有成就；漸漸成為夜寫者，夜鶯族，受貓頭鷹智慧女神眷顧的人，像魯迅，張愛玲等。西西作品透光度高；潘國靈作品透夜度高，新書在班雅明城市蕩遊者基礎上，拓展書寫城市的夜遊者。

沙城空間的敏感症者。全書不僅描畫沙城外的空間：療養院、靜默迴廊、招魂屋、沙中城堡；也描畫沙城都市景觀：置身於周圍飆升的鉛筆高樓，沙城唐樓變成小矮人王國；住在

---

5 潘國靈，《七個封印》（香港：中華書局（香港）有限公司，二〇一五），頁九〇。

華麗安居大廈的作家，卻要自行消失。身處其中，有築居師、離鄉者、回頭者。作家自己就是築居師，搭建語言的房子。筆者曾論述過西西《我的喬治亞》示範文學建築師的風采，搭小說如搭房子。潘國靈寫築居師自創文字迷宮，卻連建築的空殼都寫沒了。

消失人與消失美學。筆者曾論過，潘國靈創造了「蘋果、手機符號學、壓縮人、數字人、貧淚人」等新美學[6]。如今新書又創造「寫托邦、消失人、消失美學」等物事。作家消失，不僅是大隱隱於市那麼簡單，消失四處蔓延。呈現作家思想來源；建造消失角色收容所；想像消失的十二種可能。書寫者經歷出走記，遍遊雕像界、災難界、書墓園、已死區、回收筒、自照湖、埋葬場，就像《過於喧囂的孤獨》的廢紙收購站老打包工，獨白其三十五年感受，控訴對踐踏人類文化的愚蠢暴行。書籍被棄，就像書寫者。讀者死了，因為人人都成為寫手，卻不願成為讀者，讀者稀缺，喪失了閱讀能力。書沒人讀，變成棄嬰。古往今來，消失咒陰魂不散。潘國靈創造「消失的作家」，像羅薩的「活在彼岸的男人」，卡爾維諾的「樹上的男爵」，童話「穿紅舞鞋的女人」，都讓人過目不忘。

此書結尾也貫穿消失美學。寫作者被安排到沙中城堡，靜思寫作，想寫「出沙城記」者，以為自己走了很遠，但卻仍在沙城之內。就像《天工開物．栩栩如真》寫現實與虛構雙聲道的難以打通，或然與實然世界的難以通約，《寫托邦與消失咒》寫生活與愛情的難以相容，深思消失的可能性，與實然性周旋拉鋸，鋪陳敘事。追尋沒有結局，因生活與小說有邊界，文字與愛情也有界線，將兩者消融雖是境界，但也危險，女子陷入悖論，無法解救。到最後，所有的人物、追尋的情節、寫作本身都消失了，這造就了懸念的保鮮術，懸念永不終止……

不同的作品，賜予人的力道是不一樣的：有些善講故事，善寫當下；有些有歷史的穿透力；有些善於頓悟，哲思；有些如沐春風；有些疾風驟雨。《寫托邦與消失咒》不是傷痕、反思、尋根、新寫實文學，而是苦吟、沙城、消失派文學，獨創「寫托邦、暗黑美、消失人、消失咒」等新美學。但此書本身卻絕不會消失，而會激發人產生評說、解釋的慾望。作家直面寫作的魔咒，以自身精采的創作，開拓「寫托邦」的創世紀文學，成功實現了解咒，獨一無二。該書乍看像言情、偵探、魔法小說，但實際卻不是讓人欲罷不能的通俗小說，而是讓人痛苦的小說，進入它，就像跌入了無法測底的思想深淵，難解的困境、人生的兩難、深刻的問題，像錐子一般刺痛著你，逼迫你思考不已。這痛並快樂著的書，昇華出哲學的韻味。

凌逾，華南師範大學文學院教授。著有《跨媒介香港》、《跨媒介：港台敘事作品選讀》、《跨媒介敘事：論西西小說新生態》。

6 凌逾，〈開闢新時代符號創意：潘國靈小說論〉，《香港作家》二〇一五年七月號。

目次

第三章【消失咒】Disappearance as Character

一個作家消失了
一場漫長的解咒
一個文字女巫的生成
一段幽靈的召喚
一趟消失的旅程

第一章

【寫托邦】

寫作療養院

我在寫作的療養院中度過了若許年。

期間，認識了不少院友，有的在這裡已住上百年了，有些新加入進來，各自有不同或共通的理由進來。他們有些是在外頭迷路，走著走著就走進來，覺得可以待下去，就一直留守下來，在外邊世界，他們也許被列入「失蹤人口」而不自知，然而這裡不是警察帶著巡邏警犬可以搜索得到的地方。這裡太過隱蔽，或者應該說，這裡的隱蔽性太過特殊，不是外邊世界所能輕易追蹤的。其中一些也不是慌失失誤闖進來的，而是在路上飄泊良久，一直在尋找他們心目中的「應許地」，他們在路上顛簸多時，距離各自的家鄉出發地越來越遠，幾乎就要客死路上，幾乎就要放棄了，「應許地」尋找不果，卻中途來了這所寫作療養院。他們有些，只把這裡當作一個中途站，休息一會再上路，一些進來之後，卻陷入深深的沉默之中，從此無法再寫，卻一直沒有離開。也有一些是被活捉進來的，進來的時候身體負傷著，或者精神已有點異常，好像隨時都有自毀的傾向，需要特別看護照料。有的留幾天就真的嚥下最後一口氣，終於得到永恆的安寧，療養院成了他們生命的墓地。有的帶著身心重傷，生命力異常頑強（還是折磨力異常強悍？），在療養院中活了很長很長的餘生。

每個來到這裡的人，都有不同的方式。他們不需要入場券，交入院手續費，出示醫生紙，甚麼也不要，他們進來了的時候，就已經進來。門口是一道會變形的門口，只對屬意的人開啟。你若看到它緊緊封閉，如一堵石牆無異，那即機遇未到，你若看到它半掩，那你要自己作出抉擇，進還是不進。它真正開啟時會變身一道窄門，如門縫漏出一隙曙光，尋找的人可以輕身穿過如駱駝穿過針口，這樣的事已經發生了許多許多年。

這個自身可以不斷變形、重組的寫作療養院，會給每一位院友提供最適合他們的空間。院友一般都是獨立幽居的，他們不慣與人交流，偶爾療養院會安排一些放風活動，院友可自行決定參加與否，一點群體生活還是需要的。但整的來說，大部分時候，每人都踏著自己的影子走路。

在寫作療養院中，他們每天都要服用一定劑量的藥物「**花勿狂**」（Pharmakon）。每人服用的「花勿狂」配方都不同，它不是可口可樂有特定的方程式配方，可以大批複製。事實上，世上沒有兩劑「花勿狂」的配方是完全一樣的。即使是同一個人，昨天服的藥劑，跟今天服的藥劑，跟明天服的藥劑也不一樣，唯獨它的最基本組成元素是一致的，這組成元素叫文字書葉，需要「書寫者」按照自己的追求、口味、喜好自行採摘。他們每天啃掉一片片書葉，吸取書葉中的營養，經消化、反芻、轉化，吐出一串串透明游絲，服之，不為飽腹，而為一種精神靈氣。那是一種自我完成的循環系統。

書寫的人

所有在寫作療養院中待著的人，都有一個寫的執念，他們來到此地是因為要寫作，他們各人想寫的東西都不同，而唯有把心目中要寫的東西寫出來，他們才有望被discharge（"discharge"不僅是「離院」，也是名副其實的dis-charge——充電的相反狀態）。進來的人不需要入場券，但出院的話則需要一份「出院書」，也就是他們在住院期間完成的作品。如果作品完成不了，他們一生都帶著一份虧欠的感覺，儘管他其實不欠任何人東西，也從來沒人宣稱是他們的債主。他們其實自身就是債主與債仔，另一種的自我分裂和自我循環。這些人中有些出了院又會再進來，因為他們完成了一個作品後又隨即將之捨棄，又往自己身上積累新的字債，必須離開喧囂的俗世找一張寧靜的書桌閉關修煉，也即是一再回到寫作療養中，儼如一個長期病患者般。但也有其中一些，回來的時候門不再向他們開啟，他們已經不再是病患者了。

這些懷著寫作執念的人，有人稱他們為「作家們」，但鑑於「作家」之名在外邊世界越發有氾濫也即空洞化、庸俗化的趨勢，這裡我們稱他們為「**書寫的人**」，你要是稱他們為「**書寫動物**」、「**書寫者**」、「**文字族**」、「**寫字兒**」也是可以的。在這裡，夢想、幻想、冥思與實錄、記述的邊界是十分模糊的，異國神遊與椅上神遊有時是同一狀態，也可以說，在文學國度，凡能構想的都是存在的，如果你找不到，只是在現實中找不到。

書寫族群

一切由流離失所開始。被放逐的命運是其開端。無論走到哪裡，都不會有一個他們感覺自在的家園。書寫者雖各為個體，但游離的他們，合起來也成一支流徙各地的書寫族群。這些生命離散者，彼此不認識彼此，但彼此又隱密中有所親緣，好像在他們額上烙了一個有待破解的蓋印W，像天生胎印又像因原罪太深而被縫在面皮上的刺青，榮譽與恥辱共存。他們各自在存在的荒漠上行走，孤獨是他們與生俱來的命運，但在冥冥中他們亦感到一種共生的聯繫，有一把時強時弱的聲音把他們召喚到一處不知實存還是虛構的「**寫托邦**」（Writopia）國度，這把聲音可能來自外在、高於他們的，也可能來自內在、不過是自我分裂的囈語和幻聽。

耶穌只以譬喻說道理，魔鬼也很會這一套。魔鬼的另一名字是折翼天使，他們墮落凡間，跌落於存在的高處。他們其中一些，在濁世中成為寫作的信徒，語言的囚徒，那受恩賜的，那受懲罰的，他們寧願膜拜九個繆斯的女神為偶像，也堅拒信奉一個單一的上帝。他們把隱喻的本領一一學過來，如天生本能，但他們不說導人向善的教訓。他們只說他們所真正看到的，並極度耽溺於美。他們的故事層出不窮，但既為族裔，也有著他們的生命密碼共通性。我將會把他們的殊異共生面相、處境、故事等，就我所知道的一一道出，如果你感興趣，不妨把他們當作這世上的一類瀕危生物般認識，因為世界的氣候越來越不利於他們的存在；他們無以人工複製如科學家拯救瀕臨絕種生物般，拯救他們於全然崩解的唯一之途，是寫出他們的故事。故事有續命，與死神對奕轉移其視線以延緩死期的作用，這是人類自古就知道的。但我不確定我能否有足夠力氣，說它一千零一夜，如果我中途力有不繼或命有不測，希望有後續的寫者替我接力。

被包圍的場所

那可能你會問，寫托邦到底在哪裡？問這問題的人我向你致禮，因為你不僅問「甚麼是文學」，還問「文學往哪裡找」這更加深問題，然而我同時也要向你致歉：這是不能直接言說的。如果你太刻意的找，我恐怕這會是無限延緩的路。一如所有的樂園（「寫托邦」也是一種樂園，即便是「失樂園」），其準確位置都必須有所隱藏，並與外邊世界有所隔絕，這樣才能確保居住其中的寫作者受到保護。它隱蔽、四周被包圍著，在未可知之所在。神祕性與神聖性不可分割。儘管世上的水上樂園和山中仙景傳說多的是，但我可以告訴你，寫托邦既不在水上，也不在山中。它也不在天邊，星星可以仰望，但畢竟太過遙遠。如果你必須問其所在，我唯一可告訴你的是：它在一個**極限盡頭**，但始終是與人類生活連結的一個地方。世俗的河流從上游流到這裡，但途中必然也有著天然的屏障，和人為的阻斷。來過這裡的人，離開後對它只有模糊的印象，除非他以真正的寫作折返，否則並無清晰指引路徑可依。它甚至缺乏固定不變的位置，「被包圍的場所」四圍立著圓錐形石堆，做為遷移時的標記。

這隱蔽的被包圍的被保護的場所，其在世位置我不能直說也無從說，但其地貌、景觀、人種我試圖給你呈現，事實上，這便是我最初來到此地的初衷，屬於我的寫作執念。現在也成了我這寫作療養院看守人的一份責任，看守人的職責之一，便是充當這裡的嚮導，尤其為新來者，也為始終懷有神遊異國夙願的人。他們本身也是半知情者或潛在知情者，否則便不會在這裡出現，也不可能留心聽我的話語。

悠悠我心

外邊世界每消失一個作家，我這裡就多一個成員。但最近走進來的一個女子，卻說自己不是一個作家，而是一個作家的情人。她情人自家中出走，本來這也不是太稀奇的事，但他出走的時間比她預計的長，前後總算起來，共有一千零一夜了。一千零一夜，我心想，這個女子說的可能也是心理時間，或文學隱喻；即使她說她本身不是一個作家，但能輕易穿越門縫走進來，應該是與寫作有點因緣的，即若她當下並不知道。

於是我問她：「你的作家情人在哪裡消失？又或者說，你最後一次在甚麼地方見過他？」

女子低著頭，皺皺眉頭說：「在家中。一夜醒來不見了。」（那你一定還在夢中。）「我沒想過一個人可以在家中消失的。嗯，其實也不，不完全是消失的，而是好像去了另一個世界，他在另一個世界的自我放逐旅程中，也間歇傳來微弱音訊。我就是仔細聆聽著這些文字音訊，摸著摸著找到這裡來的。說不定他也曾經路過於此。」

「這樣吧，你暫時在這裡留下來，我給你準備一個空間，好好把你尋索的心跡寫下來。寫作的召喚能力，暫時你也許未能領會，但試著吧，看機緣吧，看天分吧，說不定你才是一個真正寫作的人。」

我給她眼睛蒙上圍巾，囑引路人帶她到一個地下墓穴，她不會知道這是一個地下墓穴，一、二、三數三聲，她張開眼，將會看到一片熟悉的風景——她來自的沙城，沙城中一個高層樓宇的示範單位。

這個女子有一個很美麗的名字，叫悠悠。

（青青子衿，悠悠我心。）

因為她，就稱我的名字為余心吧。

在遠古詩經時我們就已經有了塵世的約定。

無名無姓，任我命名，是為文字最初的自由。

第二章

【招魂屋】

此處與彼處

悠悠

1. 一個作家消失了

一個作家消失了，你是毋需為此感到驚訝的。昨天的向日葵已經成灰，當有烏鴉飛過時，它已經死了，這是再正常不過的事。或者你還年輕，你不明白，但你問問你逐漸蒼老的父母可以得知。昨天的向日葵已經成灰，連花瓣都不落下一片。所以，你是毋需為我即將要說的故事感到驚訝的。況且他只是一個微不足道的作家，也許，連盛放都不曾有過。

這個消失了的作家叫遊幽。

他消失了，他突然消失了。像唐吉訶德偷偷離家出走奔向風車般消失了（我只是未能當上他的桑丘．潘薩）。像彼得潘樂極忘形地奔向無有鄉了（我只是未能當上他的雲迪）。我佇立於此岸，守著我並不知道會不會出現的天明（儘管實則是我在明他在暗）。

尋找失蹤的作家，警察局不是適當的地方。他在哪裡消失，我就在哪裡尋找，但這不是一個現世的迷失地帶。我的意思是，經我再三推敲和縮窄範圍，他可能消失在書本中，在創作中，在愛情中，在婚姻中，在自我中，在虛構中，在睡夢中，在死亡中，在小時候藏身的床下底、衣櫃裡、牆身後等象徵性延伸空間，但，絕不會是警察帶著警犬巡邏可及的地方。

我點上蠟燭，放在洋燭檯上。第一滴蠟淚已經落下了。它肯定不是長明的。洋燭檯上我放下了一本簿，這是遊幽離開我一千零一夜裡我寫下的一本紀念冊。現在蠟燭亮著，它是為你而點的，供你夜讀，如果你願意看。讀罷如果若有所思，若有所感，無論你是否認識遊幽本人，請翻到最後的弔唁頁，寫句話或簽個名字，我深信有一天，他一定會回來看的。

目前，它尚是空白的。

2. 很久以前他跟我說過一個神話

我要說的，不是甚麼離奇失蹤事件，如被拐帶、被綁架、被殺害、被活埋，或被人間蒸發。這樣的情節，請交給罪惡或偵探故事，或者政治反烏托邦小說也可（你知道，在極權國家，異見者常常是會「被失蹤」的）。不是這般不是這般，遊幽沒有仇口，也沒有黑幫人士點錯相，他生活的地方，到目前為止，還算得上是一個自由人權受到保障的地方。所以，一心只看推理懸疑小說的朋友，看到這裡你就可以離開了，世界上一定有著很多很多合你心意的作品，但這本不是。

我的故事要從一個神話開始（但這不是一個神話小說）。相傳人類最早都是生有一對小翅膀的半神人，小翅膀就像兩片白色羽毛插在背上，他們生活在地上，但如果一時喜歡，就會騰飛到一個「另邊世界」的地方——這片地方可以讓他們遠離世俗，甚至在那裡進食也是不需要的（自然也沒有排糞），他們在那裡只管思索；思索並不是痛苦的，而是人類嘗過但後來失落了的最高級的麻醉品。他們一邊在「另邊世界」徜徉一邊在思索生命，有說他們之所以懂得飛翔，根本就是從思索得來的力量，那兩片小翅膀只是裝飾品，又或是思索力量的顯示裝置——翅膀拍打得越快，表示思索的興奮度、專注度越高，一種將內在狀態具體呈現的外在化器官。這是人類跟其他鳥兒不同的地方，鳥兒的翅膀再美，本身始終是純工具性的，就是拍動乃為了飛翔，別無任何其他或更高的象徵性——如果有的話，也是人類自己添加的想像。但人類奇怪的是，他不僅生有一對翅膀，還生有一條尾巴，翅膀以天空為歸宿，而尾巴則首先是著地的，尾巴要觸到大地才感到踏實。因此，那在上或在外的「另邊世界」儘管可自出自入，但只能偶爾到訪，因為一旦過久地停留，尾巴就會生怨、發出投訴，以致如果主人忽略它的存在，它就會發起狠勁來，一抽一搐與翅膀鬥法，試圖把主人拉回屬於地上——一個叫做「這裡」的地方。人類永遠有兩股拉力在身上作用，一股向上，一股向下，但互不中和，而是永恆地徘徊於這裡／另邊、踏實／飛翔、勞動／沉思的兩極之間。這樣的狀態過了許多許多年。

後來的故事或者你也略有所聞。因為騰飛的慾望是無窮盡的，而麻醉的力量又是如此令人神迷，人類失去了「邊界」的意識，到訪的「另邊世界」越飛越高，以致終於不慎地接觸到了太陽——其實說是「接觸」也是不對的，因為不用接觸，在只消稍微接近太陽的範圍內溫度已高至足以把一切東西燒熔，結果就是這樣，人類的翅膀大力拍動時，首當其衝地燒著了，羽翼熔化，羽蠟掉到地上開出一片一片的大海汪洋。人類瞬間急促下墮，因為下墮的速度是那麼的高，若沒有尾巴的犧牲人們直掉落地面時就肯定會粉身碎骨（事實上這一「翅膀集體熔化」的大災難，也著實死了很多的人）。人類從高處摔落地上時，首先接觸地面的尾巴首當其衝，一根一根的碎掉，成了地上一塊一塊的石頭。自此，人類失去了飛翔的本領，也折斷了尾巴，人類只能活在地上，以雙腳代替尾巴牢牢地抓在地上，半神的特質與日俱失，以至後來幾乎就成了上古湮遙的模糊印象，連記憶也說不上來。這模糊印象只有在某些靈魂出神時刻或在夢境中才會瞬間折返，而飛翔，則成了人們永恆失落但永遠以各種其他方法企圖竟及實現的願望或慾望。

3. 說故事的時候我們躺在床上

以上那個故事，其實是遊幽告訴我的。我清楚記得，他一邊說著這故事時，一邊用手輕撫著我的身體，當時我伏臥在床，他的手順著我的後頸滑落肩膊再至後背，停到肩胛骨時，他說：「你看，所以每個人背部都有兩片凸起的肩胛骨，這本來就是半神人翅膀長出的地方，翅膀雖然沒有了，但肩胛骨隆起，好像每個人身上都有一個翅膀的古墓，永遠地紀念著它們。」「那難怪你的肩胛骨特別凸出，這是你身體最性感的地方。」我說。他的手繼續在我身上輕柔地滑行，滑過肩膊，來到鎖骨時，他說：「肩胛骨上面就是一節鎖骨，這名字真有意思，它永遠鎖著我們的肩胛骨，將它牢牢囚禁，也鎖著生之祕密似的。」「那我可以擁有開啟你鎖骨的門匙嗎？」我問。「那可是連我自己也遺失掉，不知放在何地，或者不曾有過的。」他的手又退回我的肩胛骨上打圈圈，好像直升機登陸在一個小山丘上，又像一隻輕柔的手在撫慰著一個久已封埋、不再淌血的傷口。他的手慢慢地退落到我的腰間，腰椎彎曲的地方好像一個盆地，他的手在這盆地上揉搓好像要悉心量度它的弧度，由於腰骨不時發出痛楚，我跟他說：「這弧度將隨年月與日俱增，一直凹陷進去，終至成為一片低谷。」他沒有答話，只是繼續以輕柔的手撫慰，以動作代替說話，好像在告訴我：「別說是低谷，就算人生來到一片深淵，我們也會一起挺過去。」我看這是一種憐香惜玉，但事實是當時他心裡想甚麼，我是不知曉的。我有時只是以自己的所思來詮釋他的所想，「我想他是這樣想的」

變成了「他這樣想」，以致偶爾將二者混同，再無法辨清了；我想反過來我之於他，應該也有不少這樣的時候。也許他在我的腰間停留太久了，其實我覺得很舒服，但我想起他在床上說的故事，於是我說：「就停在這弧彎嗎？不再繼續滑下去嗎？你猜我的尾龍骨有沒有長尾巴呢？」既叫尾龍骨，如果人類始祖真曾長有尾巴的話，那當然就是長在那裡。尾巴折斷，人的尾龍骨來到下身也彷彿戛然而止，好像一根樹枝被硬生截斷，爾後生出像美人魚的尾鰭，還是分岔成兩條走路的腿，也許最初還有點巧合的因素。他把手移到我的尾龍骨上，這次以食指和中指兩根指頭按下，我又感覺他好像在撫平著一個已掩埋千年、曾經傷重但現在已滴不出血的一個小傷口。

「我們的身體，與生俱來真是遍體鱗傷的。」他說。

沉默一會，他又回到他的神話故事中，他說：「尾巴與翅膀不咬弦，你猜會不會是翅膀故意飛近太陽，寧願自己熔化，也誓要把尾巴摔掉，同歸於盡？」「這樣的故事也太過壯烈了吧。」我說。「不可只有翅膀沒有尾巴，一是全有，一是全無，如果你可以重新選擇，你會選擇何者？」他問。全有或全無，我想他這問題本是認真的，但我正好撩動著他兩腿之間那器官，感受到它出現了預期的變化，我一時分了神，或者說滑入了色情的想像中，於是承接著他的問題，我頑皮地說了一句挑逗的話：「無論如何，我會選擇這條尾巴。」尾巴挺拔起來了，翅膀那壯烈犧牲原來沒有徹底成功，起碼在人類的一半——男人身上剩下了一截退化了但仍異常強橫，甚至會生出邪惡的命根；我撩撥著它，彈奏著它，它起來了。也許是我不對，我不應將認真的話戛然轉向另一方向，但相信我，大腦思慮機器有時也是要讓路予尾巴的肉體行動的。尾巴探進來，我跌進深淵。我關燈了。

4. 我想暫時離開這裡

這個小說的主角——遊幽——名副其實，是在「遊下」、「遊下」，恍恍惚惚間消失的。他也不是沒有預先向我提示過的，因為我是他生命中最親密也可能是唯一親密的人，他一天告訴我：「悠悠，我想暫時離開這裡，去寫一個積存在心中多年的小說了。」

我當時沒有問他：「你寫小說，怎麼一定要離開這裡呢？」在現實層面上，我明白他的話，在更深的層次上，我更明白他指的「這裡」，不僅就是「這裡」——這一個城市，這一個街區，這一個住屋，這一個房間，這一張沙發，這一張書桌，這一張椅子。我隱約瞭解，「這裡」包括著一些更抽象，更象徵性的東西。

「我想暫時離開這裡」——我身邊其實也不乏朋友偶爾向我說出這話。當然，他們的表述方式有點不同，像昨天，跟了我幾年的得力助手飛向我申請放一個長假時就說：「我想行開一下。」說時好像有點膽怯，但又不無理直氣壯。我想到面前這個自大學畢業就在我出版社中消磨青春的小妮子，的確也有很長時間沒休息了，她見我的時間一定比見家人還多，我一直以為她是工作狂，但想來，「工作狂」也許並不是她自己的選擇。

「行開一下」，就是暫且逃離原來生活的地方，以肉身的地理轉移，到另外的一片地方，暫停原來的作息循環軌跡，給密封的圈套撕出一個缺口，好呼吸一下新鮮空氣（儘管那另外地方的空氣並不一定清新，但這裡說的「新鮮」明顯是一個隱喻），俗語又有所謂：「吊頸都要抖下氣」。「這裡」——是一個令人有吊頸感覺的地方（當然這也只是一種比喻修辭，因為真正的「吊頸」就不用考慮抖氣了），我抖夠了氣，就會回來繼續「吊頸」。「這裡」，不特指任何一個地方，「我想暫時離開這裡」這話，在任何地方的人都會說，「這裡」，就是自家生活的地方，這裡有他們的家，有他們的工作場，以及一切一切因世俗生活而生的煩惱瑣事；他們從中得到生存的理由與動力，同時亦肩負著生活勞累的擔子、消磨人心的庸碌、蠶食意志的徒勞。他們當中極少數人，可能也會在裡頭找到存在的意義——但通常他們不想這些也不提這些，因為，「存在的意義」——也習慣被打發到「另邊的世界」，而不在「這裡」的。

聽到她說「行開一下」，我竟然一時走神，思索起這句話來，又或者思索不過是思念的一種轉移。你明明想起一個人來，但因為思念不在之物有時是難以承受的（尤其思念不利於白天的工作），把思念的人轉移為一個無特定對象的普遍思考，也是一種折衷緩解的方法。當然，如果可以，完全不想會更俐落。但這是我所做不到的。不是面前小妮子開口打斷我的思緒，也許我的靈魂還會在消失的境界多飄留一陣子。

「人生苦短。」

「那你玩得開心些。」

「青春很快走完。」

「不要跟比你年長的人說這話，會hurt的。」

5. 另邊世界的替代品

當我們偶爾思及或感喟，生之由來生之歸宿，存在到底有何意義，哪怕只是一個閃念，我們已瞬間從「這裡」離開，到了另一片地方，這樣的經驗應該每個人都有過，雖然大部分人都是瞬間往返——一秒、兩秒、三秒，稍作停留（也許連停留也說不上），跟著又回到現實。只有眼前的現實是逼近的，以至它是如此盤據心頭，人們隨著成長陷入現實的雙足越深，飛往「另邊世界」的翅膀越發萎縮，到最後甚至壓根兒忘記這「另邊世界」的存在。

也許亦不是完全忘記的。因為人類以自身的造化，製造了許多「另邊世界」的替代品。譬如電影夢工場，譬如米奇老鼠樂園，譬如羅馬圓拱頂或者哥德式尖柱狀的教堂、迴廊狀讓人在其中繞圈沉思的修道院、中式簷角瓦片有著高大佛像的廟宇、埃及恍若可以召喚邪靈的尖碑、玫瑰經的經文、敲木魚的聲音、禱告的喃喃囈語、冥想打坐禪修、十八層地獄、哈迪斯的冥府、各式朝聖的旅行團、神聖莊嚴的慶典儀式、偶像的崇拜、酒精大麻與ＬＳＤ、完美愛情的幻象、電子屏幕虛擬真實網絡性愛角色扮演、各式偉大論述的修辭，以及種種實驗性但終究沒一個能夠實現的理想國構想等等。

這個「另邊世界」替代品的選項無法窮盡，但又彷彿不出一個預設的套餐。其中一些人，也可說是一些受祝福的人，是比較容易相信，而自動（跟自願很相近）成為信徒的。這些信徒的基本特質是：他們首先會問問題（所有信仰的開端都始於疑問），但不會把問題推得太遠太盡，如果問題是一根向外擲出的標槍，它投射的可能老早就被圈定於安全範圍之內，而標槍落地之處，便是答案之所在。事物因此倒轉過來：與其說問題最終山窮水盡地引發出答案，不如說問題本來就包含於答案之中——問問題只成了翻開已放在這裡的現成答案的一道開啟儀式。答案與其說是對原初問題的解答，不如說是以問答方式陳述、自我完成的一種生之安慰。

甚麼時候擲出的標槍是無定向，無從估計著落，無法圈定於預設答案的範圍之內的呢？就在於投問者本質上不是一個容易相信的人（是的，我知道，有些人已不相信「本質」這東西，但我仍是相信的），他問的動機完全是出於生之疑惑，一種原始的本能，甚至不以尋找答案為最終依歸。讓我們稱這種人為疑問者，天生疑問者並不故意拒絕答案（像那些專找碴兒你說東他偏說西「包拗頸」的人），而是不容易被現成答案滿足，不容易為世俗虛設的「另邊世界」替代方案所迷惑（因此他們比容易相信的人又是較不快樂的）；他們其實也希冀答案的慰藉，但如果他們感到答案中存在虛偽（是虛偽，不是虛構；虛構可以是真誠的，而虛偽不）的成分，他們會毫不猶豫（事實上也非如此不可）地把答案棄掉，寧願守著答案的缺席空靈，永恆地將自己懸擱於抱疑的狀態中。持續的懷疑本身就是一種無處著陸、自我放逐；懷疑者比堅決的否定者活得更難，因為否定者其實也有一個立場，以否定的對象為自身安放著陸的據點，在這種狀態上，他們其實跟信仰者是等同的。懷疑者跟世界一切物事都隔著一道距離。

親愛或不親愛的讀者：如果你像我一樣，愛上了一個持續對生命抱疑的疑問者遊幽，你會怎樣？可以預料，他遲早也是會把疑問帶到我們之間的。但我也必須指出，對生命持續自覺的不安惶然，我們不能簡單理解為一種對諸事總是不滿意的不成熟表現。如果遊幽的層次只屬後者，或者我會更容易地去愛他，因為你只需好像照料一個未成熟孩子那樣地愛護他便可以了。但不然，我儘管自身不是對生命持續抱疑的人，但我又有足夠智慧區別靈魂不安（disquiet）與人格不成熟（immaturity）的差異——也就是，如果我願意，基本上我頗能理解遊幽的內心。我不是他那種人，但我有能力親近他，明白他，我自以為。

一定程度上我是一個更傾向與世界和解的人，我不一定由衷地相信，但我會讓自己相信。如果我手上有標槍，我或者有能力把它擲出安全範圍之外，但我不會這樣做，我會暗中留一點力（但也許會擺出一副盡了力的姿勢），我希望事物都在自己的掌握之內。我願意與生命作暗暗的和解，我隱隱知道生命殘忍、黑暗面、靈魂墮落、廢墟碎片的性相，但我不會主動去召喚它，我會假裝不見（跟真正不見的人又終究是不同的），與生活私下簽署一份不無妥協的合約，以保生活的舒坦、平衡與安然。

或者我跟遊幽的開端本是接近的，但不知甚麼時候，我們各自往了兩個方向進發，於是在日後就成了兩個不同的人。生命的深度也許要通向荊棘之路方可抵達，但家中有舒服的沙發，我寧願安坐這裡。我不想生命那麼沉重，我想在生活中盡量找尋稱心如意的東西。是的，稱心如意，包括到米奇老鼠樂園與老鼠合照時條件反射地嘴巴啜一客「芝士」手指豎一個V字、參加親朋婚宴聽到如乳豬一般例牌的張學友《你的名字我的姓氏》或彭羚《小玩意》時一樣會讓自己感動一下、頸肩因工作勞累了買一張OTO或OSIM按摩椅舒緩一下就覺得好幸福（那幸福感包含我可以一次過付帳來買一張貴價椅）、一年難得取有薪假期到泰國芭提雅享受陽光海灘或馬爾代夫潛水應該不比到麥加朝聖或西藏朝拜廉價、發覺眼角跑出了魚尾紋一星期花三小時到美容院護膚應該不比花同樣時間在書店打書釘低俗吧（何況我已經沒有這長時間站立的體力了）。生活已經很勞累了；我明白我明白，很多這些東西都是消費社會提供給我們作心靈慰藉的替代品，但你何以要因我付高昂價錢只為享有維港海景作晚餐背景的行為而不快呢？你難道以為我真心相信維港夜晚的繁榮璀璨嗎？我只是一時高興，一時需要罷了。如果可以，我希望「從俗」，甚至就只停留在這俗世的層次，我不想生命太過複雜。或者說，我已過了細味複雜生命的年紀了。現在的我，更希望尋找稱心的生活，起碼是可以讓我在人生路上安然地走下去的基本心理平衡。

但你為甚麼還是有隱隱的不快呢？我明白，你是不可能完全融入我的人生的。因為我已下定決心把生命的場景打扮成一個舒服的客廳，裡頭有按摩椅自然也有一張大沙發；你偶爾在上面躺下你也感覺舒服，但要你長期安坐於大沙發中，我知道，於你必然如坐針氈。「舒服如同昏睡」，你好像曾經說過。我們的生命已經來到分歧的時候。我想人生從此幸幸福福簡簡單單地生活，這本是凡人共享的卑微願望，或者於你也曾經有過一絲絲誘惑，但我知道，時間的因素一旦侵入，如童話故事中所說——王子公主從此幸福愉快地生活下去；那「從此」二字就會令你生畏，「下去」就成了墮落。你不能承受長久地棲身於一片平滑空間，那是過於延長的休止符。天堂是美好的，但持續不斷的美好就成了驚怕。「沉悶一若天堂」，你也曾經說過。

因此我非常明白，你是不可能停棲，尤其是停棲於一個安樂窩（所以你也不曾有意識地建立過，一直試圖建立的，是單方面的我）。停棲意味著零的距離，從此投入於一種生活之中。距離的消失會把你的屬性瓦解。一種生活也會把你模稜兩可的特質消除。停棲是流動的相反。永恆的安逸與持續的懸空之間，後者看來更吸引你。射手座的你本質就是半人半馬吧，兩極擺動你方能提取生之力量。也是在若干年後，我終於明白你那晚躺在床上，給我說的有關翅膀與尾巴的故事。全有或全無，本來就是你給自己預留的選擇。要麼全，要麼無，沒有中間。所以我明白，無論如何，你終究是會走的（如果你不走而停下，你將成為另一個人）。沒有誰對誰錯，只是我們，並非如我們曾經想像的，天造地設的一對。或者其實情況恰恰如是，一個是「天造」的，一個是「地設」的。

夜寫者

余心

夜幕低垂，大部分人把這夜幕當成一張被子，抓下來蓋在舒適的床上。宇宙熄燈了，人們也把自家睡房的床頭燈關掉，配合白晝工作深夜作息的生活韻律時鐘，徐徐溜入夢鄉。但其中，有一部分少數者，偏偏在漆黑之際，才睜開他們白天的惺忪睡眼，一反常態地閃現出異常的光芒。說不出那光芒是反照自天上的星星還是月亮，它們與街上昏黃的街燈、豔麗的霓虹，共同為城市夜曲的舞台點亮著幽幽搖曳的燭光。世界的一半為白晝所管轄，一半為黑夜所主宰，前者聽命於理性光明的太陽神，後者服膺於變幻無常的月亮女神。太陽神與月亮女神各有自己效忠的軍旅，單論數字前者遠為龐大，他們包括日間在街上維持治安的警察、法庭上佩戴捲曲假髮的法官、教室裡傳授著翻來覆去的日課經的老師、公司裡各自嵌進龐大社會機器組件之一的上班族等，晨早的地車準時調好精準無比的後工業電子時鐘，將一廂廂或昂首挺胸或低頭瞌睡的上班族，運送他們抵達奉獻生命也從中支取意義或無意義的勞動場亦即生命場。日落西山的黃昏是太陽神與月亮女神的交接時刻，這時城中「薩梯」（satyr）區的酒吧人流開始多起來，上班族鬆開結在喉頭的領帶如解除纏綁在身上的繩索，或者純粹讓振奮神經的酒精更順暢地經過食道流入胃裡。夜間的幽靈混進晚上仍不願歸家的人群裡，地下秩序包括黑社會、晚間把自己當成賽車手的計程車或小巴司機、在街上把自己當成人肉招牌展示的企街女郎、在夜店中出賣各種慾望勾當的色欲者等等，連同在荒蕪之地或傳說之中在晚間出動的野狼、黑豹、浣熊、蝙蝠、貓頭鷹等，一同受高高掛在天空或圓或缺或隱或現的月亮磁場所牽動，直至凌晨三時晚間陰氣最重的時候，月亮女神才真的登上她夜間的廣寒宮寶座，俯瞰著晝伏夜出的人、巫或魔、半人或獸，所有夜行動物共同上演的一齣淒麗晚間劇場。

沙城若干年前我也是待過的。這裡，下午五時多，上班族下班時分，廟宇街排檔才開始一天的搭建，到了晚上，大光燈仍照亮著華山、塔羅、鳥卦等命理占卜攤檔，只是梨園優伶聲色俱佳的唱戲表演此情不再，只成落泊街頭的三三兩兩雜牌軍，荒腔走板，乏人問津。榕樹頭公園現在是無人講古了，傳教士和癮君子則仍然是有的。至凌晨時分，排檔又回復一天將盡的「拆骨」，從人間蒸發，好像甚麼都沒有發生。只有二十四小時通宵營業的便利店真的是「不眠」的，為晚間抵受不住寂寞或無家可歸者提供了一個暫借的歸宿。

給沙城發送生果的果欄一處，日間休息或閒來麻雀耍樂，到凌晨三時，就活躍起來，在城市人溜進夢鄉的時候，搬運工人赤膊上陣，汗珠滾過大剌剌的紋身，木頭車、手推車互相穿插，將一盒盒生果運上貨車，翌日人們醒來，各種生果已分發到城中不同角落的菜市場，人們看以為自然，鮮有人念想在果欄每晚上演的凌晨魔術時刻；而這樣的時刻，在沙城已風雨不改地進行了一世紀。

夜行動物中，有一種人，在別人熟睡如嬰的時候，他們才靈蛇出動。他們像晚間的樹木，在日間吐出大量氧氣後，晚間才活躍起來，大口大口的吸取林間的二氧化碳。有人在晚間打量櫥窗，隔著玻璃跟射燈照著的模特人偶喃喃訴說：「這麼多年了，歲月的刀痕不曾刮在你臉上，你美麗如昔」，櫥窗人偶忽然有了卜卜的心跳；街角的重逢故事千百年來發生不少，沒料到十年不見的「你」變了玻璃纖維硬膠狀，亭亭的立在我面前，親愛而又陌生的「你」還願意跟我在城中遊弋嗎？這樣的一篇櫥窗人偶「兩生花」故事，一個作者在反覆寫著，鍵盤聲穿透寂寥的樓層，永無完結。

在這晚間劇場的光暈中，其中一些夜行動物沒有同行作伴，他們形單影隻，鑽進自己的洞穴之中，這個洞穴可以隨他們所願移形換影，可能是他們陋室中的書房，可能是酒吧或咖啡店的一個角落，也可能是出走他城暫時寄居的旅館房間。他們低頭，默默重複一個畫符或草書的動作，一種叫寫作的勞動，可以給他們一個名字，叫「夜寫者」，其中有我。沒料到的是，悠悠來了不過七天，就成為「夜寫者」的其中一員，彷彿她本來就是一頭貓頭鷹的化身。我站在藍月亮谷上，瞥見悠悠默默低頭寫作的背影，散發著一股懾人的月亮寒光。

當我第一眼看見悠悠，我從她的額頭看到一個「W」的淺痕，雖然仍是瘖啞的，也許只有我一人發現，但時機到來，有朝一日它會自我揭曉，從淺痕變成烙印，鐫刻在皮膚上，成刺青，直刺進靈魂深處，並且發出光來。又或者，我看到的悠悠，令我想起年輕時的自己，追逐著一團泡影以之為執迷，自我困鎖卻越走越遠越走越遠，終至一片無人之境以之為涅槃，卻始終逃不出一個邊界叫現世。

睡房的共語

悠悠

1. 失眠的苦杯也向我遞來

我拿了五天假期，連著週末，恰好就有一個星期。七天，七天足夠上帝創造萬物，而七天，又足夠我做甚麼呢？「打工仔」除法定假期外還有有薪年假，對員工最「刻薄」的公司，一年就只有七天；我的公司比較好一點，十四天，還可以，如果不計平時日復日超時工作的話。累積的假如果一段時間沒放就會被報銷，以往我也計不清被撤銷了多少假期了，我以為我是獻身於工作的，曾幾何時也以為裡頭應該可以找到一點人生意義。

一般員工，一年難得能串聯一點紅假連續放上一星期或以上的假，都會找個地方旅行，說是「充充電」、「抖抖氣」。不用固定上班工作的你總是說，這其實是資本主義設下的牢不可破陷阱，所謂「休息」，也不過是為著休養生息、恢復元氣，以便以最好狀態重新投入工作，如此永無盡期的循環周期，直至退休年齡的鐘聲敲響其實也多是個人的資本主義價值跟體力生命力所剩無多之時。假期真的是「假」期（假借、假釋）。但遊幽，我們又可以怎樣呢？其實你自己也知道，資本主義是一個天羅地網，我們又可以怎樣呢？難道你以為寫作就可以對之稍作抗衡嗎？

我有了七天假期，但我不準備外遊。我窩在床上，我想睡上一個星期的覺。可以列入健力士嗎？不可以，因為身旁並無人作證。昏睡了三天三夜，第四天後竟然就無法入睡起來，是你的失眠隔空傳染了我嗎，還是因為我故意拿下了失眠的苦杯，禁不住往肚內的愁腸灌一口，以期睜開漆黑中閃爍如豹的雙眼，來進入多少個晚上你凝神細思而我壓根兒全無意識的睡房氛圍？

睡房，是休息的空間，但它也是最活躍的空間，床單的皺褶記下多少語言無法表達的纏綿繾綣，床褥的彈簧承受了多少我們合奏的身體律動與重壓？我們習慣在睡前有一段相處，有時是絮絮情話，有時不過是靜默無言，各自拿著各自的書本人們通常稱這段時光為“Bedtime reading”。這無言的時光每天只是很短暫的，如今想來竟覺得是人生難得的幸福。

我看一陣子便呼呼入睡，你試過一夜看下去直至天明。

後來你斷定數綿羊是切切實實人類一大騙局之後，你拒絕再在晚間進行毫無意義的無血腥殺戮。開始只是試試的，一粒白色小塊的藥丸，吞下去，有了點作用，慢慢就成了習慣，成了依賴。安眠藥有一種苦澀味，即使只是暫時在舌頭上停留滑過一瞬間，藥丸給清水沖進喉頭之前的剎那還是會在舌間釋放出一點苦澀的味道。這種安眠藥，俗稱「白瓜子」，基本上就是依靠藥物與唾液的混合而產生作用的。每天醒來，口是苦的，自此，一種苦味就在你每天睜開惺忪睡眼時迎接你。習慣了便沒有甚麼不妥，那淡淡的苦澀味，自此追隨你成為你人生的一部分，其實也是可以的。

你無法隨意調節你生命作息的時鐘，自小已經是這樣的了，日間的畫面不受控制地在腦內滾捲，卻非直線的，如果有人可以從這意識流之中找到任何規律，那大抵是物理學上最深奧的混沌理論。也有人教你，試把注意力集中於一點——不是一點道理而是真的是One Spot，讓這點飄浮於空中，慢慢飄高再飄高，這樣意識便會逐漸離開自己身體，在睡鄉中軟著陸。「那飄浮於空中的一點，不就是天上的月亮嗎？」月亮真的很美，美得叫你的注意力根本不能聚焦於一點，你閉著眼睛幾個月亮同時出現在你黑暗的視網膜天空裡。又是一個行不通的方法。

生命如何感受生命呢如果我不是一個失眠的人。但遊幽你莫非有意戲弄我了，自你離開後，我經歷了三十多年人生後，竟也間歇性地嘗到了失眠的滋味。或者我不能怨你，這完全是自我作踐的。你入睡的時候一片安寧但怎樣安寧也仍是一個有形體的東西，現在連零點零一分貝的呼吸聲也沒有了四呎半床盡是我的天地而我竟然也把綿羊數到一千萬了。打開梳妝櫃，櫃桶裡竟然就安放著你臨睡前必然打開的一瓶安眠藥，白色小粒忽然於我也有了召喚的魔力，有一把聲音叫我把瓶蓋旋開：「打開它吧，不然你怎麼知道那停留於喉頭的苦澀味是如何的呢？」旋開它吧，潘朵拉的盒子也許就是這般；讓邪惡、疾病、仇恨、痛苦都飛出來吧，只要我及時封起蓋子，希望就會存在的。掌心上放著一顆米粒般大的藥丸，中間有一條坑紋，依那條坑紋把藥丸掰成兩片，藥份跟藥力自會減半；我猶豫，因為一向你是全粒吞下的；另一隻手我握著一杯清水，很快我會知道，將清水與藥丸混和送進食道連同唾液吞下，是何種滋味的。

不消一刻，我滑入清醒與睡夢的邊緣，並非全醒，也非全醉，回憶竟然就在這朦朧混沌的邊界混進意識與無意識之間，說是回憶突襲，說來也不是沒有我全心的縱容的。

2. 有人在夜裡低怨

有人在夜裡自語：

我們躺在床上，一左，一右，中間隔著一堵牆。心之牆。

是甚麼東西把我們帶到這張雙人床上？我，明明是屬於單人床的。一定有甚麼東西搞錯了。一定。

要從雙人床上跳回單人床，竟耗去我半生的氣力。

我是怎麼會聽到低怨聲的，你不在我旁，難道正正是因為你不在我旁我才聽到的嗎？是你在我身旁發出的耳語還是你從不知名角落裡發來的千里傳音？是我自己的獨白還是跟你的對話？是你曾在某不快一夜遺失在枕邊無人傾訴的話語，不曾真正消散這刻由我回頭撿拾猶如腹語碎片，還是全都是我在孤獨暗黑中虛構出來的純粹幻語？於是我又記起了我們一段對話，好像不過發生在昨天又像是久經風霜的事了。

有人在夜裡對話：

——你看來很倦了。

——是嗎，你看得出來嗎？我還以為自己裝得很好。

——裝得到外表，裝不到裡面。

——裡面？裡面有甚麼東西？

——這個，我也不知。但總不會是真空吧。

——你可以給我一個擁抱嗎？

——剛才我們不就抱過了嗎？

——我的意思是，你來抱我，不是接我的抱。

——你叫我這樣，我又不想了。

——我不叫你，也不見得你會。

於是，我們就鬆開了。

——你可以給我一個吻嗎？

——剛才我們不就吻過了嗎？

——我的意思是，你來吻我，不是接我的吻。

——你叫我這樣，我又不想了。

——我不叫你，也不見得你會。

於是，我們就乾澀了。

——你可以給我說一句「我愛你」嗎？

——嗯，我不懂說。

——有甚麼難處嗎？

——我不是一個口甜舌滑的人。

——表達不就是口甜舌滑。難道你以表達為恥嗎？

——我不是這個意思。只是你叫的時候，我又不想說了。

——我不叫你，也不見得你會說。但你一直在聽我的情話。

——你總是會親口對我說。情話對你很容易說。

——你嘗到情話的甜蜜，卻又不願意回贈。

——又不是交換禮物。

——但我也需要蜜糖。或者，唯有以沉默雙向，你才感受得到對方的缺乏。

於是，我們就沉默了。

——我們認識多久了？

——忘記了。

——是真的忘記嗎？

——也不是，只是，還是不要驚動歲月，讓它靜悄悄走過吧。

——好的，那我們關燈吧。

——漆黑中時間顯得隱形。

——顯得隱形？這是甚麼的語法？

——這不是語法，這是感覺。

——是的，我明白。但你最好連鐘也關掉。

——好的，甚麼也關掉。

——我很倦了，晚安。

——我看不到，但我知道。晚安。

於是，我們就睡著了。

3. 單人床上的另一個我

醒來，夜裡的夢，有時殘留，更多的，在未張開眼睛前已經忘記。

「又造夢了嗎？」

「就是這個！只是夢醒時它已不翼而飛。」

「總是這樣的。很多人都不能抓著夢境。」

「但它反覆出現，而我反覆忘記。」

「既然你反覆忘記，你怎知它反覆出現呢？」

「我就是知，就好像一些東西，我看不到，但我知它在。」

「你是說鬼嗎？」

「不。」

「你是說愛嗎？」

「不。」

「你是說空氣嗎？」

「不。」

「你是說腦電波嗎？」

「不。」

「那你說的是甚麼？」

「我說的是，某個曾經是可能，但結果沒有成全的另一個我。」

「這是沒有意義的，遊幽。你知道，生命可以有太多無盡的假設。」

你說在夢中夢到一個不是現在的你的自己。外表跟你一模一樣，但不是現在的你。那不是現在的你甚至會在夢中跟現在的你（在夢中多數以隱形出現）說話，說的話在夢中很清晰，醒來即模糊一片，無可捕捉。唯一記得他的是，他睡的是單人床。

「單人床你以前也睡過。是回憶進入夢境吧。」

「不，我說的不是回到未來，或在夢中我返回了從前。我感覺到，在夢中他跟我是一樣年紀的，處於不同的維度。」

「你的意思是，有兩個平行的宇宙？」

「那是一個作了不同選擇的我。單人床不是過去式的，單人床是一種選擇，更確切地說，一種生命的隱喻。」

你這樣說令我情緒發作了。一切都是藉口，連夢境都是編織的。你是寫小說的人，你甚麼是真甚麼是虛構我如何分辨？你說一切都是真實的你無需編織理由。我說生命非此即彼，你選擇了雙人床單人床已經不屬於你。你問可不可以互相妥協，一星期就二、三天讓你完完全全一個人躲起來，躲起來你不做別的就只是寫作。我說遊幽你太貪心了生命沒有既此且彼的，你不能又要共處又要孤獨，一半於我跟零沒有分別，你一是完全留下一是完全離開，不存妥協。你沉默半晌，輕聲說：要麼全要麼無，孤獨與自由連成一線。

「你不愛我了嗎？」

「不是愛與不愛，我說的是生活方式。」

「我已經把自己瑟縮一角，不聲張了。」

「但你會咳嗽，你會行走，你會在我面前飄過。」

「但我是人呀。」

「問題正正就在這裡，我是不可能與人共住的。當我沉思的時候，連你的呼吸聲也會擾亂我。」

溫柔的時候你可以融化一個冰川，冷漠的時候你自身就成一座冰山了。我說，好的，遊幽，你喜歡怎樣就怎樣吧。

4. 且找一個罪名叫藥物效應

藥物效應。我會說，這一切都是藥物效應。鎮靜劑服下了令人失去冷靜安眠藥吞下了令人不得安眠。那百憂解呢吃下了一定就會加倍給百憂千愁纏擾。憂鬱是一種沉溺憂鬱症是一種解離。我原是一個快樂的人怎麼我會一步一步地步你後塵？你的消失到底施了甚麼魔法？

安眠藥吞下了那苦澀味真是久久不能消散，一個胃酸倒流苦澀味如潮湧般通過食道運河沖上喉頭灘岸。真是不可理喻製藥廠不是已經無所不能嗎它可以改變人的喜怒哀樂可以調控人的睡眠周期為甚麼就不可把苦味徹底消除？你告訴我，如果不苦，就即是買的是假藥了。你告訴我，也有人吃這種藥不為安眠，同一種藥，連服多粒作墊子，再服下咳嗽藥水，就可以令人「High High地」如服了興奮劑或者「搖頭丸」般，這個醫生向你提過我當然沒有試。明明是兩種狀態，睡眠與興奮怎麼會在同一藥丸身上連成一線呢，睡神或酒神如何串通勾連哪個可以告訴我？

我抬頭瞥見梳妝檯鏡子中的自己，你的影子疊在我的臉孔上，我猛然一驚，再看，不見了，只有一個女子披頭散髮，竊竊私語。遊幽，我們不可以這樣下去了。

美好的回憶影蹤縹緲撕裂的回憶卻活生生地在眼前上演，好一張歹毒的床褥，明天我就要把這張「蓆夢思」棄掉。那換了床褥那床單呢枕頭呢枕套呢，難道通通都換上新的嗎，不，不關它們的事，它們都只是死物。或者純粹是情景所致，如我這刻想及，遊幽，沒有你跟我道晚安，我怎麼可以安眠呢？原來一切理由，都及不上睡前一個真心的晚安。"Goodnight!"，然後獻上一吻，在嘴唇上，或在兩頰上，或在額頭上，有時幾個地方，都連接印上你淺淺的吻痕。每天有著的時候，只覺是一個生活習慣，甚至全然不覺，到如今你消失了，我才知悉，這簡單的、甚至無語言的睡前一吻，原來一直是每天生活的甘泉，滴在我荒蕪的心田上免它於乾枯龜裂。就只是欠一個晚安，好像孩子睡前欠了母親哄他入眠說的一個故事，孩子就瞪著雙眼，在床上輾轉反側不能入眠。這個孩子很乖，她沒有哭喊，她沒有大吵大鬧，企圖以討人厭煩的哭聲把她母親召回來，她學會了一種方法——自己給自己說起故事來；說故事者與聽故事者同於一人身上又分裂成兩個。

是呀，遊幽，以往睡前的世俗儀式原來是那麼的神聖莊嚴，事物的意義總是要待消失了才真正知曉。臨睡前我們一左一右拿著書閱讀，有時我要你唸唸書上的一些句子給我聽，就你手上的一本或我指定的一冊，如果是後者多數是我喜歡的詩集。或者詩歌也是一種音樂，我聽著詩句緩緩的進入耳畔，呼吸徐徐放輕，二人之間我總是比你先跌入夢鄉，在這方面我實在是比你幸福得多的一個。有時各看各的，也沒交談，但生活其實不用盡地以語言充斥，可以靠在床頭一起共讀，原來是這麼幸福安穩的時光。你說最近看書有點吃力可能開始有老花眼了在老花的度數上我們在同一的起跑線上嗎哪個會跑得快一點也即是誰是先跌倒的一個？眼前的玻璃鏡片越戴越厚那也是生命樹上的年輪嗎？人是不應該在衰微上比拚的，我們說好他日那個眼睛不行了那個就讀書給對方聽就好像晚年的沙特與西蒙波娃，我們說好一言為定儘管誰也不希望這天真會降臨。

5. 把梳妝檯當作書桌

從甚麼時候開始，你說不能與人共睡。最初，你把床頭的鬧鐘放進櫃桶裡。當白天的背景聲浪褪去，鬧鐘每一下的秒針跳動，在靜默中鑽進你的耳畔，自身就變成一分鐘六十下頻率的響鬧。繼而是我規則或不規則的呼吸聲、鼻鼾聲、以至偶爾開口喊出的夢話。一個不留神的轉身就輕易把你從睡眠的淺浮中拉出來。夜狼時分，最親密的人躺在身邊，都成了異己。我想，不能與人共睡，就好像不能與另一人的生命共舞似的。是這樣嗎，是這樣嗎？距離是甚麼時候出現的？是始於一道肉眼不能察覺的細微裂縫，還是頃刻斷開如山崩地裂。

樓上夜歸的女子回家脫掉一隻高跟鞋，另一隻一直沒掉在地上。隔壁有婆婆拿著針頭縫紉她老眼昏花她曾經靈巧的手在顫抖針頭掉落地上發出刀割的響聲。兩層樓上有小孩三更半夜對著牆壁打乒乓球，滴答滴答滴答……。底下一層有人在奮力敲打鍵盤，他每天尋找HAPPY卻總是走失了一個P自動變形成了HAPI不斷輸入成了的的的的的的……。

當感官無限放大，鼻鼾聲比手榴彈還要響亮，鬧鐘滴滴答答穿越了寂寥之夜每一聲都是相同的無限重複即為永劫回歸然而每一聲都是不一樣的因為每一聲都在跟你數算著生命。蝙蝠在晚間拍翼牠聽到凡人聽不到的音波，貓頭鷹睜著詭異但未知是否真有智慧的眼睛。日間覺得希望還在，夜晚就沮喪突然淪陷了；總有一半的時候見不到太陽，也有一半的時候見不到影子，生命合該如是，沒甚麼好抱怨的。繆斯女神不識人之節奏日間她躲起來到了深夜她要叩門就叩門，一旦她叩在你的心門上周公也無法把你多留一會。於是你又潛進夜裡的無人之靜，繼續敲打鍵盤。

但這刻離開睡床的是我。我坐在梳妝檯邊，把梳妝檯就地當成一張書桌。有甚麼所謂呢？一定要睡房睡覺書房看書客廳看電視書桌伏案飯桌吃飯梳妝檯化妝或卸妝嗎？沒所謂的，遊幽你教曉我，如果想的話可以將規律模糊化以至推倒的——如在白天做夢晚間做一隻貓頭鷹把頭顱一百八十度擰轉，上班的時候出神放假的時候潛心寫作將消逝的一點當作覆蓋有生之永恆而又將永恆當作永遠無可抵達的一點。於是，我從床上彈坐起來，在鍵盤上不停地敲打，把我這刻所可想及的都寫下來，寫下來就充實了同時感到非常空虛。

現在想來，莫非你的消失就是要逐漸把我變成另一個你，不然我怎麼會執筆寫起你來？而更準確地說，其實我寫的不是你，而是我反借你來寫出一個小說？一個讀者怎麼會變成一個小說作者的，我不知道，我只是有了寫作的脈動它驅動著我我開始瞭解你所說的進入狀態是怎麼一回事。就是這樣我把寫作構思從書房綿延到睡房，我把床頭燈關掉了但思慮機器卻自行運轉，它的開關掣究竟藏在靈魂何處我摸透全身了就是無法把它搜出來。我於是投降了，我起床又把床頭燈打開我坐下來坐在平日晚間搽防皺霜的梳妝檯，但我甚麼也沒有塗，而逕自對著發光螢幕如照鏡般讓它照透我的靈魂深處連同窗外的月亮寒光。

的的的的的……。印象中吞下的最後一口唾液是甘苦的。往口裡傾注白開水可以將苦味淡淡化開。假期最後一晚倦倒在床上前最後寫下的一段是：

我不是沙特，
而你也不是西蒙波娃。
我只是一個凡人，
但我企圖超越。
這預示了一切所可能有的悲哀。

孤讀者

余心

寫作療養院中有一幢七層高圓形塔樓，以前曾用作教學的，已荒廢頗久。一趟，我跟悠悠在院內散步的時候路經塔樓，她停住了腳步，注意力落在兩邊門的圓環門把上。圓環門把的標誌是兩條蛇蜷曲成圓，一深一淺，彼此咬著彼此的尾。她定睛看著，眼神好像被那煉金術幻象符號吸蝕著。

Ouroboros：蛇頭咬著蛇尾，自足成圓，其性近水，代表永恆的循環、周而復始。

悠悠說好像曾在某本書中看過這對蛇。於是我跟她說了一個永不終結的故事。

「從前有一個十一歲的男孩，名叫培斯提安，他母親死了，父親陷入悲傷中，醉酒終日，彼此關係疏離。回到學校，情況又是另一種不堪。他不時給同學欺凌，上課覺得沉悶常常遲到。一次，他在逃避同學追逐時，闖入了一家老書店，門前還掛著銅鈴的那一種。門一打開，銅鈴搖動，書店內只有老闆卡蘭得先生一人。卡蘭得是一個脾氣古怪的老頭子，他起先沒理會走進來的培斯提安，後來又跟他談起話來。正當此時，書店電話鈴聲響起，卡蘭得走到後房接聽，把先前一直拿在手裡的那本書放在椅子上。電話說了很久，培斯提安看著那本書的封面，無法把視線移開，彷彿那本書有一股奇怪的魔力，深深地吸引著他。他抗拒不了，好像受到甚麼誘惑似的，他拿起這本銅色絲綢的書來看，內頁沒甚麼圖片、雙色印刷，再仔細看一下封面，他發現有兩條蛇，一深一淺，互相咬住對方尾巴，構成一個橢圓形狀。橢圓形之內有個圖案，以纖巧繁複的花體字寫了一個書名：永不終結的故事。」

「那男孩不是打算把書偷走吧？」悠悠說。

「培斯提安凝視著書名，渾身忽熱忽冷。男孩生活雖然不甚了了，好像被世界遺棄似的，但他有一種特別的激情，他的激情就是看書。愛書的激情盤據了他，他當下決定，要不惜任何代價擁有眼前這本書——一個說不完的故事！電光火石間，他把書藏在外套裡面，雙手緊緊抱著，靜悄悄地溜出書店，然後快步狂奔。走了不知多久，他在自己就讀的學校停下來，找到一個巨大閣樓，同學上課時他就溜進閣樓，靠著透進閣樓的微弱自然光，全神貫注於那個永無終結的小說世界中，如此神迷，他有時甚至忘記飢餓的滋味、現實的不堪；他跟書中的精靈鬼怪之類展開了一段歷險，逐漸自己更化身為小說中的英雄。之後，就是這幻想國度的歷險，以及培斯提安於幻想國與現實世界往返之間的交替。」

「是的，我確定就是這書無二。其實，幻想與現實的界線如何劃分？」

「可能我缺乏童真，又不是男孩，不太能投入幻想國裡，那種由沼澤磷火、吃石頭族、小夜鬼、小人、孩童女王、人頭馬、綠皮族、樹皮巨人等構成的虛幻，反而頭兩章，就是我剛剛跟你說的部分，另一種『近於現實的奇幻』，我卻能深深體會和代入。」

「近於現實的『奇幻』，這如何理解呢？」

「『現實的奇幻』是，與其說培斯提安偷走了書，不如反過來說，是書偷走了培斯提安。當他在學校閣樓沉浸於書本時，那種狀態非比尋常，他完全忘記了身邊世界，就好像靈魂被書本攝走了一樣。一本銅色絲綢的書，他躲在學校閣樓一個密室由日至夜昏天暗地地看，他陷進了小說的幻想國度，由旁觀幻想國如何給空無侵蝕，至走入書本世界與書中角色相遇，至主動地創造故事發展。他以為時間過了很久很久，但原來他把整本書看畢再返回家中，也不過過了一天。但無論如何，他的確在某一時刻，完全地讓自己消失於書本的世界中。即使只是短暫，但在這些時刻，他真的完全從現實世界中撤走了，不再屬於它自然也不再受困於它。你說這不是一種神奇嗎？我們之中，有多少人真能讓自己完完全全的出神，忘乎所以？可以進入這種狀態，也是一種奇幻。」

「嗯，我曾經也認識一個這樣的人。」

我沒有告訴悠悠的是，面前她停駐著的那幢塔樓，閣樓裡真的住著一個「孤讀者」安安，或曰「被書偷走的人」。一個大雨天，十一歲的安安拿著一本書闖進院內，碰著那時候的看守人，看守人最後給了他一道蛇形護身符，護身符背面寫著：Do what you wish。看守人跟他說：「在這裡你喜歡待多久便多久，直至把你喜歡的故事看到盡頭。裡頭沒有時鐘，你將完全聽不到時鐘的滴答聲。你只需隨著書的步伐走，那是閱讀閣樓裡的唯一韻律。」為了讓他在閱讀中不受影響，看守人把塔樓上鎖，只通過鐵窗護欄給他補充乾糧。門鎖只有一把鑰匙，就是看守人送了給男孩的那道護身符。沒有人可以闖進去，也沒有人可以把他帶出來。

凡事都有盡頭，我不知道這世上，是否真有一本永無終結的書。

自噬自生蛇象徵整體、再生、不朽和輪迴，也許孤讀者的生命亦復如是。

書房的回憶

悠悠

1. 一聲不響你起行了

過了一段日子的起伏與消沉、高蹈與低飛，你終於起行了，踏上你的旅途。一聲不響地，不向任何人事先交代、不告知任何人旅程（其實你自己也不知道）、不向任何人道別（包括你的家人，至於朋友，你本來就不多），你只曾向我說過：「悠悠，我很想知道，一個人，一個現代人，是否真能把自己放置入完全『失聯』的境地？」突然對所有人不回不應，會招來怎樣的擔憂或是惡罵？你不願再想。或者並沒有人在乎。你不想再理。

我是世上的唯一例外。你仍會告訴我，以某種方法，你說。你仍然會寫，以文字作為生命最後的堡壘與防線。你會給我——世界上唯一尚有聯繫的人寫信，告訴我你在漫漫的自我放逐旅程中沿途看到的風光，儘管我不確定，你的音訊是否都能暢通無礙地抵達我這邊，我這邊的世界太繁瑣，總會把很多幽微的心音過濾掉而不為人知。

其實你一點兒也不知道這旅程是怎樣的，你憑意識驅使，想到哪裡就去哪裡，又或者說，你乘上了想像的飛氈，任由飛氈牽引你。如果一早知曉行程，有時間表、目的地，那就不是自我放逐了。但若說你完全被動，那又不是的，如何迷惘，你的意志所愛總是會暗暗牽引你的旅途，正如你一直所做著的。若說世上真有飛氈，它是隱形不見的話，一個人要是有心去感受它，它仍是可感可知的。同時你亦樂意聽命於偶然。

你說，你每次閉上眼睛，心中默念，一，二，三。張開眼睛，就是另一境地。我確信如是。只是希望，無論你飛到哪裡去，天堂與地獄，天涯或海角，千萬千萬，不要音訊全無。你要尋找，我阻不得你，不然你將枯萎，這罪名我擔當不了。我不想你對我有所怨懟。但你我之間，仍繫著一條風箏的線，即便纖弱如游絲，它終究是存在的。可以分離但不可以割捨。請謹記這份約定，你曾經親口對我說。

2.「請勿打擾」的隱形門牌

今天是週六，我甚麼地方都沒去，一個星期下來，我有點積累未清。週六比較好，真的覺得是假期，到了週日，過了黃昏，常常「星期一恐懼症」便會襲來，它有時甚至提早於下午出現。下午三、四時，外邊日頭仍然掛著，那一天，卻好像提早終結了。

你的書房我平時不多出入，尤其在你寫作的時候，輕聲拍門也可能會擾亂你的思緒。一刻前可能你還在覺得自己靈感飛躍，正要寫出一段美好的文字（有那麼幾個時刻你甚至可能覺得幾近與偉大相遇），我一叩門，你與一切擦肩而過，即時就墮落人間，變成最平凡以至最無能為力的人。我看在一旁，愛莫能助，愛者與不愛者都是我，好像我的拍門聲是一下敲在你身上的重擊，這樣的情況出現幾次後，我就知道，雖然你書房門口沒有像酒店房間般掛上「請勿騷擾」的牌子，但它其實一直卻是掛在你身上的。被我打亂思緒的你沒有情緒發作，你只是沉默不語，有一份深藏的懊惱，從你的愁眉我可以看到。有時我是出於一片好心想端一杯有益身體的夏枯草或者雞骨草或者石斛水或者花旗參進來的，或者一杯熱茶或是白開水也是好的，你已經關在書房中好幾小時沒喝水了。其實我也不怕，我要進來你是攔不了我的，只是如果你沒有陷入寫作狀態，多半時候你卻是陷入寫作的空白，你對牢著稿紙或者電腦螢幕隻字寫不出來；好在你不用舊式打字機，不然我怕打字機滾出的紙張通篇只有一個句子："All work and no play makes Jack a dull boy."不，不，其實我這樣說也是不對的，我不應簡單地稱寫作為"work"，這樣我是把自己的工作模式套進你的寫作行為了。「一個作家寫不了，就好像一個廢人似的。」你曾經自疑，自己從此寫不下去了，如果世界真有繆斯女神，她們給你的份額已經透支了，不再眷顧你了。尤其這個城市距離奧林匹斯山非常遙遠。

但多番的自疑，久不久你又熬出自己覺得尚可以至滿意的作品來，是以我開始認為，空白、自疑根本是你寫作的必然部分，以至是寫作儀式之一——它不是在寫作以外，它根本就包含於寫作之中。人們（我們稱之為讀者）在你書中看到的文字，只是被看得見的遺跡，其中不被看見的猶豫、不安、自疑，慢慢會蝕進你的靈魂深處，日積月累地改變著作為寫作者的你。寫作的病過檔到作家身上，在世界諸多奇難雜症的職業病中，我想，「寫作病」尚未被人充分認識、理解和關注。作為你的靈魂伴侶，我目睹這一切，默默記在心裡，假以時日，我應該是可以以你為案例，寫出一本這方面的病理學專著的。或者我現在寫著的，正好就是這些。

3. 消失於書本之中

在拂拭你書架上開始積厚的塵埃時，我突然記起你說過：「唯有書本才可把我們帶到應許地。」這話可也是出自某本書？你不曾告訴我，但肯定是你說的。言猶在耳，我百思卻想不起來，這句話當初是在甚麼情景下說出來的。是在書店一起打書釘時說嗎？是在某個生日你送我書本當作禮物時說嗎？是你在自己的作品中給我題字時寫下嗎？是你在我身旁夜讀，讀到精采處時情不自禁發出讚嘆嗎？這些情景都一一發生過，但我始終無法為以上那句話安放原位，彷彿它本來就是飄蕩於空氣中，無所歸屬的。如果這個時候你在我身旁，我一定就會向你求索，是的，以往我們對於共同經歷過的一些事件細節，當有遺忘破洞欲圖填充時，有時就會靠對方的回憶來修補、對證以至重構；當然，雙雙遺忘的情況，也是有過的，但總的來說，你對事情細節的記憶力比我強，有時甚至強至令我暗暗稱奇的地步。我不止一次這樣說：「也不知你的腦袋是甚麼構造的。」可惜如今你不在我身旁，「唯有書本才可把我們帶到應許地」這句話，獨有你的聲線，卻失去了畫面，或者盲人的記憶也是這樣的？

但關於書本的記憶，如今竟成了歲月的擺渡，把我帶回似水流年般屬於我們的過去。那你這句話不也在應驗了嗎？書本把我們帶到應許地，這個應許地，只容得下你一人孤身上路，還是可與我同行？

遊幽，你現在身在何地？我不知。到了哪個城市都一樣嗎？或者各有不同？忽然想起你跟我提過一本小說——德國作家麥克．安迪（Michael Ende）的《說不完的故事》。小說中，一個叫培斯提安的十一歲男孩，在逃避同學追逐戲弄時，不經意走進一間書店，不經意地拿起一本幻想小說來看，不看猶可，一看就不可收拾，把激情全神貫注進去，廢寢忘餐也因而稍可逃遁於不堪的現實。

或者你也鑽進書本的世界，走入一條通向應許地的道路，世上果真有應許地嗎？世上的幻想國在哪裡？你曾經說過，小時候，當父母在客廳爭執發生口角的時候，你便會把自己關在房中，把指頭按在耳瓣上權充天然的隔音屏，奈何再密不透風的耳孔也不堪擠壓過久時間，身體的孔洞不是那麼容易就可封埋的。後來（大概在十一歲嗎？），你無意中找到了一個方法，原來任雙耳不設防地大張大開，也是可把周遭聲音隔絕開來的——只要，手上有一本書，讓精神集中力投進其中，讓思緒潛進去，讓眼睛完全只依著文字的路徑行走目不轉睛，就可以走入另一個世界，剛才逼近的聲音消退了，眼前物事換了一番景象（有時是無形無狀無色界），當然，要讓自己完全迷失於書本中，不是所有書本都管用；除了受客觀環境和個人狀態影響外，書種也是一個不可忽略的因素——通常最有效的是有人物故事的長篇小說，原本只存活於紙上的角色反客為主地把自己拐走，無論他們帶你走進樂園、迷宮、地獄還是深淵，你一旦投入就心甘情願誓死追隨，你走過一頁又一頁的文字叢林，你好奇跟著下來是怎樣的，但越接近尾聲你越感覺不依而自覺或不自覺地把閱讀的速度放緩，但如能曲終其實也是一本書的光榮因為你由頭到尾地完成了它。

4. 我在打掃你的書房

一些書本散落在地，更多的直立在書架上各從其位，書脊仍堅挺挺的，不如人的脊梁歪曲變形而未知生之疲倦。我把書本打開來，如果裡頭有一條書蟲，這會是你的化身嗎遊幽？

不，不，我不相信移形換影這回事。我隨意挑一本或不隨意，有些是你喜愛的有些是我喜愛的，你曾經說過，走入一個人的家中，細心看看其書架可以窺見屋主性格、喜好一二，我對你的認識應該遠遠超過你的藏書，但如今，你的空置書房又成了一處我重新與你約會的樂園，沉浸於書本中也許我自身也稍可逃遁於不堪的現實。你的影子剎那晃過，好多次。我也讓自己聽命於偶然，隨手在書架上點一本書，想著它在召喚我，像你在隱密的遠方向我傳來呼喚。

閉上眼睛，心中默念，一，二，三。張開眼睛，就是另一境地。

作家杜哈斯的《寫作》。「身處一個洞穴之中，身處一個洞穴之底，身處幾乎完全的孤獨之中，這時，你會發現寫作會拯救你。」（杜哈斯，你喜愛的作家，你喜歡她的《廣島之戀》，何處是你的內維爾，遊幽？）何處是你的洞穴，一個現代人，還可以回到一個洞穴之底嗎？還是現代人才真真正正是柏拉圖所說的「穴居人」，終日拿著手機，對牢著如細胞不斷增生分裂的大小螢幕，從其上的顯影來認識世界，其實看著的一直是透過火籬笆映照在岩石洞壁上的幻象而不自知？不，也許連柏拉圖的「穴居人」也說不上，現今的電子螢幕中，連整全幻象也沒有，有的盡是脫離符號意義、無聊透頂的星光碎屑（今天我乾脆連手提電話也關掉了）。因為是這樣，你才逃離這裡你待了多時的洞穴，那個叫做家的洞穴嗎？

離開家的洞穴，你找到另一個藏身之所的洞嗎？你不需要向我報告行跡，你討厭一切的報告；「報告」二字將責任放得太大，你不是不覺得於我有責任，但你更希望一切是願意的。如果你告訴我，因為是你願意告訴我的，希冀與我分享的。你連在最少的事上都要感覺自由。

一，二，三。張開眼睛。又有一個你喜愛的作家羅蘭巴特說：「床（在白天）是馳騁想像的地方；桌子——不管你在那兒幹甚麼——使你重新回到現實。」床，從來於我也不是馳騁想像的地方，起碼在你離開之前，我在床上昏睡，我在床上讓靈魂的燈熄滅，一、二、三數三聲我就可以睡著，而你在我旁邊，隔著一個手掌也即是無比寬闊的距離，一直數綿羊數到無窮大直至晨光乍現。入睡的狀態決定了兩個人對世界的態度與命運，其中有個人意志所不能動搖的。但不相似也是好的，我們不需要愛一個跟自己完全相像的人。連自戀的對象都可能不是你自己（納睡斯愛著的是湖上自己的倒影，而不是他自己）。

今天是週六，大白天我可以賴在床上，但我不想，因為這會給我倦怠的感覺。我不喜歡睡午覺，睡午覺讓我覺得生活特別頹唐。桌子呢？我坐在你的桌椅上，木質的，你不喜歡現代辦公室流行的那種工作椅，有四個輪子在椅腳底的，滑來滑去其實甚麼地方也滑不去；皮質或者絨質，背墊或矮或高高的我們稱它作大班椅。你說喜歡木質的感覺，木質的椅木質的桌，你說木質給你一份踏實感，比較適於寫作。這刻，我坐在你的木椅上，椅子是生命的東西（我想起梵高的椅子，這時向日葵仍是燦爛的），空凳是令人傷感的，它在告訴著一個人的缺席。你曾經坐在木椅上可以由日出寫到日落，但隨著年月摧殘，你身體出現耗損，你的肩膊痛楚越加嚴重，一直落到兩邊的肩胛骨，起初間中發作，後來到每天工作了一陣子後發作，到後來，你每天張開眼睛它就第一時間歡迎你尚在人間因為痛楚如金剛圈般牢牢罩著你的頸項不容你把存在置於瞬間遺忘。

保住條頸定保住膊頭？保住膊頭定保住隻手？你曾經問我。其實你不是問我，你只是把這句子傳給我看，你每天都寫下許多生命片斷，幾乎是與生俱來便有如此稟賦；這些你只當作存在的印記你沒想過要發表，但遊幽，我這刻想，有天我會把你的生命片斷翻出來編成一本書，就叫它作《生命的片斷》或《靈魂不安》哪個你比較喜歡？

而我痛的是腰骨。但願不是坐骨神經。我認識一個朋友，坐骨神經，嚴重到一個地步，令一個本來非常能幹的人完全失去工作能力。最後他自殺了。

5. 未及圖書館，未若天堂

我不願想起朋友，我不欲想及自殺。於是，我隨意從書架中抽出一書（其實也不完全隨意，因為被你放在「世界文學」的當眼處）——博爾赫斯的，書中有一張十分優雅的作家照，作家把手托在下巴，長長捲曲的手指散開來好像一隻欲飛的翅膀。你在幾片書頁上摺了一角，摺角此刻好像一把鑰匙，我揭開一頁，讀到的是一首，〈關於天賜的詩〉：

上帝同時給我書籍和黑夜，這可真是一個絕妙的諷刺，
我這樣形容他的精心傑作，且莫當成是抱怨或者指斥。
他讓一雙失去光明的眼睛主宰起這卷冊浩繁的城池，
可是，這雙眼睛只能瀏覽那藏夢閣裡面的荒唐篇什，
算是曙光對其追尋的賞賜。
白晝徒然奉獻的無數典籍，
就像那些毀於亞歷山大的晦澀難懂的手稿一般玄祕。
有位國王傍著泉水和花園忍渴受饑，
那盲目的圖書館雄偉幽深，我在其間奔忙卻漫無目的。

百科辭書、地圖冊、東方和西方、世紀更迭、朝代興亡、經典、宇宙及宇宙起源學說，
盡數陳列，卻對我沒有用場。

我心裡一直都在暗暗設想，天堂應該是圖書館的模樣，
昏昏然緩緩將空幽勘察，憑藉著那遲疑無定的手杖。
某種不能稱為巧合的力量在制約著這種種事態變遷，
早就有人也曾在目盲之夕接受過這茫茫書海和黑暗。

我在櫥間款步徜徉的時候，心中常有朦朧的至恐之感：
我就是那位死去了的前輩，他也曾像我一樣踽踽蹣跚。
人雖不同，黑暗卻完全一樣，是我還是他在寫這篇詩章？
既然是厄運相同沒有分別，對我用甚麼稱呼又有何妨？
格羅薩克或者是博爾赫斯，都在對這可愛的世界矚望，
這世界在變、在似夢如忘般迷茫慘澹的灰燼之中衰亡。

我心裡一直都在暗暗設想，天堂應該是圖書館的模樣，上有你畫下的底線，有一點震顫
不構成一條完美直線（但因為不完美卻反倒更接近完美，因為每一次手畫的底線都是不一樣

的，不可重複的）。你總是不「錫」書的，我曾經說你，你看過的書總有你的記號，而我恰好相反，看罷一整本小說，可以一絲痕跡也沒有，但這並不表示我讀不上心。有些時候，當你陷進書本的世界，暫時從現實逃遁的你彷彿真有本事對抗身體需要，好像把書頁當成樹葉般齧咬便足以療飢解渴。當然，被你看過的書沒有真的被嚙咬掉，但它們又留有你的痕跡，有的書頁被摺了一角，有的文字被不同顏色的筆墨（鉛筆、黑色原子筆、紅色原子筆、黃色、橙色、紫色的螢光筆等）圈起、間起或作了一點「眉批」；這樣，本來同一模子小量或大量印刷出來的書籍，就成了世上的唯一存有。我曾經為自己不留一絲痕跡而讀完一本書並能記著一些深刻段落而驕傲（也許是我的潔癖暗暗作祟，為此我甚至曾經拒絕借你一些書本），如今，你在書上的「率性塗鴉」卻添了額外意想不到的意義，從你筆尖在書本中留下的閱讀痕跡，我知悉你讀到某些地方時候嘆服了、疑問了、震動了、共鳴了，如果不是這些痕跡，我又怎能隨意跳接於杜哈斯、羅蘭巴特與博爾赫斯之間？沒想過在你消失後，你在書頁上留下的痕跡卻成了我追蹤你的腳印——在另一文字的維度之上。

天堂應該是圖書館的模樣，真的嗎？我想起我們一起看過的一部電影，文溫德斯的《柏林穹蒼下》，兩個男天使在一座真有點恍若人間天堂的圖書館中行走，看著圖書館中靜默的人而不為圖書館中人所看見。蒼生擾攘我們也活在穹蒼之下，但一座注入優雅靈魂氣質的圖書館，這座城市仍未建成。

我們家的書房也不是圖書館，但此話如今讓我想起來——當搬運工人把一箱箱的書抬進我們的家中時，其中一個打趣（也可能希望我們多給點打賞）說：「哎，原來你們要搬一座圖書館，早告知嘛！」大家都知，搬屋搬運工作最怕的是「抬書」，同一大小的紙皮箱，裝了滿滿的書，重量比其他箱子重得多。搬運工人的確大汗淋漓，年輕力壯手瓜起腱的也覺吃力，畢竟好幾十箱不是小數目，其中一個已上了年紀有點微駝的，仍勉力做著自己可以負責的份兒。你看在一旁擔心他體力不支，一如所料你當時必動了惻隱之心吧，但惻隱之心又有何用呢除了給搬運工人多買幾樽礦泉水（有一兩個喝啤酒）再多給五百塊錢小費。搬運工人離去後，我說五百元貼士也多了點吧，你說他們賺的與付出不成正比我們都成了資本主義剝削的同謀了。不要這樣想他們沒有人找才真的是慘呀，我說。

書本可以出動金錢由專業搬運者（以往人稱「苦力」，的確如此）代勞運送，但把書本放上書架，則只能由遊幽一個人完成。把書本分類，把同作家的書本歸在一起，把心愛作家的書放在當眼處，你甚少棄書，但當書架不勝負荷時你偶爾也會來個大清洗，好像給書房來一次「淨化」一樣，將一些「過時」（有的書明顯是有時間性的）、次等的書棄掉。也就是因為書架根本不夠位置放滿自己的藏書，書架位置那麼珍貴，你才不會讓自己的著作在書架上逗留哪怕只是瑟縮一角的位置？

你說：「不用吧。」但你也說過：「如果將來我離開這個世界，真有人為我辦一個追悼會或追思會之類，請在燭檯旁放上我一生寫過的著作。來的人不用送上鮮花，親手翻閱一下書本，或從中唸一段文字就好。對於一個作家來說，這應該是最美好的送別儀式。」

「好的，如果我的壽命比你長，我會幫你辦到的。」

「不用認真，我只是說說罷了。」

「可能來送別你的朋友中，有些在那最後一刻，才第一次碰觸你的著作。」

「那他們仍是我的朋友嗎？」

「嗯，這個難說。你的家人也沒怎樣看你的書。」

「家人是不可以此量度的。」

「如果不看，那或者可以把書頁撕下來摺成鮮花，或者紙鶴。」

「然後一把火焚毀，好贖去我在世上浪費紙張的罪過。」

「這方面，我跟你一樣罪孽深重。」

「那我們肯定不能上天堂了。」

「何妨把書帶到地獄去。」

「我們愈說愈遠了。告別其實是不需要的。那是為生者而做的。」

「即便如此，那也不可說是沒有意義的。」

關於閱讀，關於天堂，最後給喚起的是作家吳爾芙：「有時候我想，天堂一定是一場永不疲憊的閱讀。」（你又在字底下標上記號，遊幽）。閱讀美好，但閱讀如何能夠永不疲憊呢？如若圖書館的天堂又會否太沉重？敢情是時間於天使是不存在的，但我只是凡人，此刻夜色已臨，外面的路燈泛起了淡黃。一日下來，思緒隨書本任意飛翔，其實更深的是思念。然而思念一個人也是會疲憊的，我睏了，眼皮有了重量。我要轉移地方，入睡房了。一，二，三，我將進入另一種境界，如果睡中有夢，無論是甜夢還是噩夢，都可以名副其實地稱之為夢鄉。

築居師

余心

悠悠，你帶我參觀沙城你的「示範單位」；我也帶你來參觀一所房子。一所「語言的房子」。它不是現實的房子，又或者說，現實不僅於生活而言，還有言語中的現實。在物質世界之外，還有故事的世界。勘察房子的功夫，跟修建自己房子的功夫一樣重要，又或者說，為了達成後者，前者是必不可少的一步。

——這個人在低頭撿拾甚麼呢？

——他在低頭撿拾灰泥與磚塊，作建築的素材。

——但我並不見到他撿起甚麼，手上好像是空的。

——在寫托邦，我們說的字詞，都有著另一重意義；所謂「灰泥與磚塊」，其實即是建築的素材。

——建築？他是一名建築師嗎？

——在寫托邦每一個寫作的人，都是一個建築師。又或者說：「築居師」。他們離不開字詞並且以字詞為築料，親手搭建自己的房子。字詞不僅用於表達思想，還用於創造思想，設想出存在的可能世界。

——我看見這地方，門前立了一個牌子：Pairi-daeza。

——這是一個古語，即現今的“Paradise”。這裡建的所有房子都有樂園的意味，即便真正的樂園永遠無法竟及，並必失落。

——我來自的沙城也不乏樂園，譬如「冒險樂園」、「奇幻樂園」、「米老鼠樂園」、「虛擬仙境樂園」等等，但感覺完全不同。

——沙城人常常把「樂園」掛於口頭，但我猜很少有人明白其本意為：「周圍被包圍的場所」。先要於四圍立邊界，必須要有所隔離，否則便會受到外間侵蝕；那被保護的必須被守藏，所以必然也是有所遮蔽的。所以，這裡的建築素材不可能是剔透通明的玻璃，「寫托邦」的質感，跟你來自的那種「玻璃之城」亦截然有別。

——於四圍立邊界；我只見東南西北放了四塊石頭。

——以石頭作標記便足夠了。邊界不宜劃得太死，事實上它會不斷移動，但石頭標記釘下來，也自有其規限性。沒有人能在無盡無窮中建立，即便我們心中都有「無限」的意識。

——既然那是被隔離、被包圍的地方，你怎麼會把我帶來呢？

——雖然每個「築居師」的房子，首先都是為自己而建，按照自己的心思、想像設置，但房子落成，他也希冀有人可走進來體驗、感受、拓展自己的生活，以至暫居也可以。儘管大部分探訪者都只是「過客」，有些甚至也沒怎樣用心感受，但也曾發生一些情況，「過客」進了築居師之家，從此無法出來，或出來後不斷重新折返，也是有的。

——但面前那幢房子並沒有建成。它外表看起來，更像是一座給遺棄，以致歷劫毀碎的廢墟。

——這所房子的建造還在進行中，「半完成」的東西，從外表看起來，常常跟廢墟無異。但何謂廢墟，何謂「半完成」，何謂「完成物」，其實也很難從外觀看出來的。有的「完成物」像一座城堡，有的「完成物」卻本身取廢墟形貌作參照，而所謂「完成物」其實也只是接近而言。

——那「築居師」如何知道自己已完成了建築？

——當他發現已搭建的房子，連一磚一瓦也無法拿走、移動時，那即是那房子已經完成了。儘管那完成的房子，並不一定是他心目中最理想的。一些由築居師親手搭建的「語言的房子」，會以紙本書的形態出現。這是一門用字句來建構世界的技藝，常常處於失傳的惘惘威脅中，但又總有人傳承、發掘、開創下去。悠悠，我希望你成為其中一個，如果生活無所依，便親手築建屬於自己的一所「語言的房子」吧，我要親眼見證其生成，也會悄悄的溜進去。

——我只恐怕它永遠不會完成，要讓你久等至天荒地老了。

——無論如何，不要想能否完成，你繼續說下去便是了。

客廳的塗鴉

悠悠

1. 一張紅沙發，一幅向日葵

客廳的英文是living room，譯成中文應該就是「生活房」，但我們，普羅市民生活在沙城的，又有誰敢說自己的客廳為生活房呢？生活又去了哪裡去呢？十居其九應該是往辦公室，如果工作也算是一種生活的話。根本沒空間讓你布置成一間像樣的生活房，說是客廳也是叫人感到羞愧的，因為並不太容得下客人，客人一多就恐怕要擠進洗手間了。但也沒所謂，因為會來我家探望我們的客人，根本就不多。曾經也是有朋友的，但慢慢我們各自與曾經有過的朋友都越來越隔絕，這可是我們無需協調而達成一致的。各自都封閉於各自。

客廳的沙發倒是我們一起購買的。其實所謂選擇也不外是色調、布料、大小。色調，我選擇紅色，這完全因為看了一齣艾慕杜華的電影，以為在沒有熱情的城市中放一張紅沙發就能沾一點人家的西班牙熱情，那時的我想必還是十分年輕。布料，絨質在溫熱潮濕城市老早就不在考慮之列，剩下的就只有真皮、人造皮、帆布幾個選擇，你說沙發也用很久的，就挑一張真皮吧。三人沙發，永遠空出一個座位給永遠沒請或不來的客人，如此放在客廳應該就讓客廳稍為有一點實在的名相。有了沙發就要有一部電視機，有了電視機就要一個ＡＶ櫃，位置許可的話還可以放一張小茶几、雜誌架，一切像一個預先設定好的套餐，走一趟宜家如到超市入貨一樣，就可以悉數將東西放進購物袋了。那飯桌呢？我們還要飯桌嗎？我們還有空間放置飯桌嗎？又不多在家中煮飯，需要時小茶几充當飯桌就很好了。那又是，我沒異議。

沙發靠牆而放，上面淺米黃色牆身一片空蕩蕩，你說不如放一張畫吧，於是你就挑了梵高的向日葵。金黃色的向日葵燦爛如火舌，一如我們當時的生命也處於燃燒青春的日子，與我的紅色沙發甚為搭配。如此我們就有了合組客廳也合組家庭的一種感覺；雖然我知道你從來都是不能徹底相信的人。像你這樣的天生懷疑者又能夠成為甚麼的真正信徒？徹底相信，意味著與相信的東西之間的零距離關係，完全投入，完全信靠，而這恰是你不能忍受的。你是甚麼的信徒呢，遊幽？這麼多年來你曾經是甚麼的信徒呢？遊幽。你連天生的母愛論這些東西也不絕對相信，你與父母隔著距離。自然也不用說那些執子之手與子偕老婚姻是戀愛的昇華之類的陳腔濫調，你怕，你怕自己就此成為庸俗生活的一員。你抗拒庸俗，但一個人混身塵世到底又如何可以高貴？你曾經真心相信過甚麼嗎？你曾經答曰：愛情。但愛情不會長久呀，遊幽，美好的事物都如向日葵，盛放時燦爛卻終究難免凋謝的。你也曾經答曰：藝術。但藝術在沙城中很凋零呀，從事文學寫作的你，難道不曾感到像一個零餘者般被社會丟棄嗎？（生則於世無補，死則於世無損。）你沉默不語。還有一個答案你沒說，你相信：自己。不是說你對自己充滿信心的那種「相信」，而是一切不住縮減、消逝、遠離最後就只餘自我一途——你僅可保守的只剩對自我忠誠，卻因而對更多容易取信於人的東西越加背棄。世界越縮越小，小得你只能，不得已將「自我」充盈。

但到後來，你連「自我」都不相信了。於是便開始了沒歸途的幻滅。向日葵換成了鴉群盤據的金黃色麥田。

2. 電視再無雪花

放工回家，累得已無氣力做飯，三餐大部分時候我們都是在外面解決的，飯桌果然是不需要的。累得要命時，躺在沙發上可以一、二、三，數三聲衣服沒脫掉面上化妝沒卸下便睡倒，你多少次看在一旁是否有點憐香惜玉的心酸心痛感覺？我想是有的，因為很多次你不敢把我吵醒，半夜中我在沙發醒來發覺身上蓋著暖和的被子，我知道這是你給我披上的。也試過進來的時候還穿著上班服，在沙發扎醒的時候卻已換了睡衣，絲襪脫下，而胸罩也給解放了。原來當初買長沙發是應當的，多出的座位不為請客人安坐，而是供自己橫臥仰躺的，我的身體不用彎曲如為五斗米折腰，我可以把雙腳伸直在未入黃土之前。原來一間屋子的空間間隔功能，的確可以隨主人無意識或有意識改變過來的，我把沙發當作睡床，把梳妝檯當作書桌，你的書本不夠位置安放，已經放無可放進占廚房了，放在灶頭邊幸好我們不燒火否則實在是太危險了。事後回想，書本的版圖不斷擴大，是否一如文字在你生命中不斷殖民侵吞或消融所有邊界，而這正正才是最危險的火焰？如果是這樣的話，我們應該盡情讓火焰燃燒還是應該滅它於萌芽尚未有能力成為赤焰之前？都太遲了，都太遲了。

有時也不是回家即倒頭睡著的。有時也會身心俱疲，人是清醒的，卻又是遊魂的。這個時候，我或許會把客廳的電視機開著，讓它的聲浪按摩著我的頭皮，我總是聽到電視機裡傳來很多爭吵聲，大婆一巴摑在二奶面上，爭產奪權分身家已經不知是電視劇集還是新聞播放，新聞片段議員的青筋暴現歇斯底里絕不下於宮心計女子攻略或者金枝玉孽；怎麼整個城市都成了一個巨型的噪音箱，怎麼無論是電視還是社會還是辦公室裡的聲音質感都變得極其相似，我很想找一個耳塞來堵住耳孔但其實我只消拿起電視遙控開關按一下"off"掣，遙控器就在幾呎之外我竟然乏力得癱瘓在沙發上，任憑電視的聲浪慢慢退入背景漸漸變成搖籃曲，最吵的噪音習慣了就有安眠的力量。我眼皮一重，睡著了。電視機的開關沒按我自己的開關掣卻自動啟動彷彿體內預早給裝了一個毀滅時鐘似的。

扎醒時見電視機裡有女皇頭或者白雪花，閃一閃過就不見了。噢，那是多久的日子了，現在是全天候娛樂時代電視台沒打烊這回事，現在是高清時代「雪花」這美麗名字的東西被消滅了畫面清晰得連藝人面上的一顆粉刺也能照見。

我抬頭看著閃閃亮亮電視機上的白粉牆。空空蕩蕩或者可以放一幅畫或者貼一張電影海報，或者功能化一點釘個貼牆書架，或者掛一個既有功能也有格調的老式鐘擺，讓鐘擺滴滴答答左右擺動每晚零時零分敲起機械鐘響提醒你一天容易又過去，世上有甚麼好爭鳴有甚麼好驚心動魄的，哀矜勿喜哀矜勿喜心如止水心如止水滴滴答答滴滴答答這是世上的最佳催眠法我眼皮一重復又闔上了。睡醒身上又將蓋著一張毛毯。

3. 把白粉牆當作塗鴉牆

從宜家拿來的Catalog厚厚一本，琳琅滿目一應俱全似乎裡頭真的足夠提供所有家庭的家具所需了。共住的起初我偶爾也買來一些家居雜誌，你翻了一翻，看到裡頭全都是那種很中產式的淺米黃色調，就說太一般了，千人一面，不如將我們家中的牆壁重新粉刷吧。鬆成甚麼色調呢？紅黑混合如何？紫色如何？我說都太刺激了，受不了。那每面牆都不同顏色，一面青綠，一面鬱藍，一面金黃，一面深紅，一面全黑，一面全白……；未及你數完，我就打住，這構想很好，但這樣的話油漆費也太昂貴了。說完一輪，你說其實甚麼也不用改，你只消給我一面粉牆，容許我在上面任意塗鴉，塗鴉文字或者圖畫，填滿了便重新鬆上米黃，這樣就很好了。我想想書房，書房中僅有的牆身都給書櫃遮擋了；我想想睡房，這樣的一面塗鴉牆如放在睡房恐怕只會加深你的失眠症。於是，這樣的一面「塗鴉牆」就選在客廳，在沙發對面，也就是AV櫃電視機之上的尚餘空檔的牆身。我沒有把這看成寬容，因為我實在覺得這是很棒的構思；想想小時候我們在家中胡亂塗鴉總會給父母阻止痛罵，現在再沒有給我們閹割焦慮的父母了，遊幽你喜歡怎樣塗就怎樣塗吧，況且全屋也只是劃出一面牆作特別對待，況且我也跟你說：「這塗鴉牆不獨是你的，我也有份，我要是喜歡寫字畫畫，你也是要跟我平分的。」你說好的，我沒異議。

當時我可還沒有聽過畫家戈雅（Goya）的故事。不知道在牆壁上是可畫出父親噬子那樣陰森血淋的「黑色畫作」（black paintings）的。

寫了甚麼我不記得了。

寫了甚麼很多給擦走了。

有時我會抄下一句，有時你會記錄一段。有時塗鴉牆給填滿等待給重新髹上一片米黃前，你會給寫滿字句的塗鴉牆拍照，日積月累竟也成厚厚的一本相冊，我準備挑選一些出來，把它編成一輯「我們的塗鴉牆」，說不定一天會收在你的著作裡。

你在牆上作詩歌。你在牆上寫札記。你在牆上也寫過故事。也曾從你喜歡的書中擷取段落隨興抄在牆上，如你把魯迅《野草》的題辭全用鉛筆抄下來。你說抄下來就懂得背誦了。這是已經失傳、鮮為人知的謄抄的魔法。怎麼不抄在簿上寫在桌上而要抄在牆上，你說其實都是很隨意的，而且著實也是差不多的。書桌何嘗不是我面壁的牆？何嘗不是我兒時對牆做手影將雙手擺動變成飛鷹騰空的一面孤獨遊戲的牆？

邊界是會不斷溢出的。起初是一面牆，後來就畫到了門上了。也沒所謂，只在門內，不在門外，外面的人看不見。不開的門跟牆無異。風水師說大門位置是最重要的，一打開大門，屋外有沒有一股氣衝進去，這些東西我都不懂，也不信。客廳大門就在我們預定的那面塗鴉牆的旁邊，一切只是很順理成章的延伸。

我想到超現實畫家馬格列特幾幅門畫。一幅叫「意外的答案」，門中央穿了一個恍若人形的洞，好像有人穿門而走，門內可見地板直條紋理，紋理延展到門外的另一邊（其實內外又何以說清），消失於門另一端光照不見的暗黑之中。從一個室內走到另一個室內。又有另一幅畫門的叫「愛的角度」，門中央同樣開了那人形洞子，門外卻直通一片光亮的沙灘，有一塊大綠葉片旁依一間粉紅色的小屋子。破門而出，即時就可抵達一片明媚風光嗎？何以這叫「愛的角度」呢？那愛人呢？那對愛人呢？是不是那對用白布牢牢把頭顱包著互相不為所見但彼此挨近的那對愛侶呢？

不知怎地，你且說是第六靈感吧，看著馬格列特這幾幅畫，我想到在面前迎接我們的命運。包著頭，互相不為所見，其實我閉著眼睛也能想像你的樣子，戀人隔絕的其實是外邊世界，他們把外邊世界甩在後頭；包著頭緊靠一起，二人就成一個宇宙。終有一天，有人會從這屋子破門而出，如果無愛，只是從一間密室走進另一間密室，如果有愛，也許可以走向開闊的天地，只是不知到時是同行，還是分散。

自從有了這面家中只屬於你我的塗鴉牆後，我回家就少有扭開電視機，越發與屬於全城的電視劇及新聞報導隔絕。耳朵感覺清靜了許多，我有時打量著你在牆上寫下的字句，可以看得出神，或者昏昏入睡。為了看得更清楚，讓效果更好，我甚至裝了一排射燈打在白粉牆上，牆身因此也成了舞台似的，其實不過是塗寫。一邊塗寫，一邊抹掉，無所謂草稿，亦無所謂永存，這樣反倒更接近生命的本質。

離鄉者

余心

人類都是給拋擲進世界的，呱呱墜地的一點，即各人被命運派送的歷史現場，人們慣常給它一個名字，稱之為「故鄉」。人們在這個若有若無、漸趨朦朧的故鄉尋找一個住處，安定下來，進一步稱之為「家園」，將存在的無家可歸本相（亞當夏娃被逐出伊甸園），暫且置於遺忘。逐漸遺忘成為常態。上帝之城早崩塌了，人們以自身的超炫技藝築建屬於自己的城。人們最初以沙泥、磚塊，後來以鋼鐵、玻璃搭建家園，愈起愈高幾乎碰到了天空，忘記了巴別塔的詛咒，並且照著神的話說要有光便有光，把城市打扮成一顆顆放出異常耀眼光芒的璀璨明珠。若然上帝沒有全身撤離，也許亦會為之暗暗稱嘆，自愧不如。

命運促成你們出生在沙城這塊繁華土地，在茫茫人海中相遇，四目偶然接觸旋即交換了暖流。

但命運也促成你們必須有天離開沙城（當沙城不再是沙城的時候）。你們其中一個會先離去，但離去的前提是你們必須曾住進安居之所，不曾住進便無所謂離開。所有離家出走都是如此——如果本無「家園」，便無所謂「離家出走」。但離家出走又為了折返回，另一片更為隱晦、更為縹緲，也更為廣大的，無可有之鄉。

你的遊幽先行離去，受一種寫作的誘惑驅使。你繼續留守，受一種生活的慣性留住，在一度你以為不全是虛有其名的地方——沙城的示範屋苑「華麗安居」。你沒真正為名字所蠱惑，你知道名字只是化了妝的表皮，但你還是心動了，遊幽在你身旁細語：「一個華美但悲哀的城」，你不記得這句話是哪個作家說的，於是你問他，遊幽卻只是笑而不語，沉默了。當時你不知道這「笑」中藏著太多的內容。

那時猛烈的陽光透過向東的窗口灑進來，「好開揚呀」，你開懷地說，鼻子竟還嗅到一點海風的鹽味，窗口浮出一角海景藍的景色。於是你第一眼看見「華麗安居」時幾乎就心動了。可惜你看不到旁邊的遊幽隱隱然皺了一下眉頭——事實上這也不能怪你而只能怪他——他的眉頭皺得太含蓄了，太低調了，一捺陰影在他心頭掠過，卻只有他自己瞥見。他當時以為，這樣的相處，也是一種愛的忍耐。

但極度的光明把詩人驅進了黑暗之中。一旦在幸福樂園稍事久留，便感覺不適；幸福的縹緲不難受，幸福的幻象也還可以，最不可忍耐的是現世的「幸福」總有一根柱子建立在虛假之上，而人們要假裝不知，以獲取通向「幸福」的通行證。最不可承受的是虛假，他憎恨法利賽人比耶穌更甚。為了戳破幸福之虛假表皮（他不得不），必要時，他連自己也不放過。其實，他最不能放過的人本就是他自己。（「待人以寬，律己以嚴」——這古訓你毋須教他，真正的寫作者，天生本性如是。不得不。）誠實不難，不誠實更難，但為此他必須付出代價。越自我忠誠，越容易在現世中成為失敗之人。不得不如是，因為要活得「成功」，本身就多少要懂得虛假之道。

愛敵不過生活，抵不過藝術。真正的寫作者惶惶然心有所懼，屬世的安居，隱隱然乃寫作之危。幸福的模型原是一副骨牌，只需挑動、抽掉一塊即可全毀，全崩塌。這於離鄉者來說，這無異有著極大的吸引。

於是遊幽展開了自我的放逐，以四海為家，以四圍為界，加入了一群他不相識也不用深知的離鄉者。異鄉人。陌生人。流離者。飄泊者。散居者。密謀者。賣色欲者。拾荒者。站在最後排位置觀看螢幕與群眾的人。災難後悄然來到現場偵察廢墟情狀但無所建設的人。不安之人。格格不入之人。寫作者。這裡所有人都互為異鄉，所以這裡所有人都是相同親近的。互相轉喻或互為同義詞。不得其所，但轉念一想，悠悠，這未嘗不是各從其類，各安其位。

這裡沒有「幸福的住客」，這裡只收容「現世」中的「無所之人」；「無所」，並非無住所，住所不一定是家屋，家屋不一定是家園。即若是家園，也不一定要稀罕，這裡歡迎“sick of home”的人，勝於“homesick”的人。悠悠，歡迎你來到這裡，也成為一位離人。只希望你來得還不至於太晚。

華麗安居

悠悠

1. 城市再無畏高

天空灰濛濛的，氣溫奇高。這樣的環境不適宜人居住，你走得正是時候。你現在身在何方？我不知道。或者世上真有一片地方叫絕情谷。（不絕情的話你怎麼可棄我而去？）但武俠小說常常告訴我們，在絕情谷隱世的人，其實都是絕頂的情痴，因為情痴而以致絕情，這是一條怎樣的路，我未能領略，或者你正在踏上。我這樣想像，給自己以安慰。

或者你的離去根本與愛情無關。與我無關。

鏡頭拉闊，我步出了家門。一個只剩下一個人叫作「家」的地方。六十六樓。我懸浮半空，同時踩在實地之上，我渾然不覺。這個城市，連平民住宅的高度都可向三百米天際線直衝，摩天大樓不限於商業大廈，其他城市的人來到這座城市看到這些摩天住宅，都好奇驚嘆於長期居住在半空的人，會否有一種「提心吊膽」的感覺。我曾經跟一個老外朋友說，半打趣也半認真的：「你有所不知，這『提心吊膽』的感覺可是很昂貴才買得來的，越高層越貴。」老外朋友也打趣笑說：「你這城市的人一定天生異禀，全都沒有畏高症。」「可能當初是有的，慢慢習慣了便不怕，也不當是一回事了。」說罷我低頭望著地下，好像說中了自己的心事。

我想起小時候我也曾是畏高的。家住唐樓，七樓連天台，母親常常把衣服被鋪拿上天台晾曬，有時會拉我一起幫忙。像突然下大雨時，母親跟我就急步跑上天台，將衣服收起，雨水我不怕，像很多小孩子一樣，我也曾經喜歡在雨中耍樂，在淺水窪裡快步踩踏兩腳如小摩托般激起水花，濺濕同伴的校服也弄濕了自己的身體，大家竟然卡卡大笑，這情景可曾發生在你身上？將雨水當成可憎可厭必須用雨衣或雨傘避開，應該跟很多人一樣是在脫離孩提期之後的事。雨水我不怕，風我也不怕，颳大風的時候母親也會上天台收衫，恐防衣服給大風吹走不翼而飛。只有一次，當我幫忙著在大風之下收衫時，剛解開晾衣衫夾衣服自晾衣繩中脫落，我未及抓緊它即被大風一吹，我伸出五指企圖把它揑住，幾乎就碰到衣角了大風一呼它好像有生命般跟我玩起捉迷藏來，變成一張飛氈在我頭上飛過，滑到天台圍牆邊，我追上前去在天台邊緣差不多可把它擒拿到手的當兒，我瞄了一下從天台望下去的路面，心跳竟然卜通卜通地加速整個人被提了起來，如果當時不是我長得不夠高越不過天台圍牆，我的衝力可能就會把我帶到飛氈的不規則路線，跟它一古腦兒地飛上半空繼而飄落至人行路面。這是我第一次嘗到畏高的感覺。

這所謂的點點畏高，不過是八層樓高的高度，如今放在任何一幢屏風屋苑中都會變成小矮人的，自唐樓在沙城中買少見少，這「小矮人國度」在沙城中也幾乎不存在了。小時候住的那幢唐樓，如今也變成一幢瘦瘦尖尖的「鉛筆」高樓，如鉛筆直插於一幢幢樓群之中，乍看還以為是一座埃及尖碑。沙城中對垂直高度有一種崇敬，幾乎自開埠初期以來便如是，住在「半山區」要比住在山腳底高貴，物理的高低與階層的高低成正比，「低下層」名副其實真的是「低」「下」「層」，或另一說法的所謂「底層社會」。人人都想「高人一等」，於是唐樓的樓梯漸漸少人爬了（因為爬到盡也實在尚是太矮），有形的樓梯消失了，人們在無形的「社會階梯」上你爭我逐地往上攀爬，摔倒了多少的失敗者無人可知，但你我周圍應該就有一兩個。只有爬到社會階梯上一定高度的人士，才有本錢住到半空中，這個時候，他們自然也不再走樓梯，而是在智慧新型大廈的先進升降機上快速升降。

只有在踏進升降機，按下「G」字，升降機頃刻高速下墮產生了一點其實不是真的離心力時，我才有了一點「暈眩」的感覺。但也只是一瞬間。我想起一些人付高價換取瞬間即完的「笨豬跳」（bungee jumping）快感，喜歡的話我其實每天可以玩上很多次，或者生活真把我變成一頭「笨豬」了。遊幽，當你在不知名地方遊走時，我在密室空間中下墮；或者整個城市也只是一個密室，身在其中，沒有橫向的遊走，只有垂直的升降。

2. 年輕的看更哥哥

步出電梯，大堂玄關有一身穿著黑禮服黑禮帽結著紅啾啾領帶的人向我請安，彼此交換了一個像是儀式的點頭動作；我心想，如果將他頭上那頂元寶狀禮帽換成高筒禮帽，就會更像從超現實畫家馬格列特的畫走出來的神祕紳士們。其實不過是大廈護衛，現在的護衛真是年輕，可以以他們為人物拍一齣新版的《重慶森林》。大廈大堂太似五星級酒店的大堂了，地上鋪的是光可鑑人的花崗岩地磚，服務櫃檯鋪的是白雲石，牆身柱廊鋪的是大理石，不知從哪裡運來，是不是真的。天花吊的是可堪媲美《歌劇魅影》裡那盞作為賣點之一的大型名貴水晶吊燈，有一刻我想像它跌下來震碎一地的畫面，或者城中那動作演員成龍大哥再要拍從吊燈滑下來的高難度危險動作，也不用特別選景到大型百貨公司，可以考慮來我這幢「華麗安居」（Glamourous Residence），只是這位成龍大哥如今在電影中也由赤手空拳改為荷槍實彈，動作安全度跟歲月一起遞增，逐漸遭人唾棄，鐵人畢竟也是會累的。這個城市很安全，粉身碎骨只是我自己一人的空想或幻想，聊作想像力的訓練罷了。

大堂大門不用我推，因為當我站近時，有一個戴著白手套穿禮服的哥哥已經有禮貌地為我拉開了，拉時還要微微躬腰點頭，好像我是甚麼的貴賓，其實我只是這裡的一名住客而已。七年前搬來這裡的時候，這看更哥哥還沒有來到這裡工作（或者仍在上學讀書？），其實，當我把「看更」和「哥哥」二字併合的時候，一時間我也不太習慣，以往大廈看更多是上了年紀的，甚至有七老八十的，十二小時呆在大廈大堂這個生命勞動力最後剩餘的接收場；現在眼前的看更卻都是青壯一族，其中更不乏帥哥。在這幢樓高六十六層的「豪宅」中，有多少獨守空房的深閨貴婦一時寂寞難耐，會想到引誘或私自包下一兩個帥哥讓他們下班後轉換身分方便地賺點外快嗎？或者這暗中的勾當就在每天進行著？一定是我想得太多了，甚麼都沒有發生，我步出了大堂。外面陽光充沛，是一個有著歐陸風情的巴洛克風格的法式庭園，但種植的不是梧桐樹。

3. 商場安全地帶

別以為我所住的真是超級豪宅。我所住的那幢高樓，其實只是沙城中如倒模式繁殖增生的大型屋苑之一。一個又一個如蛋糕形的大型商場架在不同顏色地鐵站之上，離開地鐵站，人們先登上一條條以街道命名但實則並非街道的電動扶手電梯，譬如連結我「華麗安居」地鐵站與商場的那條扶手電梯，就被命名為「連理街」，真是「浪漫」得可以。「蛋糕型」商場有著各式連鎖式的衣、食、住、行商店，理論上住客可以足不出戶，從家中走下商場打個「白鴿轉」就可以買到生活各種需要或不需要的東西。假日蛋糕型商場尤其人頭湧湧，一家大小在商場中行逛，即使是密封空間，表面看來也不是不樂也融融的。起碼在商場攢動應該是比在街道遊走安全的，這裡無需怕突然切線衝來的車輛或從高空拋下的鏹水袋，理論上有人要在商場中高空擲物也是可以的，但商場內許多角落都藏了天羅地網般的監視攝影眼，在商場內巡邏的護衛比在大街上的警察還要多。安全、冷氣充盈，無需擔憂受風吹雨打。要是真想尋找冒險，可以光顧把冒險化成銅幣代用幣的「冒險樂園」，裡頭輸送著源源不絕的歡笑。而且商場不僅只是商場，它還是現代大型屋苑的「社區廟堂」，商場內中央挖空建了一個大型展覽空間和舞台，舞台上有大型電子屏幕，可以舉辦各式各樣的展銷會、慶典活動、現場直播，城中不時有藝人來到這個商場表演、剪綵、宣傳、助慶，遇著城中大事如聖誕季度、新年倒數、華倫天奴、耶穌受難或者猛鬼出動等等，展覽空間置滿一排排座椅，即使表演的不是甚麼天王巨星，人們還是會按動手機的拍照鍵，啦啦隊永遠是有的，給觀眾和表演雙方都製造了非常良好的感覺。遇到國際盛事如四年一度的奧運會、世界杯等，大型電子屏幕選擇一些重點賽事直播，現場水洩不通也真可用萬人空巷來形容，足球滾進龍門或者擦邊撞柱中楣之類，一樣會引起現場觀眾齊聲喝采或者歡呼吼叫；這個時候，你多數會遠離人潮站在商場最高一層看下去，驚異於如此壯觀的場面就發生在如此尋常生活的消費空間。

4. 光明的黑暗世紀

別以為我住的那幢巴洛克加都鐸式加包浩斯加後現代的大型屋苑有甚麼神奇，它其實也只是城中許多臨海而建的屏風樓宇，一個個單位如「火柴盒」般無限堆疊又互為分割。不錯，「華麗安居」這名字很美好，但在這個城市，美好的名字實在俯拾皆是，不足為奇。在這個城中，羅浮宮有了，比華利山有了，曼克頓山有了，連整座日出康城也有了。沒甚麼符號是不可運載的。有一座豪宅叫「伊甸園」（The Eden），住在裡頭的不一定都是基督教信徒，有了「伊甸園」就有另一座「西奈山」，有了「西奈山」就有另一座「奧林匹斯山」，從聖經而來的從希臘神話而來的，甚麼都可以，只是泰山或崑崙山之類則未可以，因為味道有別，與洋氣、貴族、品位、奢華等隔了一重。重要的是「歐陸風情」，是真也好偽也好，名門望族、男女佳人、華裔小姐、世界小姐、華衣美服、高貴舞會、古典音樂演奏會、馬術、香檳紅酒等等，都可以當作符號織於住宅建築的表皮上。人們會動用大半輩子積蓄供一生的債來買一塊建築物的立面，作為自己面皮上的一種打底、裝飾以至整容。

我以上的口吻不免是有點「反諷」意味的，我不掩飾。事實上，那些地產廣告販賣的「因海而盛，冠絕全城」、「歐陸殿堂級府邸」、「歐洲生活藝術由你領略」的美好宣傳語，不正為沙城提供源源不絕的反諷內容嗎？以上那些，其實都是從遊幽學來的。你曾經就站在大廈平台那光潔明亮的人造巴洛克庭園，聽到音樂噴泉奏出韋華第《四季》，播來播去都只有《春天》這一章時，你停下腳步，喃喃自語又像跟我耳語地說：「從沒見過這麼光亮的黑暗時代。乍看還以為自己處身天堂。」這刻陽光大剌剌近乎狠毒地灑落頭上，你這句話卻像暗影陰霾般突然襲來。

遊幽，你在埋怨我嗎，在埋怨我把你推入這個一塵不染的世界，錯把它當為幸福的天地嗎？當時我聽到你這樣說時我就氣了，這樣的一幢標緻樓房，雖說不上真是豪宅但起碼是不少人夢寐以求一輩子也未必買得起的中產樓房，何解你身在福中不知福活在其中也不快樂呢？不快樂也好何解你要嘲諷它也即是或多或少地嘲諷著決定把它扛起來的我呢？

但你離開後，我一個人在這屋苑中如遊魂野鬼（也許以往的你正是如是）般閒蕩，有時聽到自己的心跳有時踩著自己寂寞的影子（還是你的影子呢？），你話語的碎片隱形地在空中翻轉，我又逐漸領會你所曾說的話，或者話中的心情，以及其中對這光亮世界的疑懼與抗拒。

5. 一些樓層消失了

我現在留意到了（其實我應該一早知道），我所住的六十六樓其實不真是六十六樓。一幢幢的屏風高樓從蛋糕型商場上矗地而起，原來「G／F」後直跳就是「6／F」，換言之，一至五樓是沒有的。更有趣是，這幢大廈原來逢「四字尾」就是不存在的，這可能跟中國人的忌諱有關——雖說這是一幢廣告語中的「歐陸風府邸」，「死」（四）、「實死」（十四）、「易死」（廿四），以至「唔生唔死」（五三／五四）都是不存在的；至於「六四」的不存，除了令住客感覺良好地將「碌死」、「涤死」剔走之外，也許亦有意無意地刪去了一個有著象徵意義的歷史數字。與「死」相關的數字不僅於「四」，在中國文化中，「七」也是不吉祥的（「頭七」、死後第七日回魂等），也莫說它是一個粗口的諧音，跟高貴典雅不符，因此，「七」、「十七」……至「五七」，在這幢大樓都是不翼而飛的。「死死聲」不好聽，「生」也未必就是好的——「十三不祥」，這幢大廈，「13／F」也是沒有的，這可是跟西方文化沾上一點邊。「十三不祥」我明白，那何故「廿三」也是沒有的呢？這倒可能是沙城獨有的，地產發展商順應民意特意安排的——這些年來，城中對「23」這數字都有一種特殊的敏感症，字面上它本來也是吉利的（「易生」），但在沙城中，它又變成一把擱在眾人頭上，一把隨時可能當頭劈下來的大刀。不僅個別數字在這幢樓宇消失了，可能「死」（四）字真是一個中國人莫大的忌諱，只能叫人想到冥府而與「天堂」不符，整列數字——由「四十」（「死實」）到「四九」（「死狗」），即由「40／F」到「49／F」都是不存在的。所以，這幢大廈雖然樓高六十六層，實則有二十多層是從人間蒸發，從落地開初就不曾有過的，因此我住的最高一層的「66／F」，如斷截禾蟲般割裂實則大概只是四十樓。我「死實」了。或者「屋」與「屍」二字真有點互通。遊幽，萬一你在消失的旅途中寄信回來，切勿寫錯樓層呀，郵遞失誤事小，我怕寫錯了信箋會送抵陰間呢。又或者，你偏偏要寫一個不存在的樓層數字，如「七」、「十四」、「廿三」、「六四」，我方能夠收到，因為那時候我已經不在人世？如果你來信寫上回郵地址那地址會是陰間或天堂的一角嗎？還是你已經成為無定向風，一直在路上飄移而無一固定地址可以回寄？

6. 電梯再無按鈕

直至最近，我真的也覺得，我所住的「華麗安居」，實在太一塵不染了。屋苑更新保安系統，以往我們在「蛋糕」商場走至平台、從平台走到大廈門前，分別要按兩道四位數字的大閘密碼，現在，都不用再按了。換言之，每次回家，我們減少了手指（通常是食指）與密碼鎖的八下接觸，也即是減少了手指與看不見的細菌的接觸機會。我們只需「拍咭」，也就是，把自己的一張「八爪魚卡」按在感應器上，「八爪魚卡」預先在大廈管理處登記了住客資料，輕輕一「嘟」，感應器認卡不認人，就會自動讓門鬆鎖，請君進內。這一切本來都是很好的安排，我們的腦袋無需再多記兩串數字，無需再怕密碼傳開（其實通常都是由住客自己傳開去的），安全連隨衛生也一併提升了。但當這個安全系統更新進一步用到大廈的升降機上，我就開始覺得，生活委實有點異化了。

電梯取消按鈕，我們再不需要「撳粒」了。雖說廣告裡住進這「歐陸式府邸」的，即便不是名門望族理應都是「樂活」一族，但實則住進這些火柴盒單位中的住客，都是爭分奪秒的一族，表徵之一是若他們是第一個也是唯一一個進入電梯內，即便大堂住客已在近處疾步趕進來，他們也會「逆向思維」發作，第一時間按動電梯內的「關」掣，務求第一時間拒人於門外，盡快讓自己返回家中。情況也有相反的。如果自己不是唯一一個進入電梯內，而是跟兩個或以上陌生住客一起踏進電梯內的，他們的手指又紛紛變得遲鈍起來，各自按了自己所屬樓層後，眾人總避免碰觸電梯的「開」或「關」掣，電梯門在所有人都進了電梯後仍維持打開，通常這「無人按鈕」的瞬間會持續數秒，然後其中一個站近電梯按鈕排的一個，會有點不情不願地按下「關」掣，好像如此一做就將自身降價成為別人的電梯服務員似的。

如今好了，「八爪魚卡」的保安功能從屋苑平台、大廈大閘擴展到電梯之上。你再無需要接觸電梯按鈕，等電梯時你只需在電梯感應器上「拍卡」，感應器讀取「八爪魚卡」內的資料自動知悉你所住的樓層，然後電梯液晶屏幕便自動顯示給你分派的A、B、C、D哪座電梯，按分派進入，你自然也無需按動樓層數字，事實上，電梯按鈕排上，已再無分樓層的數字按鈕，只剩下幾個無可再簡約的掣。即便無人按動「開關」，電梯感應器、計時機也會自動啟動，適時地關上電梯門。乘電梯上落的整個過程，人們的指頭可以不需要與電梯按鈕有任何接觸。沒有人再需要擔任別人的臨時電梯服務員，沒甚麼可計較的了。

只是，遊幽，我想到你離開了那麼久，萬一一天你真的回來，你即使進得了平台、進得了大廈大閘，也無電梯可乘了。你可能並無最新的「八爪魚卡」，有的話「八爪魚卡」也沒登記你的住客資料。你看著電梯內只有感應器而幾乎無按鈕的平滑鏡面，必然會束手無策，不獨「四」、「七」、「十四」、「廿三」、「廿四」……「六四」等這些數字消失了，在電梯按板上，所有樓層數字都不見了。它很安全，很衛生，卻擺出一副「閒人免進」的不歡迎姿態；新春拜年，親戚再不可能直接摸到門上，因為他們並無住客的「八爪魚卡」可拍，你必須下樓把他們從平台接到大廈，再由大廈接到電梯，再由電梯接到家門。遊幽，你一旦回來，將無家可歸。正在電梯由地下上升至「六十六」樓的過渡之間，我想起了你也出神地胡想出這些，我的心與電梯的運動朝反方向地下沉，電梯的鏡面很光亮燈火很通明，你的話卻如一捺陰影般突然襲來，卻奇異地暫時穩定了我下沉的心。「從沒見過這麼光亮的黑暗時代。乍看還以為自己處身天堂。」其實下沉根本並無可能。

回頭者

余心

（回頭）
回頭你就變作一根鹽柱
（那就變吧，我已經是）

（回頭）
回頭你就失去了你的愛人
（我回頭就是要找回我的愛人）
你永遠也找不著的，他已經死了

（回頭）
所有曾經美好的風景
都成了一片廢墟

你撿拾跌落一地的碎片
你可以將碎片割在自己的手腕上
如果你喜歡
也可以割在自己的心頭上
（我一直做著，謝謝你的忠告）

（回頭）
你要有足夠的心理準備
要有足夠強大的承受力
才不至於在回頭的路上
墮進回憶和遺忘的幽谷
而先行陣亡
（這正是我所求的，你說中了）

讀著悠悠的憶往，我心中泛起了詩語。跟她說起了回頭，像是告誡，又像是加倍的引誘。我看悠悠這樣追逐著流逝之物也是困鎖，但她說不，即若困鎖，那是為了一場大出走的預演。我讀著悠悠寫下的文字，從此處到彼處，從現在一直走回時光隧道，但她說不，時光也許不住撤退，但她的空間在不斷開闊，從睡房走到書房，從書房走到客廳，而她終必破家門而出，留下一道人形洞口，以證自己的曾經超越，企圖。離開現世的家居，為著折返那永恆失落的時光之鄉。那是唯一可循的路徑，別無他途。

回頭橋

於是我帶悠悠走上了一道「回頭橋」。橋的一端叫「此岸」，橋的另端叫「彼岸」，我不忍心告訴她，走在這橋上的，從來沒有人能夠走到盡頭。上帝造人本身就設定了機關限制，一是你的眼睛只能看到前方，而無法看到後頭，除非你把自己的脖子擰轉，但也只能是一時，勉強看到左右後邊，始終無法完全，因為只有貓頭鷹的頭顱可以一百八十度扭轉，人不可以。身體的潛能與限制不僅是身體的，還形而上地暗示著存在的可能與局限。

回頭橋的橋墩由一排回頭望的石雕塑相隔一段位置支撐著，那無非是要告誡世人，回頭之危險，有些甚至跡近侵犯神明，是要受到懲罰的。羅得之妻因為壓不住好奇心，回頭望那焚毀傾塌的所多瑪城，登時變成了一根鹽柱。俄耳甫斯幾乎要把愛妻從地獄拯救出來了，就差一步，在地獄與人間的邊界禁不著回頭，妻子即化成一團魅影——又或者，這根本就是這位善音之人所欲求的？將她永恆地打發到無盡深淵，這樣她便永存。音樂詩人的心思你是永遠猜不透的。橋底下是滔滔暗湧，溺斃了許多給他神樂壓倒的塞壬女歌神。俄耳甫斯的七弦豎琴音仍飄蕩於空氣中，化成了穹蒼間的天琴座，震顫著浮於半空中本就有點搖搖欲墜的回頭橋，等待著一下完美的音頻共振將橋粉個稀碎。

勸誡羅得之妻切勿回頭的天使，自身也禁不住回頭，落入畫家筆下成了一隻變形的新天使，在橋倒塌之時，祂從橋上飛過，面朝著橋的此岸一端，嘴巴張著，雙翼拍著，眼睜睜目睹橋的碎片，從此岸一直傾頹如一串勢不可擋兵敗如山倒的骨牌，堆疊積高鋪成一條綿綿的瓦礫長河。除了目擊，連天使也無可作為，天堂吹來了一捺強勁的風暴叫進步，把祂不住吹向橋的彼端叫未來。

而悠悠此時你也開口說話了。你說，可能你們一直錯解了羅得之妻。人們以為她因為禁不住回頭的慾望誘惑而遭懲罰，實情可能那是她個人意志的行使，她不願離開那受神詛咒的城市，誓要與她同歸於盡，即若她變成一根鹽柱。她愛她的城比她的丈夫更甚。我說，悠悠，你這個詮釋也是蠻有新意的。

你續說，回頭在故事中也是有好收場的。像聖經裡的浪子回頭。像佛家勸說的「回頭是岸」。以至一下不經意，無關乎意志與不，那「偶因一回頭，便為人上人」的「僥倖」。而我只好加倍的提醒你那「祖師奶奶」女作家非常經典的一話：「回不去了」，「回不去了」。你默然，若有所思，像在咀嚼著這可訴盡一切故事的四字箴言，淡淡然讓人泛起無盡惆悵的。但遲疑一會，你的眼神又回復光亮，比前更執拗地說：「這其實都不是我所想的，所要的。」我看我攔阻你的用意是沒法成功了（也許反過來我一直在暗暗引誘你），於是我回應你說：「願聞其詳。」

你說，你所要做的，其實不是要重返過去。（你知這是不可能的。）你要做的，是把「以往」這概念全然取消。（無所謂「以往」、「現在」與「未來」——這是人為的分野）。

事情一下子同時發生於過去、現在和將來，也即是，把事情置於恆常的時間之中。讓故事自任地在時間中穿行，漫無目的地，或宿命論般地。如果現實是一條不斷行駛的輸送帶，你必須不住移動，不斷的跑，才有可能做到原地不動。

「拒絕把過去僅僅當成過去，這樣它就常在。」

「不是要回到過去，而是始終把『過去』攜帶，成為上路的一件隨身物。」

於是我繼續讓她留守，看她如何走出家門，走出自己的城廓，其實就是看她來到「寫托邦」之前，所曾走過的路，及其後的事。她必須把心跡以文字寫下，以刀挖在灰泥板上，或以石刻在洞穴壁上，或以筆寫在羊皮紙上，都可以。文字閱讀自身也是一個旅途，透過它我成了她的孤獨沉默旅伴，目睹一個人如何把自己變身一根鹽柱，又把鹽柱變作一道天梯。天梯不為攀爬，而為了沉降，沉降，一直沉到深淵，沉到最低處，在此，塵世者化身成一名地獄行者，在陰間與已逝者的靈魂展開交談。一切受著寫作的本能把持，而被呼召的靈魂不止一個。你心意已決，我所能做的，就是給你迎面吹來一陣風，讓你的翅膀御風而行，作為送別。悠悠，雅典娜之愛鷹，萬事小心，好上路。

過渡空間

悠悠

1.「對岸」忽爾成「此岸」

我住進去了，一直沒有離開。這曾經是我們的愛巢，你抵受不了，終於離開。我並沒有被蒙騙，天真地相信，「羅浮宮」真的是羅浮宮，「維納斯」真的是維納斯，歐洲典雅貴族生活垂手可得；我深知其虛幻跡近於偽仿，令我困惱的是，我，以及許許多多應該也有著自由意志的個體，何以，終究還是將自己的人生的夢偽托於由幻象而築起的夢？

我，曾經站在並以為自己將一直會站在這謊言的夢的相反位置。但我的中產父母親總是拿著子女在管理階層的地位並以擁有自己物業為人生最大成就彷彿一幢豪宅不僅是用來居住的還可以成為手上的王牌可以在面上貼金由衷地覺得子女終究踏實上進有所成的標準，我，一個在他們眼中的叛逆女兒，站在了他們這些衡量人生成功標準的對立面。也因為此，無論我的人生如何奮進去摘取天上的星星即在他們眼中不切實際的理想，無論我如何費盡心力兼押上強大意志終於將文字搬到書頁上了，在他們眼中，這可能跟孩子在砌積木或在沙灘上堆城堡無異，「孩子，堆成了又如何？都是小兒科的遊戲呀！」我明白，無論如何我不會被他們獎賞但反之亦然如同我不能夠把一幢樓宇當成幸福加成就的代名詞。我們彼此的天線接收著不同的頻道，不是無愛無關心只是實在是不同頻道的人可以同檯吃飯但在精神最內蘊深處卻注定一輩子無法接通。我裝作若然無事其中的哀傷疏遠阻隔因此就只是屬於我自己的了。

但最後我怎麼又會加入了一直與我橫亙著距離的世界，像被一輪突然淹至的海浪衝擊大浪過後我被調換了位置——原本一直我稱之為他們的大夥團隊的「對岸」，忽爾成為我腳下所踏的「此岸」？也即是說，我加入了一度我不無質疑、批判甚至鄙夷的「大軍」，成為我曾經所是或以為所是的相反？

我不知道是不是大多數女性其實都有個計時器在體內的。計時器最初是靜止的，也不全然靜止但是無聲、你不太在意其存在的時候，也可以說，青春大把大把在手上任其揮霍的時候，我曾經也跟遊幽信念一致，我們說：我不要走社會的大路。我不要刻板人生不要朝九晚八的辦公室生活。我不要庸俗也抗拒媚俗。如果婚姻是戀愛的墳墓，我不要婚姻束縛，我在乎的是愛情。我不欲給一層所謂的豪宅捆綁，我不要做一世的房奴。我摘下「第一顆無花果」，任生命的蠟燭兩頭燒，看它捱不過今宵。在一條崎嶇不平但精采多姿的路和一條平坦無風但缺乏劇力的路之間，我會選擇前者。“Hope I die before I get old”，我們跟著The Who樂隊高歌。“It's better to burn out than to fade away”，我們跟著Kurt Cobain和唱。問題太多，答案就飄蕩於風中。或在路上。永遠在路上。直至徹底垮掉，無憾無悔。

是的，正正因為年輕，因遲暮啟動的計時器尚未投入運作，我們曾是不修邊幅、信奉流浪多於定居的波希米亞族。你留著長髮我剪了龐克頭反覆重看其實不屬於我們時代的胡士托。我們不要物質主義，我們要精神價值。我們處身在以樓價高低、換樓賣樓買樓情報來作生活（唯一）話題的親戚父母，繼而是出來打工的昔日同窗之語言乏味中，感到話不投機，進而從群體中逃脫出來，拋落一句「道不同不相為謀」，灑脫地輕身上路擺出一副拒絕世俗的姿勢。他人是地獄，那我呢？「我是頑石，我是孤島／我有我的書本／和我的詩詞作保護／我身穿盔甲／躲於我室／安於自己的世界之中／我不碰觸人／人也不碰觸我……」Simon & Garfunkel曾經也是天衣無縫的二人組合，在拆夥之前我還來不及降生。

然後，一天，應驗了張愛玲所說的：「青春的時候不覺，不在的時候又覺它澌澌溜走」，輕微的遲暮感侵襲進生命啟動了那本來就裝置好在體內的生命時鐘，以上的昂揚話語開始不敢多說了說的時候也沒以前那麼少年輕狂的大聲了，龐克頭換回一般女子的長髮因為要回辦公室上班，雲霄飛車不敢再坐最前座因為微有骨質疏鬆的身軀開始經受不起顛簸，一如心靈也經受不起崎嶇的起伏，太刺激的東西還是不好亂試，平安是福平安是福嗎平安是福平安真是福嗎平安是福我自言自語我自問自答。

2. 成長即為「過渡者」

我，其實不是「唯一」，不是我曾經天真地以為所是的「獨特」。故事是這樣說的。清純如白玉無瑕的公主最終都是會成為小婦人的，與王子結婚從此生命像樂曲最後一粒延長音符又像永恆定格於「從此幸福快樂地生活下去」的凝鏡。像雲迪給彼得潘「拐走」飛上天空但終究她還是會帶著兩個弟弟回到她濁世的安樂窩中的。「永無鄉」只是雲迪少女時一次意外任性出遊的中途站，她長大了巨大的母性還是會贈給現世由她所出的孩子而非「永無鄉」中被母親遺棄的「失落的孩子」。彼得潘作不了她的情人，因為她會叫彼得潘結婚而彼得潘不能結婚因為一旦結婚彼得潘就不是彼得潘彼得潘就不可能是「永不長大的孩子」。

一切只是中場的過渡。青春的延長在於延長這過渡但無論如何延長，大多數終究還是會由孩童的、原初的、天真的「此岸」，邁向成人的、滄桑的、世故的「彼岸」。像無數的少女後來都變成「淑女」或「熟女」或「師奶」，像無數的男孩後來都變成「男子」或「男人」或無可逆轉的「佬」。許多的龐克頭後來變成（或變回）端莊的長髮，許多男子的長髮會剪回平頭裝或者不由他控制的「致命傷害」——禿敗的頭顱。叛逆只是中場的一輪高溫高溫不宜長燒因為會燒壞腦回復到人體絕大多數的37度左右的恆溫就好了。少壯的背包族一天都會轉投有套餐設定路線的鴨仔團或豪華團或溫泉團或消費團。嬉皮士一天會變成中產優皮樂活，權力的批判者一天成了他曾經所批判的對象自身，抗拒填鴨式教育的受害一代一天成為父母變本加厲地率先作好準備地將自身孩子變成填鴨，這些故事我們還聽得少嗎？曾經不修邊幅的波希米亞後來成了西裝革履或黑色套裝的布爾喬亞。以雞蛋擊高牆昨天你仍在擲雞蛋今天你就成了冷硬不倒承受蛋襲如密集蚊咬但終究不痛不癢的高牆自身。受婆婆欺負的媳婦日後成為欺壓自己兒子媳婦的婆婆。昨天的父權受害者成為下一代的父權加害者。這些故事我們還聽得少嗎？

是不是這樣呢，遊幽？除非中途離場如你，否則都難免由「此岸」過渡到「彼岸」，無論你在岸頭猶豫踟躕了多久，終究是會過渡的，過渡之為轉化，過渡之為成長，而所謂過渡，其實也不過是一個蛇頭追咬自己蛇尾的循環。一條自噬自足的銜尾蛇，是這樣嗎，遊幽？

而我的過渡心理時鐘是在甚麼情況下，在我還沒準備好幾乎毫無防範之下突然啟動的呢？在我一天睜大眼睛照鏡突然發現一條淺淡的魚尾游上了眼角嗎？在我看書的燈光要越調越光，越來越要把書本拿開幾吋方能看清楚，而終於驗出了老花數字一百度而往後這數字肯定只會上揚而不會低跌的當兒嗎？是在我的年齡字頭由三進四之倒數恐懼前夕年齡從驕傲開始轉換為無由的羞愧再不敢輕易告訴別人女子們且有默契地稱之為「年齡祕密」嗎？我實在不想諉過於年紀但時間的無形之手在我不留神時伸進來，「嘎嘎嘎……」時鐘上了發條從此我就進入了每天跟自己數算年月年年倒數開始膽戰心驚漸而心如止水再繼而等候最後的槁木死灰嗎？

於是一天我竟也跟很多女子一樣無由的問你，問的時候我想我是皺著眉頭的：「遊幽，我們幾時結婚呀？」問題說出了口，我自己也不是沒有錯愕的，婚姻之前不曾是我的憧憬更莫說對你這名自稱的「不婚主義者」來說。我安於做一個一世的戀人，我知道愛情是兩個人之間的事但婚姻就不然了婚姻把兩個不相干的家庭以至家族拉扯進來，你我都曾經覺得這裡頭實在有太多的繁縟。不止一次我們參加同事朋友喜氣洋洋滿漢全席的婚宴一邊夾著乳豬一邊不是沒有私下搖頭心想這樣的人生大事真未免是一場太公式化的結婚秀，彷彿新郎新娘就抓著這人生中唯一一次當舞台主角將結婚當成通俗劇的高潮時刻，把所有賓客當作觀眾，事實上眾來賓也真的有默契地與台上聚光燈的主角合拍唱和著，人家來祝酒「三九唔識七」一樣會站立起來舉杯不一定乾杯但總會合作無間地說一聲“cheers”。一場秀來的不要認真，迎賓與送客之間頂多不過四小時且耐著性子盡量表現得體這就是人與人之間最大儘管無足掛齒的尊重。人家派帖時間許可我也會抽時間出席就讓時間給謀殺吧這樣的謀殺方式畢竟不多。而你，不曾當任何人的「兄弟」、「戥穿石」或伴郎，而自某時起，你甚至謝絕一切婚宴邀請除了是自家親戚推無可推的。你說世界已經太過庸俗你其中一個想望就是盡可能從庸俗中排除出來。我明白，但我反問，難道庸俗中真不存一點真情，再退一步想，即或庸俗，難道作為作家的你真不用吸一點人間煙火，不用聽聽俗氣的鑼鼓不用看看俗氣的豔麗不用學學俗話是怎麼說的嗎？你低頭沉思一會，你說，你這個提點，也是很有意思的。我高興你還沒向全世界封閉，最少你還願意聽我的意見。這個時候，你還沒至後來那麼偏執的。

3. 信念對摺成幻象

很多曾經無堅不摧的信念，後來證實，跟自調的幻象很相似。

你也許曾經相信，愛可以支撐生命，讓你在疏離世界中尚知親密之可能，讓你在虛無世界中尚可捉著意義、在不住陷落中尚可逆氣流而飛翔；也不能說是假，這些你都曾經一一試過。但愛情是容易揮發的東西，及至後來，有誰料到，你遁入了，無愛紀年。

信念像一座橋，昨天仍看似堅實，很多人還在上面走過，今天即頹然崩塌，之前，少不免經受一段日子的超出負荷，但無人發覺。

信念曾經給生命築起一所房子，給生命圈出一個安全地帶，來自愛情、家庭、宗教、政治理念、意識形態或藝術等等，忽然房子失去了堅實的外殼，變成透明的肥皂泡。

經歷一場風暴，如共產主義倒台，或打回原形，如馬車過了凌晨十二時變回南瓜車。種種曾經尚可穩住搖搖欲墜生命的信念，自身搖搖欲墜起來。

信念對摺成幻象，可能在乎一刻的頓悟，也可能，在看似信的時候一直就有懷疑的影子隱藏。影子不露面，相安無事，但一旦它逼人而來，你無法轉臉不見。影子不會一直甘心只當影子。因此消失也可能是，自一個持久的信念中出走，由信念移民到幻象中去。不得不如此，你更在乎的是真實，不欺騙。

無愛紀年，跟無信之年，距離有多遠。

憂鬱者

悠悠

我必須要離開那個叫「家」的地方，它越來越像一個照不進太陽的洞穴，我身在其中陷入完全的思緒，遊幽說思索是麻醉品，他沒說它其實也是危險品，英文的drug字真是一個太好的一語雙關詞，既是藥物又是毒品，我如今深切體會。但可以去哪裡呢，難道我去追隨遊幽的腳蹤嗎？我連他身在何地也不知道呢。

四堵牆壁外面應該有更廣闊的天地。我唯有暫時相信。我向公司申請了一個長假，把我多年累積沒放的假期一次過報銷，不夠的，就以停薪留職的方式支取。上司面有難色，我唯有拿出一張醫生紙，證實自己患了早期憂鬱症，會突然冒冷汗，會突然動彈不得，晨早鬧鐘響起來平日第一時間按停，告別夢神即時機械式地更衣漱口，現在連這純粹由習慣練就的「本領」也沒有了，鬧鐘震得天翻地暗震到牆壁粉末剝落，我連提起手臂的力氣也缺乏，我開始上班遲到，我開始突然驚恐；我也許把情況說得比事實嚴重了一些。我跟總編輯賭一次大小，辦公室的編輯不少，但說得上是「王牌編輯」，跟不少名作家建立了信任和默契、在文化圈算是有分量的文人編輯，則只有我一個。副總編輯這位置，要找一個稱職有才幹的，也不是容易的事。總編輯說：「好吧，你就休息半年吧。半年後你回來，到時要休息休養的可能是我。」「關於這封醫生信，請替我保密。」「這自然，我很瞭解病人的私隱權益。我不會替自己添加麻煩。」

就這樣，我有了更充分的時間寫作。繼續撰寫我未完的小說。

第三章

【消失咒】

交換故事・演員

余心

悠悠，我不知怎告訴你呀，你走出了睡房，走出了書房，走出了客廳，走出了華麗安居，但事實上，如果精神囚牢是你的心房，你又能往哪裡逃？如果整個世界都是一座精神病院，寫作療養院又可以往哪裡找？現世的寫托邦還有可能存在嗎？如果它曾經存在過，如果它不是純寓言性，純夢幻的，純心靈鏡像投射、虛構中的虛構，它在越發乾旱無風的沙城境地中，它的隱蔽實存又可能寄身於哪裡？悠悠，我是過來人，我看著你如看著曾經青春的自己，但我已是落花飛絮，而你仍在花兒怒放的季節，我如何忍心告訴你，生命經歷時間，是可以將所有的人間盛況變成一桌杯盤狼藉的殘局？悠悠，我是過來人，我如何一邊聆聽你的故事，一邊告誡你不要踏著我的影子走路？

多年前出走沙城之前，我曾經是一名演員。我善於演繹他人的故事，將自己掏空，又反過來讓他人來充滿自己。我尤其擅長一人分裂多角。也許是這原因，當友伴遠離，生命狂風掃落葉，我逐漸從群戲退居演出一台獨腳戲，我並不感到太大的悲哀，我仍有戲可演，即便剩我一人。我跳著一場求雨舞只給雨觀賞。我跳著一場骷髏舞只給邪靈作證。一個人的舞姿不夠壯麗我可以靠燈光幻像影子和鏡子將自己分裂出許多分身來，我甚至分裂出一群觀眾在觀賞自己演出其中有你。一個人就可上演一場化裝舞會，演員最厲害的東西叫「面孔」（persona）。受「面孔」之所賜我可以進入他人我可以逆轉年齡我可以突破身體我甚至可在性別之間遊走。（你看到的余心到底是女是男是男兒身女兒心還是女兒身男兒心或許都無關宏旨。）但「面孔」戴得多了也會有危機有時會忘記自己原來是或把外掛的面孔當成了自己。如果兩個人呢？兩個人就更不得了一加一不是二而是無限的多重性，悠悠自從你出現後我就一直與你共跳探戈，你難道感覺不到我一直在吸吮你的故事如同吸血鬼吸吮鮮血？我是另一個但同時我只能是我。我以你的故事來製造舞台場景，這樣說來我不僅是一名演員還是一名後台劇場工作者。這個寫托邦的舞台必須是由你我共生構築的只是那工程比想像中浩瀚，它越來越像一座無盡頭迷宮一個龐大的傷心堡壘一個地下世界一個洞穴一座監獄到底我是想把你自沙城中釋放還是我暗暗想把你囚禁？為著要治療你還是為著要多聽你的故事？

悠悠，生活在這荒涼之地，我已經沒接觸具體的人很久了。我活在寓言的世界，寓言就是與世界建立距離，以抽象的力量，與世界建立一道形而上的距離。抽離是必然的，那是一種自我保護，甚至是潛意識的。如果我曾經陷得太深。不然，我必會被憂傷的力量毀滅。直至在寫作療養院中遇上了你。我再次對人世間的故事發生了興趣，越聽越著迷。

Captivated，也不知不覺地成了你的 captive。我以為這麼些年我已成了一個文字巫師但原來初生之犢的你才是一個天生的巫。

悠悠，我們就協約好嗎，我們要不斷交換故事呀。我以我的書寫者分身故事，來交換你的遊幽故事。我會盡我所能打開這個寫托邦或寫作療養院的世界，我提供不同的書寫者「原型」讓你更瞭解你的遊幽或你自己，我也需要你繼續寫，以讓我看到一個具體的人，一個具體書寫者的故事。我們就隔空勾勾手指尾吧，我知你還會說，勾完手指尾後還要互相碰碰手指頭作為打印，如愛者與愛者之間的默契。

但我不確定我的手指頭真的有手指模。

如我終究是一個掏空了自我的演員。

抄寫員

悠悠

你帶我來到一所房子，房牌上刻著"e-dubba"，我不明白這串字母的意思，你說，這是一間「刻寫板屋」。你打開房門讓我看進去，房內靜得出奇，你說，最早的人看書是讀出聲音的，等到人們不用發聲、單靠眼睛便可在字裡行間遊走時，人們的閱讀能力已有了一大躍進。儘管如此，到了現在，有時朗讀出聲也是需要的，你說。

說是靜默房間，其實房內坐了一排排人，好像我們小時候讀書的課室，分別在每人桌上都有一盞桌燈，泛黃的燈光瀰漫在空氣中，各自又像一個光圈罩在低頭伏案的抄寫員身上。每個人低頭默默地抄寫著，背向著我們，你說，他們都是這裡的「抄寫員」（scribe），各人抄寫著不同的書。我想起小時候被老師罰抄的經驗，罰抄一篇文章，或罰抄一個句子五十次、一百次，如是後者，說不清那懲罰是抄寫還是重複本身。你知曉了我的想法，連忙糾正，你說不，你或許也可說他們受到懲罰，但他們絕非被迫的。相反，這裡的「抄寫生」每個都是懷著虔敬之心，把手上的書細細抄寫一遍，作為一種文字的鍛鍊，並且樂在其中。還有一點，他們抄的書都是自己選擇的，跟你小時候被罰抄的不一樣。

固然，你說，我們離開埃及米索不達米亞時代久矣，文字或書早已不靠抄寫員以鐵筆刻寫在泥板上才得以記憶及傳播，但你說，這古老的抄寫藝術，到今天儘管已大大失傳，但仍是有人繼續的。「最高級的閱讀是把書一字不漏地抄一次，這確保你的眼睛沒有跳過任何一個字。並且，不要以為『抄』只是不動腦筋的記錄，當你投入其中，你抄的每字每句都會散發亮光，在抄寫的同時你也在進行閱讀，有時則在默寫。抄寫員本是文字的膜拜者，但在抄寫時，情況出現逆轉，是他手上的文字底本，藉著他的抄寫，即逐字逐句的穿行閱讀，才得以重生起來。」

我和余心在房門口的輕聲對話沒有打擾任何一個抄寫員，他們專心一致地抄寫，我和余心不說話時，甚至可以聽到鐵筆（stylus）刮在紙頁上的聲音，嚓嚓嚓好像樹葉掉在地上，單調重複卻夾雜著不同的節奏力度。「這跟敲打鍵盤是完全不同的聲音質感。有人甚至是為了這筆尖劃過紙張的聲音質感，而來當抄寫員的。」余心總是能看透我的心思，適時地向我給予解說。

「那鐵筆真是鐵做的嗎？」

「是的，就好比現在仍有人寫毛筆字一樣。不過，時代進步，那鐵筆只是象徵性的，不是真的如刀般鋒利，用的當然也不是泥板，也不是莎草紙或羊皮紙。但關鍵仍是不可取代的紙和筆。因為它們，每個抄寫員寫出來的東西都是獨一無二的，即使抄的是同一本書，也沒有同一樣的複本。他們各人的筆跡、筆力的深淺，以至抄寫時可能出現的錯誤，都是不可複製的。其中一些抄寫員，甚至會在抄寫本的末頁簽名題字。」

「抄寫員也會抄錯字嗎？」

「世上只有上帝是不犯錯的。當然，真正稱職的抄寫員都是非常細心的，錯字極少的，因為極少，那萬一出現的錯漏不單預早被寬恕了，有些在日後甚至被珍視為天賜的偶然偏差，以至蓋過原作者本身，所出現的改動被奉為對原文本的合法衍變、增生。另外，儘管以上說到，他們現在用的鐵筆只是形式上的，但也許抄寫員文化傳統深厚，基本上稱職上心的抄寫員都是運筆有力的，筆痕常常穿透幾張重疊的紙張，以上說到用力深淺，也只是相對而言罷了。」

「我看到抄寫員中大多數是男性，女子的筆力也如此有勁嗎？」

「別輕看女子。歷史上最早有自己名號的抄寫員就是一名女子，西元前二三〇〇年出生的安喜杜安娜公主（Princess Enheduanna）；她既是一名公主，也是月神娜娜（Nanna）的女大祭司。抄寫員抄得最入神的時候，每每就是月亮當空之時。在靜謐的深夜裡，外頭的喧囂退盡，筆端劃過紙張的聲音才格外的響徹，與呼吸同步，鑽進各人的心裡。」

我抬頭望向天空，一彎新月高高懸掛，銀光懾人，好像它也是一枝鐵筆，在廣袤無邊的銀河上抄寫著這個世界。思緒才一閃過，即見厚厚的雲層掠過月亮，彷彿經過了那麼多年安喜杜安娜公主仍在暗暗作法似的。

「不僅這公主或女祭司，抄寫員的神明也是一名女神。你看這房間盡頭，是的，就是你想像的小時候課室的黑板位置，那面牆上刻著的浮雕，就是抄寫者女神妮莎巴（Nisaba），如天秤之於公義女神，鐵筆是其千古不變的象徵。」

「那來到這間『刻寫板屋』，上妮莎巴夜課的抄寫員，都要向她交學費嗎？」

「他們不受薪，也不用交學費。一切都是自願和義務的。」

「他們看起來，大部分都十分年輕。」

「是的，因為長期的抄寫也是一種體力活。抄寫員因日久損耗，致抄寫的手終告報廢，並不稀見。抄寫員的黃金歲月，多數是他們的『文字學徒時代』，在這學徒時代，他們體力最佳、人也虛心，正好處於『純粹讀者』與『全然作者』的過渡期。抄寫是很刻苦的歲月，但他們也把它視為一種必要的鍛鍊——若然他們希望有天成為一名真正的創作者的話。這其中的百分率，說實話是很微的，能夠成為真正創作者的，日後無不懷念這段不可復返的純真文字歲月。不可復返，因而格外懷念，也銘記於心。可惜這漸漸也成了一門失傳的技藝。」

「我願意成為其中一位。」

「這正是我帶你來見識的其中一個目的。我不僅要你成為一名抄寫員，還希望你成為現代的安娜祭司。」

消失札記（抄自「塗鴉牆」）

The true paradises are the paradises that we have lost. —— Marcel Proust

「書上印刷的字越來越小了。我想像著文學的終結：一點一點地，無人察覺，字母漸漸縮小，直到完全看不見。」——米蘭・昆德拉《小說的藝術》

要像大象那樣，當牠們不快樂，牠們離開。牠們消失。——尚盧・高達《斷了氣》

我想，如果她的過去，她的幾經起伏的生活，能夠這樣地自己消失，其實是她自己一天天把自己抹去，然後有一天，當生理的死亡到來的時候，她甚麼都不帶走。——彭塔力斯《窗》

我們在替代品之間游移……永遠無法重獲那我們想像界仍保有的，純粹（就算是虛構）的自我認同與自我完整感……正是一個原初的失落客體——母親的身體將我們的生命敘述往前推進，迫使我們在慾望無盡的換喻運動中，追尋替代此一失落樂園的對象。—— Terry

Eagleton, *Literary Theory*

就像形式各異的服裝，過去「兒童遊戲」這個想法也似乎正從我們的股掌之中流失。……現在還有誰看見九歲以上的孩子在玩拋石子、騎木馬、捉迷藏或邊打球邊唱歌這樣的遊戲？……就連兩千多年前在伯里克利（Pericles）統治時期的雅典就已經出現的捉迷藏，現在幾乎已經完全從兒童自發的娛樂活動中消失了。——Neil Postman《童年的消逝》

旅行是一種消失。孤獨的旅人走過地理上的窄徑，踽踽的步伐漸趨漫漶。——Paul Theroux

失神時常突如其來地在早餐發生，而被鬆開、翻覆於桌上的杯子則是一個常見的結果。失神延續了幾秒，其開始與結束都是突然的。諸感官保持警醒，然而卻對外在感受封閉。回復也如開始般即刻發生，停住的言談與姿勢從它們被中斷處重新拾起，意識之時間自動重新黏合，且組成連續、表面上無斷裂之時間。失神可能為數極多，每天數百回，且常完全不令周遭知覺的經過，因之以「失神癲」（picnolepsie）這個詞稱之（來自希臘文picnos，頻繁的）。然而，對失神癲患者卻甚麼也未發生，失神的空檔並不曾存在；每次發作都僅有小段連他都感受不到的時間逃逸無蹤。——Paul Virilio《消失的美學》

From the aesthetics of the appearance of a stable image – present as an aspect of its static nature – to the aesthetics of the disappearance of an unstable image – present in its cinematographic flight of escape – we have witnessed a transmutation of representations. The emergence of forms as volumes destined to persist as long as their materials would allow has given way to images whose duration is purely retinal. —— Paul Virilio, "The Overexposed City" (in Lost Dimension)

Disappearance of the object into its system
Disappearance of production into its mirror
Disappearance of the real into the simulacrum
Disappearance of the Other into its double
Disappearance of the majorities into their silence
Disappearance of Evil into its transparency
Disappearance of seduction into the orgy
Disappearance of crime into its perfection
Disappearance of memory into commemoration
Disappearance of illusion into its end and, finally,
Disappearance of the illusionist himself, on stage, in the full glare of the lights. The illusionist,

having displayed all his art, cannot but make himself disappear (without knowing how).

——Jean Baudrillard, *Cool Memories IV: 1995-2000*

客體在其系統中的消失
生產在其鏡像中的消失
真實在其擬像中的消失
他人在其複體中的消失
多數派在沉默中的消失
邪惡在其透明中的消失
誘惑在其狂歡中的消失
罪行在其完美中的消失
回憶在其紀念中的消失
幻覺在其終結中的消失，最終，
幻術師自己在舞台上燈光下的消失。幻術師在其藝術終結時，只能讓自己消失（但不知道該怎麼消失）。

——布希亞《冷回憶IV》

The corps(e) of the Real – if there is any – has not been recovered, is nowhere to be found. And this because the Real is not just dead (as God is), it has purely & simply disappeared. In our virtual world, the question of the Real, of the referent, of the subject and its object, can no longer even be posed. —— Jean Baudrillard, *The Vital Illusion*

神靈之物轉瞬即逝，但其消逝絕非徒然。——海德格

一旦我被發現，你要找到我就容易了；現在的困難之處在於如何失去我。——尼采

人，就像畫在海濱沙灘上的一張臉一樣，終將為歷史的浪潮所沖失。——傅柯《事物的秩序》

這是甚麼地方？在這裡，唯一剩下的東西也將消失，因為在這個根源、起點之地，音樂本身比在世上其他任何地方都消失得更徹底。它彷彿一個大海，生者將摀著耳朵沉下去，在那裡，海妖，甚至海妖，為證明她們的好意，有一天也將消失。——白朗修

一過了某年紀，所謂人生就會變成一連串失去的過程而已了。對您的人生重要的東西會一樣又一樣，像細梳子的齒逐漸缺掉一樣，從您手中一一滑落。而能拿到手的替代品，卻全是毫

不足取的贗品而已。肉體的能力、希望夢想和理想、自信和意義、或心愛的人，這些東西都會一個又一個，一個人又一個人，從您身邊消失而去。可能向您告別而離去，或者有一天忽然就不告而別了。而且一旦失去之後，您就無法挽回了。要找到替代的東西可不那麼容易。這玩意兒可真難受。有時候就像身上切掉一塊肉那樣難過。——村上春樹《1Q84》Book 2

它們稍後都消失了。我已經說了，我不明白緣故。初九說，把甚麼也看不見的相片紙浸在顯影液裡，畫面就會漸漸顯出來。我只知道，把所有的東西放在歲月裡，不久就都隱去了。——西西〈雪髮〉

儘管當時的統治者和圖書館員費盡心血關注，亞歷山大城圖書館還是消失了，我們對它建立時究竟是何形狀幾乎一無所知，同樣，對於它的消失也幾乎沒有確知之處，不知道事出突然或逐漸沒落。——阿爾維托．曼古埃爾《深夜裡的圖書館》

即使我可能會像一隻蜜蜂一樣的被人從向日葵的花朵下拂去，使得我那持之以恆，點點滴滴所累積起來的哲思之書將如水銀瀉地般的轉瞬之間消失得無影無蹤。——吳爾芙《海浪》

你害了我。

你對我真好。
我們將懷著滿腔誠意，問心無愧地哀悼那消逝的太陽。
我們將沒有別的事情要做，惟有哀悼那消逝的太陽。
時光將流逝。惟有時光流逝而去。
然而，時光也會到來。
時光將到來。到那時，我們將一點兒也說不出究竟是甚麼使我們倆結合。那個字眼將漸漸從我們的記憶中消失。
然後，它將消失得無影無蹤。

——杜哈斯《廣島之戀》

古怪的人，所經之處只留下一團迅即消散的水氣。我和于特常常談起這些喪失了蹤跡的人。他們某一天從虛無中突然湧現，閃過幾道光後又回到虛無中去。美貌女王。小白臉。花蝴蝶。他們當中大多數人，即使他們在生前，也不比永不會凝結的蒸氣更有質感。于特給我舉過一個人的例子，他稱此人為海灘人：一生中有四十年在海灘或游泳池邊度過，親切地和避暑者、有錢的閒人聊天。在數千張度假照片的一角或背景中，他身穿游泳衣出現在快活的人群中間，但誰也叫不出他的名字，誰也說不清他為何在那兒。也沒有人注意到有一天他從照片上消失了。我不敢對于特說，但我相信這個海灘人就是我。即使我向他承認這件事，他也不會感到驚奇。于特一再說，其實我們大家都是海灘人，我引述他的話：「沙子只把我們的腳印保留幾秒鐘。」

——帕特里克・莫迪亞諾《暗店街》

然後，就在兒子困惑的眼前，他開始變得虛幻不實，逐漸消滅。他身形立刻沒了輪廓，開始憑空搖晃。暮色中，媽媽睡在床上，新生的紫褐肉蕾睡在床旁椅上的籃子裡。空氣隨著父親的缺無而顫動。

他一個字也沒對兒子說，只是繼續蒸發，最後完全溶解不見，房裡唯一留下的他曾存在的證據，是磨損起毛地板上的一灘嘔吐物。

——安潔拉・卡特〈艾德加・愛倫・坡的私室〉

時間過得飛快。幸虧有了時間，我們首先是活著，也就是說：被人控訴、被人審判。然後我們走向死亡，我們跟那些認識我們的人還可以待上幾年，但是很快產生另一個變化：死的人變成死了很久的死人，沒有人再記得他們，他們消失在虛無中；只有幾個人，極少數極少數幾個人，還讓他們的名字留在記憶中，但是由於失去了真正的見證人、真實的回憶，他們也變成了木偶……

——米蘭・昆德拉《慶祝無意義》

消失角色收容所

余心

悠悠，在「刻寫板屋」逗留了一段日子，你也抄寫了不少文本了。紙張看似是平面的，但你以想像力將它摺起來，每個故事都可以摺出一個世界。你現在應該明白，抄寫員肉體上雖說留守於抄寫房中，他們實則是神遊太虛的。你抄寫的消失文本，讓你獲得一條鑰匙，進入這個罕為人知的「消失角色收容所」。

在這間不為人知、連人造衛星、Google Map地圖也偵察不了的收容所，住著許多從小說中消失的人物。他們由文字構成，從紙頁消失，消失得非常突然，或消失了非常長的時間，但長或不長，每每是相對於小說的心理而非真實時間而言。因為是從紙頁上飛來的，消失的小說角色無真實形體，但他們明明又是有靈魂的。其中一些是非常有名的。這些故事也許你也曾聽聞，甚至一度熟悉，跟你的遊幽共讀過分享過也說不定。

這個地方在「寫托邦」一個非常隱蔽的角落，一般我不把人帶到這裡，因為進來的人本身也有可能消失，若回返不了，自己也可能變成一個消失的角色。悠悠，你現在想離去仍來得及，你自己作決定，是否進去看一趟。

悟者的消失[1]

你來到一條舊年月的街巷上，見到一個拄著枴杖的老人在散心，聽著一個奇奇怪怪的跛足道人在唸一闋〈好了歌〉，聽罷，老人似有所悟，回了一闋〈好了歌注〉。凡事好了便須了，不了便不好，「好了」剛剛落下，悟者就神奇地跟著跛瘋道人飄然而去，消失了。頓悟與消失重疊，那可能是小說史上最「神」的一次消失。但你以為悟者真的消失於一瞬嗎？其實不然，悟者必先歷經塵世的浩劫（失至親劫、火劫、病劫、榮枯劫、寄人籬下劫），方能達到後來一瞬間的頓悟。頓悟與否，也在乎機緣。悟者的名字中早藏玄機，在於一個「隱」字。

（悠悠：我知道你說的是誰。〈好了歌注〉，我曾經跟情人唸過，並背得朗朗上口。但這樣的頓悟，如果說是「遁入空門」，也太可怕了一點，好像被一個「拐子佬」攝走，帶到一個消失的維度，連肉身也不見了。如是這樣，我寧願終生不悟。執迷不悔也是一種癡。我寧唱「不了情」，不唸〈好了歌〉。）

我知。我一直聽著你的吟唱。

父親的消失[2]

你來到一條河邊，這河有一個美麗的名字，叫「河的第三岸」。（悠悠：何謂「第三岸」？）既非「此」，也非「彼」；永遠在過渡之間。河深且寬，一眼望不到對岸。河水平靜，但水漲時候，偶爾也湧起急流。來，伏在河邊的灌木叢邊，靜靜看去，你看到河上一隻小船嗎？船板上坐著一個男子，身披薄衣，頭頂舊帽，上船的時候還值壯年，現在應已垂垂老矣。（悠悠：我看不到他的臉容。只看得到他長而蓬亂的頭髮鬍鬚在風中飄揚，像一棵榕樹的根鬚）。故事是這樣說的。一天男子收到他悉心訂造的一隻船，就毅然辭家而去，一直在河中漂流，從此不曾踏上陸地。（悠悠：是離家出走的故事嗎？）是，又不是。男子出走了，然而又始終不曾遠離。大河離他家不遠，男子就孤獨地在河上漂流，不曾離開大河，但永遠又在別方。有人說，男子可能瘋了，可能在兌現向上帝的許諾，也可能給魔鬼施咒了，也可能得了可怕的病。（悠悠：或統統不然，男子可能發現——獨木舟才是他生活的理想地

1 曹雪芹《紅樓夢》中的甄士隱。
2 羅薩〈河的第三岸〉中的父親。

方，河上漂流才是他的理想存在狀態。這才是真正的「病」）。是的，那是一艘只能容納一人的小船。無帆無桅如一葉輕舟。男子不停地搖槳，有時也任水流載送，在河中漫無目的地漂浮。（無目的正是漂浮的本質）。日復一日，年復一年，他任生命在廢棄的時光中流逝。時間過了很多年，他家中的三個兒女由孩子長大成人，以至連穉子也長出了白髮。（多少年了？）怕有二、三十年了。那船雖小但異常牢固，用上等的含羞木造成。（含羞木？我只見過含羞草。可以也給我造一艘嗎？）傳說造船的人已經死了。而男子離死亡也不遠了。男子死時，他躺在船上熟睡，含羞木船正好可作他的棺材。若然不死，當船破毀，他終歸也會跟船一起沉入河底，在河中消失。

消失劫，消失咒，其實也為：消失願。

（悠悠：我愛著的遊幽，人們雖說他不會長老，可實際也是一個中年男子了。莫非中年男子都有離家出走的意願，有我所不知道的苦衷？）

作者的消失[3]

你來到一間劇院，日間舞台進行著綵排，忽然舞台闖來六個人，更準確說是六個角色

——一個披著黑色面紗的憂傷母親、一對不斷吵鬧對峙的父親和繼女、一個疏離只欲置身事外的兒子、一對噤聲不語、無發言權的年幼男孩和女孩，不請自來地尋找把他們帶來世上但中途棄之不顧的消失作者。劇場導演最初著舞台經理把他們驅趕，但目睹他們的言談舉動，忽發奇想，覺得可由被打擾的演員，改演這六個角色的真實人生故事戲碼。角色抗拒，認為他們不可能由其他人代替，但導演堅持，他們不是專業演員，他們的故事只能透過演員化身來演繹。六個角色又想到可由導演來充當他們的作者，但導演拒絕，他堅稱自己是導演而不是作者。事實上，他以往很多導演劇作，就是在作者「不在場」的時候進行綵排的。真實與戲劇的界線被模糊化了，即興的場面成為劇作本身，而「劇終」，六個角色的生命故事並沒有真正被接收搬演，而他們最初找尋的作者，亦一直沒有出現。

（悠悠：作者在寫作過程中尋找他筆下的人物，我聽過、知道也實踐過。作者在創作時把人物角色拿走、取消，也時有發生，但若建立的人物已有其自身足夠的生命，不要說作者未必能抗拒他們的存在誘惑，忍心把他們撕碎，即便作者決心放棄他們，已被呼進生命靈氣的角色也未必那麼容易可被「紙上謀殺」。但角色聯群起來，不罷休地尋找失蹤的作者，這聽來還像天方夜談。你告訴我這個故事，是想告訴我，或者我也是一個小說角色嗎？被作者

3 皮藍德婁《六個尋找作者的劇中人》中的作者。

創造出來後，中途棄之不顧，明明有了生氣又不讓她面見天日，我在苦苦尋找的遊幽難道就是我的作者？還是作者另有其人？不，我不是一個小說角色，我是一個人物，一個真人。余心，你不要蠱惑我，我開始感到很迷惘。）

情人的消失[4]

我請你來到一個舞會，於一個秋季時節。一場訂婚儀式的晚夜。十九歲的勞兒與二十五歲的米高將展開一段人生的新路程。現場樂隊中場休息，舞池空蕩。一對謎樣的母女現身舞場。母親瘦削，一身黑衣如巫魔般，一個眼神就把未婚夫的魂魄奪走。未婚夫面色突然蒼白，突然不再是他原來所是，痛苦掩至，但同時雙目發光，勞兒靜默地目睹其中的一切變化。米高邀勞兒共舞，他知道，這將是跟勞兒——在神祕女子出現之前他還認定將是他妻子的勞兒，人生中的最後一舞。舞罷，再舞一曲，未婚夫將屬於別人。未婚夫轉而邀謎樣女子共舞，他們跳著，抽離於周圍所有人之間，二人幾乎無話，而始終保持著一定距離。一切將在日出前完結。一夜之間，年輕米高老去，追上了如巫如魔的女子，而勞兒將一夜衰竭。日出，勞兒目送未婚夫與黑衣女子離去，從此消失得無影無蹤。舞會之終結，創傷之原點，浩劫點與耗竭點重疊，卻又不能不說是，生命能量發光的絕對時刻。悠悠，在你或你的愛人身上，也曾經歷突來的一瞥，推倒了你生命之前累積的全部嗎？致命的一瞥，來自愛神的一箭，無可理喻，無可抗力。原點無可復返，卻自此覆蓋著茫茫生命荒漠至盡頭。悠悠，這也曾是發生在你身上的故事嗎？

——夠了。從舊街巷到第三岸到舞台到舞會，風景不斷轉換，我跟不下去了。

——那你自己進去看看吧。隨你的步伐和機緣，我不作你的嚮導了。

——但余心，你帶我到這裡幹甚麼呢？在這裡我會找到遊幽嗎？

——說不定。

——但遊幽是一個人，一個曾跟我生活的真人，不是一個角色，一個小說的角色。

——但你一直在做的，不就是把他寫成一個消失了的角色嗎？這個你不會不知。

——你的意思是？

——把他寫成一個角色，從現實中拿下來，將他發放到紙上，發放到小說世界之中。最初的寫可能還出於哀悼，慢慢書寫產生改變，你漸次反客為主，在悼念之中你同時把他「處死」，進行報復。只要你最終能把他變為一個消失的小說角色，由被追悼者變成你的創作物，你便能獲得慰藉、超越，甚至救贖。

——一場漫長的解咒過程。

4 杜哈斯《勞兒之劫》中的未婚夫。

——是的，所以這間「消失角色收容所」，在眾多的消失角色之中，等著你填入一個新的，由你創作的：一個作家的消失。作家的名字，就叫遊幽。

——如果我最終也沒能寫成呢？

——那就將「消失作家」的名字替換，叫悠悠吧。

為了寫作的消失

遊幽

1. 把你拉進帷幕中

我在寫一個小說關於「消失」，更確實地說，我是想將一個角色「人間蒸發」，而碰巧這個角色是「我」。讓這個「我」踏上一條叫「消失號」的放逐旅程，終點站叫「無人之境」，其實就是一條不歸路。如果寫作是一種「呈現」，我如何呈現一個走向消失的人，如同一張拍立得照片中的景象，從黑色一片到彩色浮現眼前，到全然明晰後又隨著年月慢慢淡去，終至復歸於無。這是一個寫作的難題。但寫作不是雜技表演，不是高台跳水挑戰3·8級難度，不是，不是如此的，如果我希望這樣寫，一定是有著更根本的理由的。讓我稱這根本的理由為一種存在狀態——一種需索幽閉儼如需索空氣的存在狀態。

為了在紙上自我消失，我把她的影子拉入帷幕，給她貫以一個名字叫悠悠。我虛構了她正在為一個「缺席」的情人而苦惱，陷入思念之中，消失的對象只有在極度思念的煎熬之中才能被照見，以至言說。她的情人怎麼會消失，她不知究竟，她只知道，她的情人——一個作家，一天告訴她他準備要寫一個關於消失的故事，於是他著手進行各種各樣關於消失的研究、構思，而竟然有一天逕自消失去了。她不知道這是不是一種所謂的「經驗書寫」（或電影學所說的「方法演技」）——為了「書寫之生」，作者自己親身投進角色，去經驗所謂從生活中消失，到底是一回怎樣的事。

悠悠

2. 將自己兌換成一本書

我怎會只是你拉進寫作帷幕的一個影子呢？如今我記起來了，當我在你的書架上找不到一本你自己的著作時，我跟你有過以下一番對話。

我記得我曾問你：「怎麼不在書架上放放自己的著作？」你看看我，但笑不語。沒多久就給我寫來一段話，不知何故也正好是阿根廷作家博爾赫斯給請出場了（也許當時你正在讀他的小說）。你寫道：我想告訴博爾赫斯我也是一名作家，並且很喜歡寫短篇小說，但在他面前，我不好意思說。在他面前，如果圖書館無盡的藏書中沒有我的作品，我是絲毫不敢抱怨的。合該如是，平日有幾分高傲的我，忽然變得非常謙卑。事實上，在無數的書本面前，我感到自己極度渺小，如果不是為了自己，壓根兒就不需要寫作。「僅是為了自己而寫」——這句話如果脫離時空，乍聽好像將自我無限放大，但實情是，它是自我縮小後唯一還可保留的寫作的理由——如果寫作也需要一種「自我合法化」。為眾人而寫，為世界而寫，於我是過於宏大的意願，我不相信我的作品會影響人，更別說留存於世的價值。寫作的初衷縮小為，僅為了自我傾聽，以文字來探挖、實踐存在的意義，以抗衡生命被虛無的無盡侵蝕，儘管這終究也不免是一場徒勞。因為瞭解到自我十分卑微，因此反而只餘「自我」之一途，別無其他。

你曾經虛擬一個問題（一聽到假設題就不回答的人是「悶蛋」的，我和遊幽都不是）：「如果世界上必須消失一本文學傑作（就說是米蘭．昆德拉的《生命中不能承受之輕》吧），或世界上必須消失我，二選其一，我當如何選擇？純客觀為人類的福祉著想，我以為，消失我，世界的損失是少很多的。當然我是指對人類世界，不是對爸爸媽媽而言。」「還有我呢？」「是的，還有你。」

或者轉個方式問：「如果世界上不曾有過一本我們現在已知的文學經典，或如果世界上不曾有過我，二選其一，我當如何選擇？我會說，純客觀不帶感情地看，不曾有過我，世界的損失是少很多的。應該說，一點損失也沒有。」

「遊幽遊幽，你怎麼會把自己兌換成一本書呢？你與書又不是同一樣的單位？」「不，想想而已，就當是思考實驗，而且，我們的社會，不也常常把不同單位的東西兌換嗎，譬如說，一盒香菸的價錢可以買多少個漢堡包；每年一個城市棄掉的環保紙，疊起來足夠填滿多少座摩天大廈。」

「好的，遊幽，你聽著，如果有天你要我離開你方能寫成一本小說，我成全你。」「你怎麼要這樣說呢？」「我也想試試將自己兌換成一本小說。一本未寫完的小說。」「悠悠，你與小說是異質的，我看你無非是要激勵我好好創作。」

是的我們的關係太牢固了我們自以為天造地設我們沒想過分離所以我們甚麼都可以說說的時候全當成是假設題，說的時候還以為「分離」二字很遙遠殊不知它一下子就站在了面前。一語成讖，或者不過是自我實現的預言。但結果離開的是你，不是我。或者都是一樣的。

我也記得，在這個書房中，我曾向你說：「做一個作家你首先要把文字放到最高，甚於我。」是的，如今想來，你的離開，難道沒有我的慫恿嗎？當我看到你被百事纏身被很多跟寫作無直接關係的俗務瑣事「騎劫」，在自己的城市無法安在一張寧靜的書桌而陷入沮喪失落時，我給你寫下寄託，就在這個書房——

是時候躲起來了，遊幽。
你骨頭都脆了，腰骨都歪斜了，
是時候躲起來了呀，遊幽。
找一個無人可找到你的地方（這地方存在嗎？）
找一個可以自絕的天地
是時候躲起來了，遊幽。

關閉你的蜂巢電話
關閉你的無面書
關閉你的微不博
這些都太無聊了
雖然我明白
最初你開啟它們

不過想親身體驗
這個時代中，所謂
高尖科技的無聊
（這樣說來，這又不是無聊了）

關閉你的　微不博
關閉你的　無面書
它們連魔鬼都稱不上
魔鬼是偉大的，而它們盡地只有碎屑

來一次高傲吧
封上你的門
跟無親的人本來就無需聯絡
至於親的人，如我
寧願你離開
放逐吧，遊幽
我不願你被囚禁於世俗的枷鎖

放逐吧，遊幽
我不願你變成千萬人海中的一個
離開吧，遊幽

忽然有非常微弱的希望
非常微弱

你的離開，有我的慫恿。你無可否定。

遊幽

3. 我只是你捲吐的香菸

悠悠，並無那個你在哀悼的人。或在追逐的人。
他是你頭腦裡生出來的，他是你心靈內分裂出來的。
你記得的那個人已經不存在了。
別窮追不捨。

別留戀於幻象。
我再次說，你記著的那個人，已經死了。

不瘋魔不成活？你別太沉迷。
凡事上了癮就成墮落的開端。
我只是你自製的香菸，
捲完一支又一支。

或者這樣說吧，我只是你創作中的小說的一個角色，一個文本中才存在的人物，我沒跟你一起共住過，但又不，在你磨蹭著書桌把我從書葉中生長嘔吐出來時，我的確時刻與你同在；事實上，因為「我」本來就是出於你手筆的，我沒能力僭越你文字世界的範圍，所以我必然是隨你攜行的。甚至現在好像我在說話，其實也是你在寫著「我」在說話，上一節你以第二身指稱我，今節你給我第一身的聲音，那我就按照你的意願繼續敘說吧。但有一天，也許我會超出你可控制的範圍，超出你所意願的，如上帝創造的人類背叛了創造者，但這卻是預先由創造者所知曉甚至默許的，那所謂背叛是否真成其為背叛，還是背叛本身就在創造者的構思藍圖之內，那就變得非常難說了。無論如何，感謝你賜予我一個如此複雜的辯證思維，某程度上，也即在這世上生活自尋煩惱的本能。

悠悠，並無那個你在思念的情人，他已經在十年前死了，何解你要以文字，勞勞終日地把他從文字中雕刻出來，以為這樣他就可以從墳墓中被呼召出來以之為復活？沒可能呀，沒可能，他已經死了，即使我在你的文字中可以再生，然而到底我不是他，你明明一早知道，紙上的還原是不可能的，極其量只是一個真人的替身。

悠悠，你所說的遊幽根本就不存在過，是你幻想出來的。如果你始終執迷不悔，好吧，我聽候你的心願，就試試看，做一名替身是如何的。

日落前讓捉迷藏終結

悠悠

我們相約玩一場捉迷藏遊戲。可以自己緊閉雙眼，可以蒙一條圍巾遮著眼睛。也可以睜開雙眼，捉人者先面牆由一數到一百，一百聲內他的玩伴四散，各自尋找地方躲藏，第一百聲後，捉人者轉背，離開牆壁，尋找一個個失去蹤影的同伴。像我現在所做的。我討厭永遠只做捉人的角色，有時我捉人，有時人捉我，輪流轉換，遊戲才可以延續下去。一個人要是只能做一個角色，任何有趣的遊戲，時間一長就會使人厭倦，催人欲狂。

我尋找的有時是現實生活裡的真人，有時是書本裡的角色，兩個世界，他們各自消失的理由有時相似，有時有著本質的差異，長時間穿梭其間，我有時也會將兩個世界混同，但兩個各行其是的世界也並非沒有接口，有時現實生活中的真人，後來我是在書本世界裡找回來的；至於書本世界裡失落的角色，有時在現實生活中出現其身影，印象中也是有過的。遊幽，在我看來，你就是一個在兩個界面中懂得穿行術的人。另一種特別的雙棲動物。

我們小時候玩的捉迷藏遊戲很簡單，藏身之處不外乎是牆身後、衣櫃裡、床下底，我們沒有很大的躲藏空間，有時跑到室外，也越不出一條後樓梯、一條街巷、一個公園的範圍。邊界明晰，而遊戲從一開始便知道一定會終結——當所有躲著的人都被逮個正著，或者在預定的時間（就譬如說，在黃昏日落之前）內如果有人還沒成功被擒拿出來就自己自動現身，等待下一輪真人洗牌遊戲重新開始的全體歸位。這就是原初時期，無論個別孩子多麼傷感，總的還是有著天生的樂觀——樂極忘形投入於捉迷藏遊戲的孩童，他們以為，一切都是會重新歸位的。消失的身影只是暫時的。我們以暫時的消失作為自己的本領。但日落前大家就會全體出現，一身髒污或者大汗淋漓，說好，明天見，明天我們再玩個痛快。以為一定是會有下回的。

生命中走失的人很多，但如果沒想過尋索，就無所謂走失。那只是非常正常的，擦肩而過，分道揚鑣。

也許是我的日子已來到日落時分，我在心裡竟想起失散的同伴，暗自在召喚著他們，也許他們也暗自把我想起，或者壓根兒老早已把我忘記。

我沒想到後來捉人的地方，邊界越來越擴大、消融，大部分我欲尋找之人，我預感他們仍留守在我們生活的沙城之內，但有的可能已經出走、他去，去到沙城的版圖之外，去到不屬於城市空間的另一國度之中，以至根本已離開了塵世。而我們小時候玩捉迷藏的道具背景——大桶衣櫃、五斗櫃、碌架床、後樓梯、街巷、小公園，卻一一在沙城中「人間蒸發」或者成了築起圍欄的「閒人免進」禁地，好像「沙城」這城市自身也有著她自己的消失意志，要加入我們綿延多時，從開始其實就一直沒有告終的捉迷藏遊戲。日落還沒有完全到來，它只是散發著一點餘暉。

沒想到這日落拖得那麼長。黑夜遲到了，足足一個十年。

巫寫會

余心

捉迷藏遊戲，悠悠，原來你也樂於此道。只是現在，一個人尋著一人，這樣的捉迷藏，又會否孤獨了一點？是因為太過孤獨，孤獨到了即使連你這個「孤獨精」也忍受不了的程度，你才向我發出求援嗎？要我一起跟你尋索嗎？悠悠，這個我可要再想想。多年來我習慣於抽離旁觀，如果我加入了你的捉迷藏陣營，我不知我會否仍是現在的自己。

但我可以告訴你，作家消失的故事，你的遊幽不是第一個（也不會是最後一個）。

曾幾何時，在寫托邦，我也曾見證過一場瘋狂的捉迷藏。

捉迷藏的夥伴共七人。一個理論家，一個評論家，一個劇作家，一個演員，一個編輯，一個作家，後來還加上一名「孤讀者」，七人自少年時候便互相認識，夠不上「竹林七賢」但曾自組成一個「巫寫會」，定好每年白天最短夜晚最長的時分，即一年之中的「冬至」，為他們的週年紀念日。紀念日以一場捉迷藏開始，好延續他們小時候日復日的遊戲玩樂。

平日流離失散的他們，這天會回到「原初之地」，少不免又要互相出動找尋對方。因為那天日頭下沉得異常的快，那捉迷藏遊戲玩起來就特別有一種催促的快感。心靈快感扭曲了物理時間。但無論如何，十年來每一趟，在日頭完全沉降消失讓位於皎潔（狡黠）的月亮時，他們七人還是會現身，跟著進行一場通宵達旦的波希米亞沙龍晚會。可到了第十一年，作家卻消失了，他沒有來。日落前大家都歸隊了，唯獨走失了一個作家。難怪都說，詩人，生活在他方。

但說作家沒來也不完全正確。大概在冬至來臨前的一個星期，他們各人，理論家T，評論家C，劇作家D，演員A，編輯E，還有讀者R，各自收到作家W寄來的信函——說是信函也不盡然，而是各自收到一份小說的文稿，但合起來並不完全，而只能說是一些斷片。這些斷片像W給自己下的戰書，他告訴巫寫會的幾位盟友，他給自己下了一個決定，除非他手頭那個長篇小說完成了，他才會再度開口說話，再次現身於人前。作家W現身與否，對一般人來說也許無關宏旨，但對於巫寫會那群長大了還會一年一度無休止玩他們約定好的捉迷藏遊戲的盟友們，卻事關重大。另一方面，那封「戰書」也可說是一封求援信，W或者在寫作中陷進了別人難以理解的困局、墮進了寫作的深淵，以他一貫孤獨寫者的狀態，他一貫是作品完成了才與盟友分享，鮮有在未完成的狀態中便已事先張揚的。他可能意識到自己完成那長篇比自己想像中更遙遙無期，而根據他個人的堅持小說不完成他不會再出現，時間一長連他自己也陷入於永久消失的恐懼中，因而給盟友傳來飛鴿傳書，讓他們知道事情的底蘊和嚴重性。因為W此一舉動，他改變了他們玩了多時的捉迷藏遊戲，不再是一人扮演找尋者，其他人扮演躲藏者，遊戲的本質因數字而改變——六個找尋者，各自或合謀出發找尋消失了、藏身在不知何方的他。遊戲的接受與否，很在乎他們的友誼深淺、作家W本人的價值，以及，憑他們手上握有的那些文稿，判斷那事先張揚的不可完成的長篇小說，所可能彰顯的意義或無意義。後者比起他們私下的交情可能還更重要，因為「巫寫會」成員（可稱為「巫寫者」）信奉的理念之一，是把作品置於作者之前，以至去到極端的情況，要是為了成全一個傑作（或藝術品），作者（或創作者、藝術者）本人的消解，是創作行為中完全可被理解的付出——甚至不能說是付出，或者可說是犧牲，甚至不能說是犧牲，而只能說是創作者的命運。

消失的十二種可能

悠悠

一個人會如何不明不白地消失呢。我往「消失角色收容所」轉了一圈，見到了悟者甄士隱，見到了漂流在第三岸的父親，見到了也許受不到日常家庭冷寒以致奔亡失蹤釀成一場家變的六十七歲老父范閩賢[5]，見到了勞兒那個被神祕黑衣女子在訂婚舞會中攝走的未婚夫魂魄，見到了消失了許久的土耳其美麗女子芙頌（癡情的男子思念成疾，為她建起了一座純真博物館）[6]，見到了躲在學校閣樓暗角一頭栽進小說裡頭的讀者培斯提安，見到了避開角色追捕、一手把角色在創作中途離棄的作者，見到了被彼得潘從濁世安樂窩中拐帶走的雲廸和兩個弟弟們；我甚至連在肥土鎮中消失的花初三、花里耶都碰到了，他們身披淒美哀絕的自障葉，自障葉儼如一張飛氈，除了花家的人，還捲走了一整個城市。[7]

自障葉鋪滿一地，也有的已經枯萎。

但我始終見不到消失的遊幽身影。

但我也並非空手而回。在靈魂出竅的消失遊歷中，我猜想出像遊幽這樣的一個人，消失的十二種可能。

1. lost in reading 消失於閱讀之中

被書偷走的人。如《說不完的故事》的培斯提安，現實中不堪的他，走進了一個叫Fantasia的世界，變成另一個英勇小孩，拯救Fantasia於被Nothing無休止擴散侵蝕的任務中。如果我在寫托邦中碰到「孤讀者」安安，我會問問他。

2. lost in games 消失於遊戲之中

捉迷藏，及其變種如捉伊人、伏匿匿、盲公捉、何濟公、埋舟。孩童在自轉中自製暈眩，落入意識之河頻繁被截斷的「失神癲」中，復又重新接駁。Fort/Da。消失與復現的無休止循環。點蟲蟲，蟲蟲飛。大風吹吹走了一個可愛的孩童。Peekaboo。反覆遮臉又露臉以

5 王文興《家變》中消失了的老父。
6 奧罕・帕慕克《純真博物館》。
7 西西《飛氈》。

逗小孩發笑。Wait, wait just a little while. Soon will come the man in black for you and, with his little chopper, he will turn you into ground beef. You are out. 將開心的遊戲玩到極盡詭異恐怖。凡此種種，我也曾樂於此道。日落前讓遊戲終結。沒料到這些遊戲自身也在消失之中。消失的遊幽，你一個人玩到天涯甚麼角落去了？

3. lost in self-absorption 消失於自我沉溺之中

所謂「自我浸染」（self-absorption），就是一種不停自我分析的狀態，出不來。不斷自我分析難道不會累嗎？是的，只有分析而沒有感受是會使人枯乾的。我拒絕把分析和感受分離，或者也不容我拒絕，它們在我身上總是走在一起，唯其如此，思索才不會是一件勞累的事，而是活力之泉源。但如果有一天，分析與感受，真的有那一端跟不上另一端，以至漸行漸遠呢？當真有這一天，其實你也是無從干預的，因為事不由人。除非智力衰退，分析的能力應該是比較難於減損的，而感受則往往隨日子磨鈍。較早逝的，較可能是感受的一端。然而，感受持續強烈而分析節節敗退，也不是完全不能想像的——如果你曾經陷入激情，大抵也曾接近如斯狀態。

他終於消失在自我沉溺之中。

4. lost in love 消失於愛情之中

愛情是「我中有你，你中有我」，但愛情也可以是自我繳械，在對手之中消融了自己。我不再是我自己了。我迷失了自己。我與自己分裂了。我被愛情附魔了。我怎麼會變成這樣。尤其如果那是極愛。瘋愛。強弱懸殊的愛。又或是兩個藝術家之間的愛，共振時可以擊起洶湧波濤，撞擊時也可以震斷一道心橋。

5. lost in time 一直住在，失落的時光裡面。

流動的時間河被截斷了。置身於鐘表時間之外。鎖於過去之中。消失於回頭之中。

6. lost in melancholy 消失於憂鬱之中

黑色。黑色的膽汁過盛。黑太陽。哈迪斯的冥府照不進太陽，這裡連花朵都是黑色的。黑不見底。伸手不見五指。被罩在土星的光環下。溺斃於自己的黑膽汁之中。發光同時又發黑。

憂鬱是一種沉溺，憂鬱症是一種解離。

憂傷終必壓垮你，還是取勝的是虛無。

你用憂鬱來報復這個世界，最後讓憂鬱報復了自己。

7. lost in writing 消失於寫作之中

將寫作和生活倒置。自某日子起，遊幽每晚會呆坐在桌前自言自語，他把自己關在書房中，把書房門鎖鎖上，掛上一個從日本買回來的牌子：「在勉強中」。閉關寫作不出奇，但他把書房的燈全熄滅了，他說靈魂要在漆黑中才能被照見。時間也不長，每晚定時定候大約半句鐘，最初我就當是他皈依了甚麼靈異宗教，每晚以禪坐或者祈禱作為修行儀式，反正我們每個人，那怕是生活最沒規律的，也會為自己設下別人難以理解的生活習慣。但時間一長，我便開始懷疑這寫作儀式正慢慢把遊幽推向瘋癲的邊緣。

寫作侵吞殖民生活所有邊界，直至它自身成了一個天地，揉合了靜默、語言、沉淪、起舞、真實、幻象、存在、死亡。他在紙上搭建一座文字堡壘，讓自己住進去，同時也出不來了。

8. lost in insanity 瘋了

上帝要你滅亡，必先令你瘋狂。像古時的癲癇症患者、未坐上愚人船從一個城鎮流浪到另一個城鎮的精神錯亂者。像被阿波羅神蛇舔過耳朵、擁有預言能力但無人相信，後來成了阿卡曼儂俘虜的特洛伊公主卡桑德拉。像唯一知曉誰是戀母弒父者的底比斯盲眼老先知狄瑞西阿斯。像終日絮絮不休如患了夢遊症的說故事者。像以字句來建構現實的人。

9. lost in space 消失於城市之中

這個城市裝不下你的心靈。但你可以往哪裡逃呢？當每座城市都被同化時，城市將不會有盡頭，也沒有出口，所有地方都貼上「No-Exit」，從城市逃生預先被判定為注定的失敗與徒勞。這才是終極令人迷失的原因。有了手機漫遊，真正的漫遊者便開始瀕臨絕種了。世界融合工程以高速進行，當天衣織得無縫無隙，何處還可以是寫托邦寄託的他方與邊界？又或者寫托邦不在邊界而在內核。城市不僅止一塊表皮。她是一層包著一層的「中國盒」，不同的人住在不同的層界，最外層表象給化妝成一襲華美衣裳（多數人寄身於此），包蓋著被蛇蟲嚙咬的內層直至徹底爛掉的核心。你必須敢於潛進並良久逼視內在，才能明白破壞是如何造成的。

10. lost in vanity 消失於名利場之中

我也見過你消失於名利場中。寫作，本來是隱身的，但落入後現代「表演型社會」中，作家被拉上舞台，作者的名字被放於作品之前。未必一定無可抵抗，但也有一種身不由己。寫作人成了舞台人。舞台下遊魂的你，一上到舞台便聚焦起來，也有發光的時候，但也不過那麼剎那，舞台燈滅，遊魂的你又復加疲憊。發光體也有瘖啞的時候，二者互為表裡。

「寫作的舞台理應只在書中。」你曾說。但你的名字出現於報紙訪談中。出現於雜誌封面上。出現於城中文學活動的講座名單上。甚至出現於與文學無關的媒體清談節目中。你曾經以為當中如果能有百分之一進入文學世界那到底也是好的。直至在一個講座完結時，幾名聽眾拿著一張白紙向你索取簽名時，你剎那間明白，你一直所寫著的不過是白紙一堆，名字簽在白紙上，可以給摺成一隻紙飛機。你乘著紙飛機飄走了。我未能及時提醒你：紙飛機，是一定會墜落的。

11. lost in elsewhere 生活在他方

我是另一個。我不是另一個。我只能是自己。我不是我自己。心如何歸靜，心如何歸零。心如何得力，心如何安然。必須成為一個「異己者」。異己同時也是自己。異因而有了自己。自己看著自己扒飯，自己看著自己寫字，自己與自己隔著一道透明的屏障，只有自己看得到。左手與右手互搏，所有虔誠的作者都是慘情的周伯通，成為高手的卻是萬中無一。說到底我只能是我自己，我沒有另一個面具。但你必須把自己分裂才能把一個故事說完。以旁觀的分身書寫自己的痛苦和世界，以之為「靈視」。阿多諾嘗言：「主體成為主體的對手」，而我說：「主體性以主體的消失敘述來建立」，於遊幽，於沙城，或於我。其實你一直都在，你只是被置換成另一個人。

12. lost in the other side of life 消失於生命盡頭的另一邊

開／關。醒／睡。臥／立。呼／吸。動／靜。輕／重。寫／不寫。終究會碰到那終極的開關跳格。過了那條邊界就是冥河。最後的一班列車。最後的一塊葉片自枯樹掉落。最後對世界的一瞥。最後一次你的笑臉滑過我的腦海。生命最後的一聲呢喃。最後的一口氣。最後然後無然後。靜滅。以無限近又永遠可細分切割的距離接近盡頭。

消失的另種可能

余心

消失的十二種可能，你就想到這些嗎？我給你補充一下。其中一些，我也曾見過的。

1. 一剎那間瞥見另一個自己

如一剎那間瞥見了自己。奈睡斯在一個湖面上，第一回照見也第一回認清自己，等候他的是死亡。命書一早給他判定。原來認識自己，就是死亡之伊。湖面倒影的是他又不是他。悠久以來就有這樣的傳說——任何人一旦看到自己的分身，都將迎來凶兆。我說的當然不是照鏡子（但設想任何人照鏡子也有一個限額，限額一過，再照便死期已到，這也是可以發揮的）。由此想像一個情景——一個人異遊他國，在十字街頭茫然迷失時，赫然看到一個跟自己長得一模一樣的人走過。另一個人可能擦肩而過，沒有察覺，只隱隱然感到世間一絲牽纏，消失了。如果電光石火間無可迴避地互相直面，那二人便遭殃了。又想像另一個情景——一個現代人走入市場，經過一面櫥窗玻璃，赫然看到櫥窗裡立著的模特人偶長得跟自己一模一樣，驚惶失措，手上的稿紙撒落一地，才低頭撿拾，忽便暈倒不起。這個特殊情景，我給你的遊幽想像的。

2. 滑入一道通向祕境的裂縫

凶兆降臨，突如其來，許多由意外促成，也難說命定或偶然。其中一些極盡離奇，並沒在人間報告。又譬如說，有說這世界存在極之隱密的孔洞，一旦滑進去，人會去到跟現實相連但不一樣的異度空間。在科幻小說或電影中，這可能是城中芸芸電話亭的其中一個。可能是芸芸升降機的其中一部。可能是辦公室文件櫃封著的一個牆洞。可能是列車路軌其中一道無法以肉眼看到的裂縫。可能是你家中買回來的一個洗衣機，洗衣機槽是一條隧道的入口，如果你敢於鑽進去，會到達另一片人間異域。一個門口，一個暗角，一個黑洞，或一道裂縫，不為人所知，只能意外闖入、跌進而不能被主動發現，下一次再去時可能已經給堵封了，一切像沒有發生一樣。又或者，闖進去的人永不折返，因此也永遠無法回述，無法作證。又或者，折返回來的人無人會信，一切又落回科幻電影般的天馬行空構想，久而久之，連經歷者自身也以為只是發了一場異想天開的夢。

3. 憑意志執念潛進深處

但也有不是消失於意外，而是以個人意志完成。寫作者都是掘地道的人，在無人知的領域，潛進井底，潛進地穴，潛進陽光照不進的地方，讓自己無限深入，從個人掘出一條存在的隧道，以為深至盡頭，會通回他人與眾生。這需要一份非常頑強的意志，和天分。有些人深淵是抵達了，卻被困著而只剩自己，掘地道成為自掘墳墓。但更多連這境界也未竟及。如果以海作比喻，很多寫作者以為自己已經深入海底，其實不過不斷在淺水處浮潛，以為自己離岸很遠，其實不過在灘頭徘徊。但如果不自知，錯覺也是維持一個寫作者生命的動力。你的遊幽，如果你可以替他選擇，你寧願他葬身於海底，還是擱淺於灘頭？

4. 靈氣耗盡了

也有是靈氣耗盡了。本來是發光體，熠熠閃亮，甚至燦爛至叫人不敢逼視。蠟燭兩頭燒，燭淚與文字一起落下。可凡事太盡必有盡期。光芒萬丈有盡時。星星逐漸暗淡下來，元神逐漸耗盡，以為休息一會可以恢復，過了一個位，方知從此無以復原，所有生命都是借來的。黑夜驟至，天空的掛氈一分一分壓下來，至遮蔽全身時，正好可當一人的裹屍布。每人都以不同的方式等候毀滅。一顆星的熄滅，跟一個燈泡的熄滅，差不多。「噗」一聲，沒了。曾經可作流星劃過，原來，已經足以叫人稱羨。

5. 成為另一個人

又或者，不是失驚無神瞥見自己的分身或重像。而是立下決心，要成為全然不一樣的人。跟過去決裂，訣別。跟過去認識的人完全割離。去到另一處無人認識自己的地方。卸下記憶如一個失憶症患者般。不是失落於時光裡面，而是從過去的時間中走出來。生命的某段光陰自此於自己無關。這段時間，包括這段時間的曾經的我，已經死了（這樣的死亡可以發生不止一次）。自己成為自己的變節者。背叛為了成全。離開愛人。轉變工作。換掉嗜好。改變裝束。昨天奶茶今天咖啡。昨天酗酒今天滴酒不沾。最好連面貌也改變過來，可能的話，偷偷換上一張新面皮，讓無人發覺。想方設法，將自己置換成另一個人。所謂生命的斷裂，以此為最激烈。變形者以完全的變形完成自身。

6. 走失的原來是你自己

又或者，悠悠，走失的不是遊幽，而是你自己？如果二人本來並肩而行，忽爾在街頭轉角不見，你如何能夠判別，走失的是他，還是你自己？是單方面的離棄，還是走失也可以是一種默契？在互為走失之前，心早已離了，一點一點，靜悄悄地，像螺絲鬆脫，鬆脫之前好像一切安然無事（肉身尚在，也許昨夜還有過纏綿），忽爾來到一個臨界點——螺絲斷裂，大廈崩塌。相互之間繫著的一條隱形紅線，不知何故被誰，或者是你們自己，切斷了。

7. 已經不愛你了

所以，悠悠，還有一個可能，你必須接受現實——遊幽，已經不愛你了。不僅不愛這個世界，還不愛你了。你，曾經是他在這個憪憪世界中唯一的支撐，在荒漠之境中唯一的綠色，在無可渴望的人生中唯一的渴望，而後來，連你這唯一也沒落在所有相同性之中。你想想，如果他人還尚在人間，一個愛你的人怎麼會離你而去？天下間哪有情人忍心如此（希臘神話中Cupid離Psyche而去暫且不計）？一個人狠心離開你，無論如何只有一個理由：他已不愛你了。我甚至不會說「愛你不夠」（因為在我來說，並無「愛你不夠」的愛）。放手吧，悠悠，因為其實你不放手也不行，你的遊幽已經悄悄甩開你了。

8. 寫作上拔河

又或者，與愛無關，與不愛亦無關，你們兩個都是文人，文人配偶，理應是美好的，但文人自有文人的堅持，當你們的文化執見、文學觀、藝術觀發生爭議以至嚴重分歧時，短時間還可息事寧人（或轉臉不看），時間一旦拉長，它們真的只停留於藝術的範疇而不會動搖、侵蝕到你們的感情嗎？藝術觀構成了一個作家的世界，以至深入至日常生活大大小小的處事、決定，如果你們之間，譬如說，一個常言介入，一個保持抽離，一個擁抱革命，一個傾向抒情，那你們之間還可親密無間，水乳交融嗎？

又或者，這樣說我也把事情說「高」了。「低」一些的可能不過是權力關係（戀人未可倖免）。你們之間，雖說一個是編輯，一個是作家，但悠悠，我看得出你本身也有極大的寫作潛能（我且不說慾望、野心），如果你寫作的能量不斷壯大，你還會只甘心當遊幽第一個不知名的讀者嗎？如果你是真正的寫者，碰著他在寫作上屢屢觸礁擱淺，他還會反過來祝福你，無限支持你嗎？在寫作之上，伴侶之間會否也出現拔河？你們之間，有出現過一些因寫作而生的背叛、衝突，你還沒深思、沒直面，還沒告訴我的嗎？

9. 以消失作為調情（和一個「寫作計畫」序曲）

也有可能是，情況完全相反。你們天生異稟，你們真是天作之合，你們不可以「常理」推測。你們這對分不清跟文學、跟影子，還是跟對方談戀愛的情侶（文學／影子／對方——

你們各自的「三位一體」），談情的方式有別於常人（又或者，你們苦悶得異常）。所謂「一個作家的消失」，不過是你們私下協議的一場調情遊戲，一個相互制訂的「寫作計畫」的一個序曲。若非如是，你怎會對情侶的消失如此鎮定自如呢？他消失得無影無蹤，你不擔心他出了甚麼意外、命有不測嗎？你怎麼可能不報警？不求助於他人，如遊幽的父母、家人、朋友？（或者，他是一個沒有朋友的人？）無論你對他的消失表現出何等的焦慮，你似乎有一種假設（或信心），他的消失不會完全溢出「安全」的範圍，不會真的超出邊界，無論走到多遠終會有折返回原點的一天。所謂「自我放逐」，不過是一個寫作祕境和內心穿越的延擱旅行，而旅行者之為旅行者即是無論旅程多麼迷離、曲折、不可逆料但終究有一個等著他歸返的家鄉。出走不過是一場自製的大浪漫，大浪漫如一場深沉的酒醉，無論如何延長終究還是會以酒解、幻滅、祛魅為終結（這是愛情的本質，還是寫作的本質？）。結局一早已經由你們寫下，你們在乎的只是過程。但為了使調情逼真，你們必須入戲，假戲真做，以至後來，假作真時真亦假，真假無法辨清。戀人之間的一場捉迷藏，以互為不見、無限延擱的捉迷藏作為情人的調情探戈。自製的一場捉迷藏，說好日落前必須終結，卻原來是，連那橙黃色逐漸低沉的日頭都由你們親手放上（好像放任於時間，但私下卻拿著一個計時器「滴答」「滴答」倒數）。是這樣嗎？自製浪漫的作家我見得多，你們未必就是能夠超越的一對（儘管你們最初可能有超越的想望）。如果事情必須以此軌跡演變，你又何苦要我加入你們之間的一場遊戲／戲？不，這問題我自知問錯了，或者，根本不需要問，是我自己決定加入你們的一場戲，成為其中一個角色，擔重戲分的。我久沒遇上好戲可演，別忘記我的本質是一個演員，唯有不斷演戲才可賦予我呼吸生命的力量（儘管也是另一形式的苟延殘喘）。而以虛構為本事的作家，自己譜寫自己的小說，又何嘗不需要出入於自我搭建的舞台（儘管那舞台是以紙頁摺成的），抽離、投入、抽離、投入，如一呼，一吸，一呼，一吸（小心斷氣）。小說家一半的因子是戲子，我們司職不同繆斯，但還是有著本質相似的。

你要知道他怎樣消失，你唯有自己親身經歷一次。
如影隨形地跟著他吧。漸漸成為對方又漸漸分開。
跳一段令人無法別過面去的雙人舞。
如影隨形地跟著他吧。
若他不是幽靈你就將自己變成附身其上的幽靈吧。

第四章

【附魔者】

作家與編輯的相遇

悠悠

1. 失蹤者

人生在世，總會有一刻想到：我的東西，在我死後，將歸何處？這個問題，最初也許是當作生命的假設題來想像的，不全認真的，那時候，生命仍然年輕，在世擁有的物質東西不多，死亡好像仍遠在天邊，它躲在暗影而你在猛烈的陽光下（儘管它要是臨來，其實對所有人都是一樣的。）這問題一般人不會天天都想，它只是偶爾掠過腦海的一個思考實驗，或者是對生命有盡期發出的一聲詠嘆，轉化為一個問號——在我死後，我的東西，將歸何處？

每次這問題冒現出來，其實都是人對於死亡邊界的觸及，在此岸的人在想像彼岸，隔著無可逾越的距離，帶著深深的恐懼，也許亦不無暗生的嚮往。這道人生終極課的哲學題，當真「嚴肅」處理時，往往是生命處於危難的時刻，如被病魔折磨，看到眼前的歲月不多了。沒有比一個瀕於死亡的人，考慮把身外物如何處理、如何留給後人更顯出存在的荒誕。不是說塵歸塵土歸土嗎？何解一個人到生命的最後一刻，竟還會著緊在世的物事，甚至於無端記掛沒有還清某人的一筆舊債？

很形而上的問題，落入塵世，往往變成十分俗務的事情，因為我們都活於塵世。如我們常常聽到的「立遺囑」（富人尤其著緊）：珠寶給誰，古董給誰，藏畫給誰，車子給誰，房子給誰，土地給誰……，給那些俗世看以為有「價值」的東西列一個清單，撒手塵寰，讓身外物留給後世，以此作為遺贈，或者傳承。自己的身體則成了一撮飛灰，收拾於盒子中。遺囑要在身前立下，要有見證人，死後要有執行者；如果那遺產執行人也歿了怎麼辦，那往往就不是當事人可以太周詳計畫的了。真正在身前已洞悉虛無的人不想這等事：我沒甚麼可留下來，也沒甚麼可惠及後世，在生的時候心如荒田，嚥下最後一口氣後更無所謂擁有，人死如燈滅，那是最合該如是的圓寂。隨著死亡，一切化為烏有。

所以接近虛無如卡夫卡，當他在生命臨到盡頭時，把手稿交付給朋友Max Brod時，儘管他託付朋友把手稿悉數燒掉，他與終極的虛無仍有著只差一線也即是本質上無可縮減的距離。沒有東西是重要的，除了我的手稿，但我的手稿也是不重要的，它們只是草書。交付遺物同時託付焚燒，這可能是人世間一個人給其知己留下最大的謎題，最大的難題。但我們都知道這名卡夫卡摯友最後怎麼辦了。他聽到卡夫卡給他最後的囑咐說著兩種語言，或曰一個悖論：我的生命歷年只為書寫而生，我的草稿比我的生命還大，但它作為虛無的證物，它最理想存在的方式，是任其燒毀。這跟卡夫卡嫌棄自己作品甚至無關。

Max Brod以「自把自為」、「出賣朋友」來完成了他最大的忠誠。對朋友的鍾愛，對文學的忠誠。把二者放於天秤的兩邊，不知何者為重，但我確信這二者對他來說，不曾構成一種對峙。於是我們讀了《城堡》、《審判》、《美國》這些差一線便成灰燼的作品。《美國》這本小說，原名叫：The Man Who Disappeared。那個消失的人。失蹤者。有人把名字讀成一個暗示。

我不是Max Brod。但我也有一個作家摯愛友人，他的名字叫遊幽，多年來我一直是他作品的編輯；但我與他的交情超出一般作者與編輯的工作關係，而毋寧說是更接近作家和編輯的理想關係——那些我們現在聽來像傳說般的黃金日子，編輯家與作家之間互相信任、互相影響，以至推心置腹的關係。

幾年前，一次閒聊中遊幽對我說：「生命，差不多來到打包的時候了。」「我的草稿太多，我開始要整理一下它，在世中我只想到一個人可以交付。如果沒一個說明，知心如你面對我一大堆草稿，也許亦如面對一個廢墟無異。」那時候，我只以為遊幽只是說說而已（我不會稱此為「玩笑」)，你要知道，作家的話有時異於常人。我只簡單回說：「怎麼又胡思亂想了。」

2. 從這裡到永恆

我與遊幽是如何相識的，我現在準備跟你說。不如就請你來到我生活的「第二空間」，也就是我消磨了不少青春的出版社，我的辦公室，也就是我與遊幽結識的地方。十七年前，我就在這裡認識日後成為作家的遊幽，那時我們多麼年輕，很多生命的可能性擺在我們眼前等待實現，但也可能無一成事。

我跟遊幽差不多年紀，比他小兩歲，但某程度上，我也可說是看著遊幽長大的。遊幽出版第一本書時，還是一個二十六歲的少年，大學畢業四年左右，寫出了自己的第一本書，又幸運地獲得當時半官方機構新推出的一些出版資助，落在當時我加入了兩年的宇宙出版社的副總編輯手中，副總編輯把文稿交到我手上，大概交代出版時間，跟誰聯絡等等，便走開了。副總編輯一向不多言，但從無言中我很清晰接收了他的意思——不過是一部文學新人的作品，不用太看重，但因為有資助，這肯定不會是賠本的生意。事實上，這一本書，出版社有沒有給這新人簽正式合同支付版稅，我還是不知曉的。作為文字編輯的我，當時仍屬稚嫩，對文字以外的事情（尤其是財務）一向不管也不熱中，我想當年方出茅廬在做人處事上比我還不世故的那新人——遊幽，也同樣如是。

結果，遊幽的第一本小說成績卻比預期理想，而且可說是有點意料之外，首印二千本在兩年內售罄，再版加印一千，雖然銷售數字無法跟那些流行讀物相提並論，但以文學作品來說，尤其是一個文學新人來說，這情況也屬罕見。這可能與他這本小說的青春感有關，故事主角多是青少年至後二十年齡組一群，但比較是游離、跟主流格格不入但又無力對抗的。再版的時候，我知道副總編輯正式為遊幽立了一張付版稅的新合約，副總編輯並且告訴他：「在那些資助出版的書中，你那本要算是目前最暢銷的了。」我知悉這句話，因為遊幽告訴了我，是的，在這書由文稿變成書籍，繼而推出市面，再版的兩年期間，我和遊幽因為文學的趣味相投，很自然地成了朋友。他感激我為他挑出了不少錯別字，在一些地方提出自己的疑問和修改意見（他不一定全部接受，但樂於溝通），又感謝我為書籍找了一個合適的年輕書籍設計師設計封面；對於這些，我都只是報以一個微笑，淡然的說：這些，都是我的份內事。也確實如此，雖然大家年紀相若也談得來，但基本接觸大都限於辦公室內，大家的話題也多在文學上，少有觸及內心和私人的。

遊幽的第二、三本書都是由我來當文字編輯的，這也可說是順理成章吧；宇宙出版社雖說是一家頗有規模、聲望的出版機構，但編輯部的人手一向緊絀（這情況在我身處的城市是很平常的），專責文學線的編輯就更寥寥無幾，我既是遊幽第一本小說的編輯，他往後的第二、三本，就自然落在我手上了。不要以為這只是兩三年間的事，一年一本書？談何容易。遊幽寫的可不是有寫作方程式可自動依循的「作品」。第二本書距離第一本書三年，第三本又在第二本出版三年之後，從來沒有人催促過他（文學作品在這城市大抵是從來沒有人會催促的），他本人也不徐不疾（起碼在我表面看來），只隨著生命的步伐，讓存在的感悟、思緒沉澱進文字底層；一邊燃燒著青春和寫作的火焰，一邊被深深的遲疑、倦怠、迷惘時而卡住、絆倒，而這些，對一個寫作的追求者來說也是必經的吧。「要寫的還是會寫下去的，無論如何艱難，跌跌撞撞，蹣跚前行。不寫的就只有一個理由，就是那人自己放棄了。」我曾經扮前輩的口吻向遊幽說。後來遊幽把他頭三部作品，分別為《曇花記》、《捉迷藏》、《修道院》，合稱為他「小說創作初始期的三部曲」。就這樣，從首作編審到「三部曲」完成，我與遊幽作為編輯與作家合作的「序幕」，前後也維持了六年；完成了第三部小說，遊幽跨過了「三字頭」，對二十芳華他比一般女子更要依依不捨，這心情我不懂理解而且很快還會切身經歷。那時候覺得青春澌澌的在指縫間漏走，現在人生又前進了十年，回頭又覺三十歲真是年輕得可以。

也許你會問，編輯和作家真的可成為朋友嗎？是的，在我們這個工作交易重於工作交情的地方，編輯和作家成為莫逆之交，以至成為文壇流傳的美談，好像還不多見。別說「一書死」（出版首作後便無以為繼）的作者大有人在，編輯離職轉行如走馬燈般，也是常見的事。即使一些知名作家，大半生的書都交由一家出版社出版，但作家「忠誠」的對象（如有的話）多是出版社，而鮮有是出版人或編輯的。我跟遊幽曾提起過美國一些傳奇編輯家例子，麥斯威爾．珀金斯（Maxwell Perkins）是當中的第一號人物，海明威、弗茲傑羅、Thomas Wolfe、James Jones等大作家，都由他一手發掘或栽培，不僅是作家的編輯，還是作家的伯樂、作家的知交（對於文稿出名失控的Thomas Wolfe來說，珀金斯更可說是他的作品裁縫師）。跟珀金斯可相提並論的，也許只有後來加入Farrar, Straus的編輯家Robert Giroux，後來這家出版社更因他而改名為Farrar, Straus & Giroux（簡稱FSG）。不提這些編輯名家，美國不少名作家與編輯的關係長久不變，有的一結緣就是大半輩子，甚至曾出現一個說法：如果要讓一個作家轉投另一出版公司，那公司最好先挖走那作家的編輯夥伴。這樣的故事如今聽來都好像發黃了，在我們這個一切處於液態關係的城市，尤其遙遠得有如天邊的星塵。

「像這樣的故事不太可能在我城發生。」遊幽不謀而合的說。他對我說的作家與編輯的故事好像不曾聽聞，事實上，別說他，即使我的編輯同行，聽過的可能也百中無一。但遊幽表現出一臉好奇，並說：「悠悠，以後如果我的書不是由你編輯的話，我就寧願不出版了。」

我想，遊幽所以這麼一說，只是一時感動或有感而發吧，不可當真的。但當時我心竟泛起甜意（是愛意的信號嗎？），口頭卻說：「小夥子，來日方長呀，別太上心。All that is solid melts into air。」其實當時我正編著一本書，書名用了馬克思這句著名的話，便隨口一說。豈料遊幽也以一句英文回我：「From Here to Eternity。」噢，原來遊幽還是聽過珀金斯的，在珀金斯編輯生涯因疾病走至人生尾聲時，最後一部親力親為編輯的書，就是James Jones的*From Here to Eternity*。「從這裡到永恆」，我在心中默念。儘管我從來不相信永恆，但這一刻，好像世界還是有真心的。至少那一刻我是一直記著了。

3. 寫作上身，無適度者

完了他的「小說創作初始期的三部曲」後，遊幽有四年沒交出作品，這四年他好像在醞釀一些新東西，又像在處於寫作的休眠期。我沒有問太多，文學創作不是足球比賽，必須一直上演只容許兩次暫停；文學創作在最後印刻於書頁上的文字外，還包括許多不為所見的遲疑、停滯、困惑、焦慮以至空白時刻。人生進位跳格過「三字頭」，對遊幽也許亦構成一個心理關口。但我沒理由因為遊幽四年沒新作便把他放棄。遊幽私下對自己的寫作才華雖然常常自疑（作家自我折磨的「強項」之一，他充分擁有），但我一手把遊幽的文字「湊大」，對他始終抱著信心和期望。

這個時候，遊幽在文學界已有一個位置，曾獲一些重要文學獎項，也建立了一定讀者群。至於我，行內則有人把我稱作「明星編輯」，因為在我十年的編輯生涯中，經我發掘的極具潛質的作家，在文壇嶄露頭角以至打出名堂的文學作家不算少，例如如嵐、雅子、娜達、霏霏，作為編輯，我處理的不僅是他們的文字，有時還包括他們的心理狀態、寫作困境，也可以說，是作品的第一個認真閱讀者，有時甚至是他們私下的「書評家」，而且有時也是他們的文字保母、文學教練、心理治療師及輔導員。當然，我不會對所有的作家都付出這份心力，有的作家，不能說是好或不好，只是第一眼看完文稿，便大概知道是否情投意合，勉強合作，通常也不會有好結果。是的，在這個時候，我在宇宙出版社已有一定的話事權，算是擢升得較快的一個，那個不愛多言的副總編輯取代了退休的總編輯，而我也順理成章地取代了他的位置。我和這位總編輯之間，一直有一個不成文的分工——名牌老牌大作家，一直在他的編輯門下，而我，主要負責青年作家，以至更年輕的文壇新人等。也可以說，總編輯手中持有的都是皇牌，非常穩陣的，而我手中持有的牌，贏面不那麼大（但「爛牌」則慶幸尚且沒有，因為要是真爛的話，早已給退還了），但因為此，挑戰性對我來說也更大，出版社也把這條線看作投資成分，也可以說，如果名牌大家是藍籌股，我手上的作家名單則多是潛力股，出版公司在穩打穩紮的基礎上，偶爾在名牌作家列陣下添一兩個耀眼新星的位置，這除了為本地文壇添補新血之外，也可把出版社的形象稍稍年輕化一點，付出的成本不高，即使新人的「夭折率」甚高，偶有一個冒起成為出版社的一張名片，那就可說是有所回報了。請原諒我在以上把作家比喻作牌局、股票之類，這不是我的意思，但這是我在高層會議中屢次聽過的，也覺得頗為生動，容易理解，那就在此一用。你可以預想到，即使我在這出版機構已晉升至管理層位置，限於它本身的方針和路線，我仍是掣肘處處的。但文學這片耕地，我還是盡能力悉心照料的。

為展現文學力量，我把遊幽、如嵐、雅子、娜達，組成一個「新銳作家系列」，而遊幽，則始終是我私下最偏心的。在這群新銳作家中，遊幽的作品未必是當時最被看好的，但我始終覺得他有著其他作家不一樣的氣質和文學性。他不追求文學潮流，或追逐甚麼主義，而始終從生命和藝術最純粹開始，以文學來叩問存在的本相和困境；他不是單篇把玩文字幻術如魔法師的那種（這種作家會令你嘖嘖稱奇，像進入一個魔幻樂園，但未必一定耐看）；他不以某種文學風格先行（風格最初或出於人格或美學選擇，但一旦成型，對一些作家來說，要貫徹下去，有時反成了不斷重複、可模仿的制式）。他的作品有一種生命的沉靜，不是平靜如湖，而是風眼徘徊不去，山雨欲來，生命隨時準備迎接一場狂風掃落葉的席捲，爾後是漩渦式的滾動，把你滾進一個低沉的深淵，以痛楚來抵抗虛無，有著一股微弱的禱告力量，而終究難免被更大的虛無吞噬。這也不僅是一種情緒，遊幽的作品有思想的含量，而最重要是，在遊幽身上，文學不單是一種文字形式還是一種生存方式，一種回應世界的方式，他本人在長期的寫作中一直與存在交鋒，作品與作品之間，隨著年月逐漸浮現出一個體系來，我更願意稱這體系為一個作家的文字世界，或曰一個小說家的文字城堡。我當時所不知道的是，遊幽原來在這時候，已開始了他書寫「消失」的構思——又一次，不僅做為文學的表現題材或主題，而是來自生命深處的存在召喚，一種我後來才逐漸明白的，我稱之為「生命書寫」，或更確乎是「寫作上身」的附魔狀態。

寫作將病過檔到生活中，這樣的人我見過不少。如無適度者，不知節制。生活講求妥協，而藝術卻走極端。其中一些，於是成了走火入魔的人。而其中非常稀少的，成了高手，如練葵花寶典，如白髮魔女，如寫作寫到自己消失的人。失常的極致也為一種境界。「我就是想試試走火入魔是一回怎樣的事。也許在完全走火入魔的邊緣之前，在墮進懸崖粉身碎骨一步之前，僅僅煞住。這一定有著凡人不知的高潮迷狂。」無適度者遊幽曾經這樣跟我說。

無適度因而蠟燭兩頭燒。無適度因而引火自焚。無適度因而流血不止。無適度因而把弓弦彈斷了。

起初，一個對文字有無比依賴、沉溺、執著的人，我看著以為美好，這可能也包含一點自我，或沒能實踐的「他我」，在另一個人身上的投射。

我只是想不到（以我當時的年紀是未可想及的），遊幽一天的寫作，竟從紙上移到自己的身體上，又或者說，身體成為寫作的羊皮紙，又或者一具雕塑品，遊幽拿著雕刻刀在細意琢磨，那原始的物料不是大理石，不是青銅不是鋼鐵，而就是他自己的身體。他要把自己雕刻成一件作品。我想到小時候上宗教課時老師常常說到的「道成肉身」——"Words became flesh"。一個作家最後要把文字寫到自己身上，或說以生命為書寫的最後場域，企圖將生活與藝術的邊界塗抹，這種看起來有點走火入魔的寫作，我不知道是否也可稱為一種，「道成肉身」。

被閃電擊中的人

余心

自從神靈把我們引入交談，祂就把我們的存在交付給語言。語言是無用之物，也可以是**危險的占有物**，其中一些人，膽敢從語言碎片中撿拾灰泥和磚塊，用以命名世界，而必須將自己置身於神聖的閃電之下。

這樣的奇景在寫作療養院中不是常常發生。**天上的閃電光柱**密集出現，有人立在一片林中空地，承受閃電的擊射如高潮，沒有死掉，而是引吭吟唱，聲音傳到千里之遙。閃射之中無縫的蒼穹乍現出一道裂縫，僅存乎於一霎，一瞥。這個被閃電擊中的人，對於其語言，有人覺得費解，有人無動於衷，但每次，我總是從中聽出一點道理和感受來，以至陷入深深的沉默之中。

被語言的閃電光柱突然襲擊，他們手腳亂搖，有的倒下來，痙攣抽搐眼皮反白口吐白沫如你們所說的「癲癇症」患者，在痙攣中他們發出異常尖銳的吶喊，聲音碎片撒落一地，我在現場趕緊撿拾一些，常常擦傷了手。過了那段襲擊時間，聲音碎片如雨水給太陽收拾，一去無跡。在我們看來，這可怕的疾病是少數人的專利，他們被視為與超驗世界有著通靈的能力，至於超驗是通向上帝還是魔鬼則無定論，或者他們二者皆可通達。寫托邦歷來最高級的文字巫師，甚至由癲癇病者世襲，這裡成了收容他們的最後堡壘。外邊世界，巫的異端逐漸被所謂正統宗教、理性科學所取代之後，文字巫師被逼迫、被驅逐出境，甚至被送上火刑架上活生燒死。「聰明的瘋子」從來乏人聆聽，無人相信，但古時對他們尚有幾分尊崇，但今天他們要是出現在大街，若不被旁人往其身上丟石子、吐唾液，則只剩被強行矯正或完全被漠視的可能。那受恩賜的，那受詛咒的「癲癇症」患者，在寫托邦中，我們稱他們為：**被閃電擊中的人**。

被語言閃電光柱擊打自然要承受一定的身心折磨，對此有人對他們生出一份同情，然而折磨中並非沒有狂喜，對此又有人生出一份妒意。懲罰同時也是被眷顧，有人企圖透過修煉達到，但天分始終是重要的。

企圖透過修煉達到痙攣般寫作境界的人，有的在自調的「花勿狂」配方中，混進了文字書葉以外的雜質成分。譬如菸葉、大麻、罌粟、咖啡、酒精、迷幻藥等，對此我們不主張也沒有異議，除了白色粉狀的雜質可卡因外，寫作療養院並無禁藥。沒有一點癮是很難成為寫字族的。在我的病歷簿上，曾被我照料的，「被閃電擊中的人」的名單中有：霏、霜、霰、霄、雪、雲、霧、靄、露、靈。

悠悠，依你描述，遊幽應該也曾被語言的閃光擊中過。

文字與愛情的界線

悠悠

從這裡到永恆，但最後永恆的還是這句話：一切堅固的東西都煙消雲散了。故事的發展你大概猜到了：愛情的叩門，不知不覺間，取走了一個編輯與作家的關係。

漸漸地，不知不覺地，以前我閱讀遊幽作品時「抽離」的眼光開始沒有了。尤其在他一些比較私密性書寫中，當他把過去戀人的故事偷偷運／混到作品中去時，彷彿這些戀人影子永遠揮掉不去，永遠陰魂不散，我讀著的時候竟不由生起一點妒意，一邊想掩卷一邊又越發陷進其中。不用說，這情緒反應超出了一個專業編輯應有的表現，我知道。我甚至曾經想在他一些愛情話語中打個大交叉，當然我最終沒這樣做。遊幽可能也開始察覺這些，他曾隨意又像有所暗示地跟我說：「小說永遠是經過轉化的，故事素材可能有來自真實的人，以至來自我自己，但它們又不是直接的，文學中的『自我書寫』與非虛構性的『傳記書寫』，還是有著本質的距離。在小說中，讀者永遠無法分辨作者現實與幻想之間的界線。」初聽時，我把這番話當成是我們經常有的文學討論，但他這段話沒有就此作結，略停頓，然後補上：

「而你，悠悠，我的永恆編輯，卻是非一般讀者，好像真的有感應力將這條界線辨識。」我聽出他話中的暗示，也不甘示弱：「我看是你自己模糊了界線，常常都不自覺在生活中扮演小說角色。」

其實，我這句話也許亦暗暗在說自己；不止一個朋友跟我說過：悠悠，你好像是從某小說或某電影跑出來的人物。但遊幽這個人比我更甚，他即使混身於塵世，卻好像永遠沾不上塵埃，屬世但不能完全入世，在他軀體外好像永遠罩著一個不能用肉眼看到但能以意識感知的防護罩，讓他免於受世故和俗氣的侵蝕，可能出自他對生命的浪漫想像，可能出於他的性格特質，成全他的也可能會在日後拖垮他的，但最初卻無疑是吸引著我的。他偶爾問我：將小說和現實的邊界塗抹或模糊掉，這將會是怎樣的人生？好像他生存的終極目標，就是為了進行一場小說實驗。我當時沒料到的是，在生活與小說的邊界之外，還有另一條文字與愛情的界線，將兩者消融是一種危險，也是一種境界。因此，遊幽最後沒遵守「從這裡到永遠」的承諾而轉投一家獨立出版社，我沒視此為背叛，而把它看為一條邊界復歸而來的自然結果——文字與愛情必須有所區隔。

阿菲西亞

余心

霏在承受了不知多少次語言閃電光柱襲擊之後，她終於無法再發出任何喊叫，噤聲了。這不是一般醫學意義下的失語症（aphasia），她沒有經受中風、腦腫瘤或感染而致大腦受傷，因而造成不同程度的語言能力損失。出問題的地方不在腦，而在心。因為一種不能名狀的心之缺損，從此不再開口說話。但這也不能簡單理解為一種「失能」。因為長期不讓嘴巴打開，不讓舌頭轉動，本身就需要一份強力意志支撐。從此讓嘴巴只留給呼吸、進食，或者親吻，而不再與說話相關。但說噤聲了的霏全然脫離了語言又不盡然，因為離開了話音，語言仍可在一個沉思者的腦中作用，她在沉默中仍不斷向自己說話，只是你聽不到。況且她仍可以寫。不再說話的她並不表示不理解別人的說話。她也許開始懷疑語言，但與輕視語言無關，因為若真的輕視，她早已不屬於這裡了。她苦於事物在語言面前的逃逸性，明明差不多想到合適字詞把事物捕捉下來了，一張口它又成了另一種東西。因為苦無辦法修補那永恆存在於字詞與事物之間的裂縫，於是她只有將自己上下嘴唇之間那缺口縫合，以免一張口來，只吐出一口空虛。我把她帶到一間修道院的**靜默迴廊**中，在這裡出現的極少稀客，都屬於像霏一類的形而上失語者，我給她們一個美麗名字叫「阿菲西亞」。她們不與人交談，每天只繞著迴廊打圈散步沉思。對於「阿菲西亞」，有人看以為是一種自我折磨、自我懲罰，但我更願意相信他們其實是在沉默中進行著一種自我改造，自我治療。一些東西在靜默中醞釀，當她們一再開口說話，從她們嘴巴將流出一股久違了的語言清泉，一洗已深受語言毒汁汙染的大地。

悠悠，你的遊幽，也許亦成了一個，形而上失語者。

給寫作附魔的人

悠悠

寫作是一種附魔，這聽起來好像有點誇張，但如果你見過一些入迷的作家，在寫作的時候完全把自己關起來，在斗室的洞穴中草書著一串串可能只有他們能辨識的文字如符咒，忘了外邊世界的喧鬧和日換星移；在這個寫作洞穴中，心房的跳聲有時比時鐘的滴答更響亮，在外頭世界的人們享受著人生或為生活的擔憂操持著的時候，寫作者逕自吸吮書葉以療飢；他把房子的窗戶關嚴，低頭伏案卻將寫作桌子變成另一面觀照世界的無形窗戶；他們有時或者離開書桌面對牆壁，不為思過而為禱告甚至將之當成哭牆，忽發奇想在牆上做手影或繪上駭人塗鴉，把書牆當成與世界隔絕的距離屏障和防波堤誓死保護，一時意念轉動狂暴發作一拳一拳敲打牆壁或純粹緊緊盯牢它以為這樣憑藉念力就足以推倒一堵堅固如囚室的心牆；而這種狀態不是一日兩日而是經年如是日復日地重複如薛西弗斯推石上山般把終極徒勞當成唯一的自我完成；那你還能說這不是一種濁世的附魔是甚麼？（如果你愛著這樣的一個人，你也許也是被附魔者——附魔的附魔？）說他們被自我充盈又不完全是，他們在寫作的狀態中常常把自己遺棄或異化，說他們入迷但那寫作的入定常常又是一種出神狀態，他眼睛盯著前方但不聚焦任何實在物而毋寧說是流離於半空，穿透著橫在眼前無所見的空無。他浸沉於自我之中但他不完全是他自己，對於這種形神合一同時分離，將筆尖當手術刀親手將自我靈魂剖開成如影隨形的分身二體，而一切隨寫作的時鐘（午夜十二時的心靈鐘擺）一切復歸回原位，房間又變回生活的房間，筆只是會流出墨水的筆，牆只是一堵白粉牆壁別無二致，一切變形只在腦中或靈魂底處進行如果不寫下來別人無以驗證，對於這種作為，你能說他們不像一個中古時期的巫師或煉金術士？一切只是捕風，一切只是捉影，臨睡前他們也許會默唸聖經傳道書將之當成自我印在額角的「晚安」祝詞，可憐床頭燈關了靈魂仍沒熄燈疲憊不堪的肉體繼續深受騷擾而不得安寧。對於這夢遊與甦醒長期無以二分割裂的狀態，如果你可以選擇，你會希望成為這半死幽靈的一分子嗎？如果你的愛人屬於這命定或自我選擇的半死幽靈，你將如何與他生活，接納他包容他釋放他如同他本然所是？

我所認識的遊幽，是有本錢成為這寫作巫師、文字煉金術士、半死幽靈的一分子的。那時候，我還未與遊幽共住，他大部分寫作的背景不為我所見，但偶爾他潛藏的寫作狀態依存著他的身體在我面前展現，又或是我從他的作品文字中窺見了書寫生命、叩問存在的執著（有時跡近於捏著生命的咽喉不放），讓我思及，以文字書寫作生命的放血治療古法，自我沉溺同時又是自我救贖的唯一可能。

寫作的走火入魔具體事件，在遊幽的寫作歷程中我曾親眼見證過幾次。十數年前，遊幽寫他其中一篇少作〈鴉咒〉時，他真的在自己生活中引來了一場「鴉咒」。小說寫的是一場烏鴉襲城的寓言，那不盡是烏鴉大舉侵襲現代都市的寫實呈現；回返的烏鴉，還包括希臘神話中受阿波羅神祇懲罰詛咒，被奪去語言能力從此只能嘎嘎亂叫的白色烏鴉，包括愛倫．坡筆下那反覆喊出"Nevermore"（永遠不再）的黑色大鴉，包括希治閣電影《鳥》中大舉從天空俯衝下來侵襲人類的鴉群，來自神話、現代詩、電影等等的「文本烏鴉」，與現實不同年歲、種類的烏鴉（渡鴉、大鴉等等）交混成同一維度的烏鴉世界，最後城市變身成一個「鴉城」，那鴉城像是一則城市寓言又像是個人世界的夢魘投射，最後小說從城市的大環境退回個人的心靈世界，停格在畫家梵高在精神療養院中臨死前兩天，以厚重筆觸繪下的黑色群鴉盤據金色麥田上空的山雨欲來不祥預感意象。如果一切只出現於筆下，這還不至於令我驚訝，驚訝的是在遊幽蓬頭垢面廢寢忘餐幽居室內把小說完成之時，他的家中真的出現了幾隻鴉屍，散落在沙發上、書桌上、書架上以至睡床上，有的鴉屍身體還有溫熱有的已全然僵硬，有的屍肉已開始腐爛有的口中還銜著一條蟲子，有的只是小鴉嬰兒有的卻大如一隻田鼠；黑色屍體中竟也真有一隻覆蓋著白色羽毛，家無麥田而只有一張金色地毯，白鴉躺在金色地毯上地毯成了葬送牠回歸神話世界去的一塊「麥田」裏屍布。這是我第一次進入遊幽的私人生活空間，從辦公室見面至闖入他獨居的幽間，因為小說寫至最後遊幽天旋地轉昏倒在地之前他勉強趕及給我來電，我高速駕駛車子飛奔來到他家中，破門而入看到屋中那片烏鴉與遊幽臥在地上的淒厲可怖景象，書本散落一地，四周鋪上帶鉤子的小樹枝和帶倒刺的硬樹葉。我把遊幽送抵醫院診斷沒生命危險只是他一段時間沒有進食血糖偏低兼可能有點精神焦慮和憂鬱。事後我問過遊幽幾趟，烏鴉是怎麼會飛到家中的，是他自己親身採集，在城中把烏鴉運到家中（沙城某些市中心密集地帶的確如不少現代都市出現烏鴉的群聚現象）嗎？要把烏鴉寫得傳神從書本如鳥類學書籍搜集資料還不夠嗎何解要找烏鴉真身以之作為參考樣本或氛圍烘托？對於我的問題遊幽不置可否，他只說那些烏鴉是不請自來的，或可說牠們是隨他的寫作念力而來的，對於鴉屍現身他猶有餘悸但又好像並非沒有暗竊的狂喜，最後他說為了寫作為了完成一篇作品一切都是值得的即便這篇作品無人問津只有他一人閱讀。我說還有我，他低頭說，是的。

在寫他的第二部小說的其中一篇〈病年華〉時，遊幽寫作的召喚能力又應驗了。這小說寫的是一個患病的世紀，城市中的人受奇形怪狀的枯乾症、貧淚症、硬化症（心靈及身體上）、盲腸萎縮症等等侵襲，最後患上這些症狀的人成了大多數，極少數從沒感染這些症狀的人，反成了異化者。在差不多把小說完成之際，遊幽一天病倒了，眼睛異常的乾澀，分泌不出淚水，從此變成了一個「貧淚人」，即使切割洋葱也刺激不出淚水來，看「催淚電影」當然也毫無作用，要靠人造淚水替眼睛滋潤，才不致眼皮在開合時把瞳孔刮損。這情況在小說結筆至排版印刷的三數月間，一直沒有改善。奇怪是當書本一旦印出，遊幽雙眼又回復水靈，連醫生也無法解釋其中的病變和無端康復。從那時開始，我隱隱然覺得遊幽的寫作有一種無法解釋的神祕力量，可能是與上帝更可能是與魔鬼的交易，又或者並無超然於外的神或魔，而是他本人正緩緩蛻變成一個文字巫師，寫作在遊幽身上成了招魂，一種「自我實現的預言」，藉著一場自招病染方才可能通向的自我淨化，而靈魂的救贖則未可輕言。

不過，以上比較極端的例子只發生過幾趟，不從寫作的神祕主義來詮釋，也可說是因果循環或純屬偶然。從戲劇原理來說，也像一些演員在舞台簾幕降下後，仍需一段時間才能抽離角色，你可以解釋為這是演員的「不專業」，但於文學創作，遊幽從來只視為一份志業而非職業，在寫作路上，他寧願自己永遠都是戰戰兢兢的學徒、業餘者，無所謂專業，而唯其如此，寫作才完全超越所謂職業的前途或允諾。

無適度者

余心

悠悠對她的情人從來是放縱的，她知道她的情人是一個作家，她知道自己戀上的是一種叫做作家的生物，她知道在真正稱得上為作家的價值體系中，是把寫作放於首位的。也就是，設若愛情與寫作不知何故被放於天秤的兩邊時，寫作的一邊應該是比愛情那邊更有重量的。你或者會說，這樣一個不把自己看為最重要的情人愛來幹啥，但弔詭的是，她的的確確是愛上一個作家，一個奉文字為替代性宗教的人，如果這人把其他東西凌駕於文字之上，他就不再是她原來愛上的那個人。而反過來說，她的情人（游幽），正正知道自己的情人（悠悠）戀慕著一個作為作家的自己，於是要貫徹成為一個理想情人，跟貫徹成為一個理想作家，變成一件同質性的事。

天下男子那麼多，悠悠何故偏偏要愛上一個跟文字起舞、或跟文字沉淪的一個人呢？裡頭也許沒甚麼必然性，只是當悠悠戀上游幽時，游幽已經是一個每天要服用一定文學劑量（閱讀、創作）的人，就正如當游幽傾慕上悠悠時，她已經是一個「文學編輯」（鍾愛文字，文學小女神，自己也會塗鴉詩作）。最初發生在他們身上的互相吸引，就得力於這各自在生命中已然確立的「已經」（如果純粹是「白紙一張」，愛可能根本無以發生），這各自的「已經」一旦交碰，就互相作用蔓生出一片愛情與文學難分難解無從分割的小天地。

為了讓自己的情人進入狀態寫作，悠悠的包容是超乎一般想像的。因為寫作的世界是無底線的，因此包容有時也去到一個無底線的地步。一個鋼琴家如果一天不停練習八小時我們不覺得太稀奇，一個舞蹈家從日出跳到日落也不是不可理解的，但一個作家，要是把自己自困室內，只對牢著稿紙（後來變成電腦螢幕），一言不發完全只為了沉浸於自己的寫作中，則多少是令人難以承受的。

悠悠，「無適度者」難道只在文字領域中才有嗎？在愛情上，你是否也成了一名「無適度者」？愛情的來襲是否也是一條閃電光柱，把你燒得痙攣、抽搐，繼而燒焦、萎謝？任何界線的踰越都是危險的，悠悠，你懂得保護自己嗎？

否定的人

悠悠

1. 加入「自殺」行列

編輯的角色轉換為愛人，遊幽說要另找一個編輯夥伴了。但你永遠是我文字的第一人，第一個讀者，遊幽說。在我聽來好像有點安撫的成分。跟著他卻補回一刀：我們的生活已經太過密切了。我說你要另投出版社何需要出動愛情的理由。遊幽低頭默語，說：這也是的。我也有點厭倦像宇宙這樣的大出版社了。文學永遠是副線，有資助的時候它推動，沒資助的時候它冷眼，名家除外。

我說：你不要說得太白，我還要在這裡待下去。或者轉轉環境也是好的，那你告訴我，你準備投奔何處？

遊幽說：沒甚麼地方投奔，我也不急於找一家出版社。只是讀大學時一個要好的文學教授提早退休，竟然拿退休金辦一家獨立出版社，說是過過日辰，又說多年來給大學這龐大機器壓迫得足夠了現在是時候贖回自己起來革命獨立了。我看他其實是想追回年輕時失落的夢想，這也是好的，有心不怕遲。他說已招攬了歷屆幾個投身文學也寫得好的學生加盟，「星級陣容」已成，現在就欠我了。我沒忘記生平第一篇小說就是因修讀他的小說課而寫的，這麼多年後談起，他竟然一口就說得出來。我笑說搞獨立出版社是燒銀紙呀，未料教授比我更黑色幽默：「那你願意加入我的『自殺』行列嗎？」我略一停頓，他可能以為我說要回家想想，但這句話於我有魅惑，我當下便應承了。

2.「死魂靈」出版社

獨立出版社取名為「死魂靈」。我問遊幽此名由來，跟果戈里有關嗎？不，遊幽說，是跟馬教授（他這樣稱呼他的前老師，他未來的出版人）閒聊時，或者說是「腦震盪」時想到的。「何解？」「我們說到在沙城辦出版社或書店之類，有人說成是『自掘墳墓』，帶點酒意的馬教授便說：『那就讓我們一起做掘墓人吧。喚醒被湮沒、被遺棄、被埋葬的好作品，讓胎死腹中的作品得到重生，讓死去的作者圍坐一圈，辦一場閱讀彌撒追悼會。』當時我酒醉的程度想必比教授更濃，便應和道：『沙城的第一家陰間世版社，專替離世作家出版無人問津的作品，好安放他們永不超生的陰魂。遺稿源源不絕，長出長有，記得預我一份兒。』教授聽罷，舉起酒杯跟我乾杯，興奮地說：『那也不失是一間另類的地下出版社！』我料不到的是，後來教授給出版社註冊名字，用的就是『死魂靈』這名字。」「你的馬教授是一個憤世嫉俗的人嗎？」游幽遲疑了一會說：「嗯，我會說，他是一個帶有否定力量的人。但平時他人很和善，否定的力量只在突然間爆發。」

文化醫生・一場文學的病變

余心

作為寫作療養院的看守人，我常常也是院友們的第一名讀者。出於自願，也因為治療，他們喜歡把創作中的文稿給我看，當作分享，也希望聽取一點意見。當然，未到最後一筆不輕易將文稿曝光的，也是有的。我尊重每個院友的決定。其中一個在這裡稱得上為長老的寫字兒叫斑馬明，由於他寫的東西，我們私下尊稱他作「文化醫生」，全稱為「文化疾病的徵候學家」。他今天給我交來一篇〈一場文學的病變〉。話說「寫托邦」在世界已綿延了二千多年歷史，本來分散各地，但近二十年來，它的範圍越縮越小，縮至普遍生活的邊緣，縮至不為人知的角落。為此，在這裡稱得上是長老的文化醫生斑馬明往外邊世界走了一趟，對事件進行追蹤。回來他以此寫成報告文章。

經我提議，他答允把這段文字發表於寫作療養院的「**塗鴉牆**」上，作不定期的連載。一面可在其上反覆書寫也可反覆塗抹的塗鴉牆就坐落於療養院的西邊，塗鴉牆每月將盡時會更新一次。當天日落西斜，日頭將盡未盡天空變成一片橙紅色之時，我們會邀請院友來到這面塗鴉牆前，讀讀牆上的文字，有些對著牆壁也不在乎文字，而獨自陷入面壁靜思，或者純粹讓腦袋掏空一下，而面壁時把塗鴉牆當作哭牆不斷抽泣的人，也是有的。每月重複、更新，這也是維持他們時間意識的一種方法。

一場文學的病變（作者：斑馬明）

一場文學的風暴靜悄悄襲來，如颱風來臨時風眼籠罩大地，人們只感到空氣翳悶，隱隱被一層外在的低氣壓壓著，但表面風平浪靜，未知風眼正緩慢地移離中心，之後，等著這片大地的，是一場將樹木連根拔起、將海浪拍打上七層樓高的大洗劫。但這只是一場文學的風暴，跟許多人好像無涉。如氣候出現異樣，最早感到細微變化的是鑽在洞穴中的蛇蟲鼠蟻，最早感到風暴來臨前那種山雨欲來的，是躲在自己寫作洞穴中的書寫者。

文學是如何逐漸甩離這時代，或更準確說，逐漸被這時代甩離的，我準備慢慢跟你說。

首先是氾濫的作家之名。掛著「作家」之名的人，比真正作家的比例，從來沒有一個時代像如今一樣的高。五歲孩子參加課餘寫作班，獲頒一紙寫作證書。有作家辦了一本專門給幼兒投稿的雜誌，有幼兒獲雜誌專訪，專訪中稱他們為「幼年作家」。「作家」成了一條年齡列隊——「少年作家」、「青年作家」、「後青年作家」，很多其實只胡亂寫了一兩篇塗鴉。無論甚麼年齡組別，他們又越來越多有著一個共同特徵，就是他們的寫作意欲遠遠高於其閱讀意欲，又或者說，他們希望別人讀他的作品，遠遠高於他讀別人作品的興趣。結果這世界出現了一個奇怪的逆轉——「作家」的人數越發趨近讀者的人數，以至隨著時間，終於來到一個拐折點，前者首度超越後者，寫的人比讀的人還多。

真正的作家淹沒於龐大虛有其名的「作家」雜牌軍中，這本來還不太重要，因為只要讀者具有眼光，魚目混珠濫竽充數的情況還是不太容易出現的。可惜的是，不僅虛心、真心的閱讀者越來越少；閱讀能力亦大幅下降，包括對文字的敏感度、對文學的鑑賞力，以至單純判別好壞的標準（不僅於文字作品）。閱讀能力嚴重失血，是另一個令「寫托邦」範圍在世界中越發縮小，越發被趕至邊緣的一個重要原因。

羅蘭巴特錯了。作者並沒有死去。相反，人人都想做作者，作者太多了。羅蘭巴特把榮耀歸於讀者，然而到後來，消失的，反而是真正的讀者。一個作家，不聆聽自己是不行的，但人人都在說自己，對其他人不感興趣的話，這個世界就無需寫作了。因為並沒有人要看，除了自己。我們當下的處境，距此不遠了。作者氾濫，讀者稀缺。太多太多的作者，而你也可以說，一個也沒有。至此羅蘭巴特又是對的：作者已死，只是以不同的方式——以氾濫無所辨的方式。

但請你別誤會以上情況，以文學蕭條現象來呈現。事情剛剛相反。文學組織增生，不止一個媒體報導宣稱：一個「文青時代」的到來。文青們穿著「文學Tee」、掛著文學Tote bag（上面寫著從文學作品摘來的句子），轉發從文學作品擷取而來「金句」，在各種媒體之上，書的迴響，由書評變書介再變書摘再而變成書屑。有些人沾了一點書屑便以為自己真看了書，說不清是自我欺騙還是自我陶醉，或者，兩者也有一點點。

但文學又從沒像現在如此「欣欣向榮」過。文青們參加文學聚會，聽詩歌表演，有時又獲發機會，與詩人們一起朗讀自己的習作。詩被朗讀時每愛加上音樂，佐以形體，人們給這種文字展演一個美好的名字叫「跨界」／「越界」，彷彿文字只有突破自己孤僻的性格，與音樂、舞蹈、影像攜手合作（或被垂青）方能讓人看到其本有的層次和想像力來。文字跟人一樣變得高度合群，詩人尤甚，沒有「小說壇」、「散文壇」但文學圈必有大大小小的詩壇，離群索居的詩人不會被發現，從來沒有一個時代像現今的詩壇詩人般那麼渴求名聲、「成功」與被看見。詩要被「發表」（最好加上朗讀表演）才成其為「詩」，詩人要進入詩壇才成其為「詩人」。有詩人曾經辦了一份詩刊物，多年來在詩刊中發表詩作的大大話話有

四、五百個詩人，但最後詩刊的銷售量僅錄得單位數字，「詩人」原來只喜歡發表，甚至不在乎收藏。螢火蟲的餘光滅了，它散落在一個個有臉譜或無臉譜的面書反光面上，永不消散。

文學在社交媒體變成一場持續的社交派對，永不終結的一場圍爐BBQ。昔日文學沙龍需要一個長袖善舞的沙龍夫人，現在一浪接一浪的文學活動，又特別需要一種高活動能量的「文學拆件人」。文學拆件人將文學拆件成一塊塊雞肉、豬柳、雞翼、香腸、魷魚、棉花糖，加以蜜糖，穿成一條雜錦串燒，眾人各舉一枝叉，人人有份，永不落空。

悠悠：余心，我不想看下去了。你留我在這裡，只會讓我耽擱時間，轉移視線。

余心：在寫作上，有時離題也不一定不好的。你需要放鬆一些。你來到寫托邦一段日子，都沒參加過任何群體活動，這是不行的。雖說獨立幽禁是寫作者的本然狀態，但全然的孤獨，太長時間的話，會使人陷入瘋狂。再戀棧黑夜的人都有接觸陽光的必要。過分的寂靜使人耳鳴，有時，聽聽人聲和市聲不是必要的嗎？

悠悠：讓我離開。我不能說這位「文化醫生」的話沒意思，但我不喜歡調侃、嘲諷的語調。

余心：他的話非常嚴肅。一點也不調侃。

悠悠：那或者是，我不喜歡施襲的語言。我不喜歡任何把自己放在高處施行審判的語調。

余心：但悠悠，批判如何可以不從高而下呢？批判時還要故意擺出平等對話的姿態嗎？

悠悠：我不喜歡憤怒的人。

余心：但憤怒也可以是寫作的燃料。要知道，憤世嫉俗者，在寫托邦也是有其位置的。

悠悠：嗯，憤世嫉俗者。他令我想起一個似曾相識的人。

文學助產士・書本與妊娠

悠悠

我不認識遊幽的老師馬教授，我跟他只有過一面之緣。七年前的一個晚上，那時「死魂靈出版社」還在最後的籌辦階段，他當了來訪家中客廳的一個稀客。

那夜加班，回家時已過了晚飯時間。遊幽在沙發上與一個中年人喝著酒，茶几上放了七、八個空瓶子，菸灰缸倒插著一支支菸屁股，薄荷滲著尼古丁的氣味飄蕩於室。我不知道他們之前聊著甚麼。遊幽只簡單介紹：「馬教授。我的前老師，我的未來出版社社長。」馬教授右手握菸左手握著酒瓶，半站起來向我下了一個敬禮：「久仰，遊幽作品長年的助產士。」

從沒有人這樣形容我。我只暗道這教授應是幽默風趣的人。不知是否那天加班太累，上班時又跟上司有點頂撞，我竟帶點氣（事後回想）地回說：「我這助產士已完成任務，將來遊幽的作品由你來接生了。」沒料到，就這樣我們展開了一段即興的對話。

「如果說你的大出版社是一間婦產科醫院，我的不過是古時接生婆的一個簡陋產房了。說不定還是黑市的。」教授邊呷著酒邊說。

「其實編輯也不一定只是書的助產士。有些情況，他也可能是一本書的父母。」

「你是說一本書，可能是作者與編輯的結晶體嗎？Come on，不可能的。如果『一本書的誕生』這生命比喻還有意義的話，一本書只能是單性繁殖、無性繁殖，作者永遠是最重要的，他才可宣稱自己是一本書的父或母。」教授說。

「但馬教授，其實把一本書說成是一個生命的誕生、一個孩子的出生，這比喻本身也不是沒有問題的。」

「你說得沒錯。人說書的孕育好比生命的妊娠，怎麼可能呢？人類一般就是『懷胎十月』吧，但一本書的妊娠期卻可以長得多。而且，現在科技昌明，一本書『胎死腹中』的機率，比真實生命的夭折率還要高。」教授順著我的話說下去，大家又有點意見相合了。

「但書的流產是無人可惜的。從沒出生的書就是從沒出生。不會像一些父母，還會為死去的胎兒悼念、超度、立碑。」我說。

「但死去的胎兒是真的死去了。胎死腹中的書卻可能更陰魂不散，等著一天回陽。」教授說。

「作為書本的助產士，我只希望每本經我接生的書都順產，都有它的好運數。其實我從沒想過奪權，我甘心做一名稱職的書籍助產士。」不知何故我把話題又扯回最初。

「比喻永遠只是比喻。它不可能跟原來的東西完全一樣。」教授說。

「的確，現在一個胎兒在母體內成長，不同時期被安排作不同的檢驗，羊水測驗、超聲波圖、性別檢測、染色體檢測等等，高度的科技化。但一本書的孕育，又怎麼可能如此精確呢？如有檢測，也不過是作者反覆閱讀文稿，自己做自己的檢查員，到成熟以至完成階段才交給編輯罷了。」遊幽此時卻插嘴說。

「所以說，書本孕育與生命妊娠的比喻，本身就問題重重。奇怪的是，這麼多人還不斷複述這比喻。」我說。

「是的，一本書面世，常常還有人如報佳音般宣布：『我們有一個孩子出生了！』」教授應和，說時還把嘴巴放在酒杯口作了一個嘔吐狀。

「分別還不止於此。嬰兒出生，由父母撫養長大，但很多書的父母，孕育的時候對書萬般寵幸，可書一旦出生，他們馬上逃離，不願回頭一顧。完全是狠心的父母，但這種『狠心』又是必然的。生下就是為了遺棄。把之前的書擱置，又馬上投入另一個新的生命中去——如果還有氣力的話。」遊幽說。

「所以，所有的書某程度上都是棄嬰，都是孤兒。它們一出生便離開父母的掌控，自生自滅，由讀者接管，以延續書本在世的命途和壽命。」我說。

「只要有一個讀者，或者數個，哪怕如何的少，只要有人讀，那本書便有了在世生命。」遊幽說。

「那如果一本書全無讀者呢？」教授問。

「那只能是一個徹底遭受遺棄的生命了。」我答道。

「要寫出這樣的書也不容易。遊幽你可要想想辦法。」教授說。

「怎麼有人未啟航便想著沉船的。你這個未來作品的接生者，難道準備接生流產的死嬰嗎？」我說。

一趟消失的旅程

悠悠

轉投了獨立出版社後，遊幽在第二年交出了他的第四本小說，名字取自佛洛伊德那著名的Fort, Da線軸遊戲，取名為《消失，復現》。我不是這書的編輯，但我們沒有破壞承諾，除了他自己，我繼續是閱讀遊幽作品的第一人。他甚至曾私下稱我為「脂硯齋」，純作一個暱稱，為此我甚至也真曾用硃紅筆墨，在他的手稿上寫「眉批」，我不會胡亂給意見，但我所寫下的「眉批」，遊幽都會非常認真看待。在出版社資源不足的情況下，《消失，復現》的反應，媒體的報導不多，但也贏得一些稱許。遊幽本人對作品的反應倒不太放在心上。他沒有直接說但我知道，《消失，復現》於他創作歷程上只屬一個過渡，或者以音樂來比喻，是一首大型樂曲的一支序曲。更大的東西在沉默醞釀，隨風而逝，隨風飄蕩。

當三年前遊幽跟我說他的「消失」作品正越寫越失控時，我即時雖也是有所擔憂，但也不能說十分嚴重，因為寫作的「走火入魔」到底不常見，而罕有的幾趟，在寫作完畢、書本呱呱落地之後，好像一個被催眠者聽到解除催眠暗示一刻便自動解除，以至這解除也成了整個寫作的儀式部分。些微的擔憂（每一次創作進入狀態時也必然或多或少地伴隨）掩蓋不住濃重的期待心情，因為遊幽在寫作上已「停頓」了一段日子（這「停頓」只是於外在而言，他內在是否一直在發酵甚麼，除非他說，否則無人得知）。那時候我並不知道他要寫的「消失」題材，正是一個消失的作家自己，所以當下我回了四個字：密切期待。我很想看到他如何以文字來寫出「消失」，也許在閱讀上，不知不覺間我也成了一個上癮者了。

這段日子，遊幽的喜怒哀愁，幾乎可說是他一天寫作表現的寒暑表。當寫出一段閃亮的文字時，靈魂在體內的閃光會照見於臉上。當寫作觸礁、卡著、停滯不前時，紙上的空白亦會拓印成臉色的蒼白。他間中也會跟我談及寫作的困難——我想捕捉一種消失，跟任何具體理由，諸如被綁架、被拐帶、遭遇意外無關，任何給它「具體的理由」都會將它拉下來、使它弱化、情節化，而如果一定要說，它只能是一種「哲學的理由」，一種「形而上的消失」。

晚上他哄我入睡時，情話變成了創作，床單鋪開成他的稿紙。這樣的絮語飄入我的夢鄉，來自他口中——

悠悠，今晚我們仍相擁著，那麼實在、那麼習慣，有沒有想過，明天你張開眼，熟睡時還抱在懷中的我會消失無蹤，床褥上的人形印痕仍在，餘溫還未散，但人卻不見了。你最初以為我只是早起了，獨個兒出門了，晚上便會回來的。你以為一切只是暫時的。但時間一天一天的過，沒有動靜，時間好像被按停了。晚上跟你約定好的，除了黑夜和月亮，別無其他。

（「三更半夜了，遊幽，明天再寫吧。我現在很睏了。明天還要上班。讓我睡吧。」）

悠悠，明天張開眼，昨夜朦朧的絮語成了咒語。他在清醒此岸，而你在夢鄉彼岸，在同一張床但隔著兩個邊界之間，道別也無道別。在無盡頭的日子中，你開始思索各種「形而上消失」的可能，每一個可能都成一條分岔小徑，歧路蔓生，終至自己也迷失其中。你暗中（也約定地）加入一場重複強迫的捉迷藏遊戲，在其中，尋索者自身也成了消失者，時間成了一個迴圈，明天之後，將是新的又是同一樣的明天。

「呀」的一聲，我扎醒起來。天色還是晦暗的。梳妝檯放了遊幽手寫的一張便條，又像是暫別書：「為了寫作，我展開了一趟消失的旅程。我不知這旅程將帶我到何方，繞過世界甚麼角落，將經過多少轉折，最後是否會帶我回到原點。我是我自己的結伴者，我是我自己的嚮導，我是我自己的迷途羔羊。過程中我將失聯一段時間，你不用找我，如果我回得來了，我將帶著我的書寫文稿如凱旋者帶著沐血的戰勝品歸來。如果我回不來了，我可能在旅程中掉進了懸崖、迷宮、囚室而暫時（或永遠）被扣押著，如是這樣，你不要替我惋惜，這也是寫作的一種善終方式。但無論我走到天涯哪個海角，我將試圖與你保持最隱密的聯繫，給你千里傳音，不以手提電話、互聯網、社交媒體，而以最原始的信鴿、文字，或文字的感應。為了寫作的消失，為了消失的寫作。請等待我，直至真的，徹底了無音訊。」

翌日，我在過去撥了無數次的電話號碼把我帶到「無人之境」，不單電話號碼取消了，所有可聯絡他的社交媒體如臉書、微博，都一一關掉，不僅是停留於停止更新的狀態，還是全然地連根拔起。

他深深地消隱了，在他生活的時代，在與他人的關係之中，如同沉沒的島嶼。

修道院・迴廊

余心

寫作療養院的修道院坐落於忘憂山莊上，在這裡繞圈的迴廊不止一條，靜默迴廊只是其一。這是應院友們的需要而設計出來的。經多年的觀察，進入療養院的院友們的走路步徑都有一種未經協調卻達成的相似性——他們特別喜歡繞圈行走，多於行直線或者曲尺路，因此療養院中的道路很多都是迴環形狀的，而以修道院為這種設計的一種極致。修道院中一條直路也沒有，不同軸心、不同層級、不同周徑長度的旋轉迴廊層層疊疊縱橫交錯，但始終又各為軌跡，不相打擾。有人在繞著迴廊踱步還不夠，他們邊行邊自我在轉圈，將自己變成一個不會停步上了摩托的陀螺，從中加重重複感和暈眩感，他們把這種雙重感覺看作快樂，混進他們自調的花勿狂配方中。我把他們踏著的那條迴廊稱為**陀螺迴廊**。老實告訴你，我自己也不時走進這條陀螺迴廊中暗自轉圈，從中支取一點快樂，每醒來時都發現自己倒在地上，一定是經過無數個自轉和公轉後終至不敵暈眩而倒地。另一條迴廊上的人則不是自轉，而是倒著走路，倒著走路的方式有的是倒立走路，頭下腳上把自己變成一個攝影機暗箱，眼目所見的世界因此也上下對調起來。有的則是倒後走路，把自己當成一個行駛中的倒後鏡，但人既身在圈子之中何謂前何謂後其實已難分辨，這退後走路的步履無疑加重了其中的曖昧性。無論是倒立走路還是退後走路，我都把他們稱為一種**顛倒者**，說不清這是他們的天生本領還是長期寫作的一種後遺症。顛倒的身體動作只是肉眼所能看到的，如果你跟他們細談，你會發現他們當中有的將因果顛倒，有的將時間順序顛倒，其實也是一種突破事物常規（但也可能陷入另一種自設規範）的法門。譬如有一個**因果顛倒者**曾告訴我，他寫某事某物不是始於關心，而是因為他為了寫作，因此才關心起某事某物以之為寫作對象；對於這種顛倒，寫托邦是絕對容許覺得並無不可的。譬如一個**時間顛倒者**曾給我打過一個譬喻，如果在寫作療養院中他需要一部車子代步，那部車子將是外邊世界車子的相反——大面的倒後鏡置於司機駕駛座前，而向前看的取景器則縮小放在車翼兩邊如外邊車子的倒後鏡般。對於這種顛倒我們只能以理念和寫作實踐，因為寫作療養院中並無任何車子，這裡唯一容許的代步工具就是雙腳（或倒立者們以雙手為腳）。倒立走路、退後走路的人各有一條他們所屬的**顛倒迴廊**。修道院中另有迴廊安置**離地者**，即走路不著地的人。當然這世上並無真正可對抗地心吸力的人，走路不著地的人並不真正懂得飛，他們只是走路時腳尖踮在地上，像踩在一片雲上，輕得幾乎像飄一樣，如果你看到他們，可能還以為他們是飄移的鬼魂。最底層的一條迴廊因遠離陽光一片晦暗，繞圈者都提著燈籠踏步，從高處觀看，一片漆黑中只見一個個點火的燈籠圍著一個圓心繞圈，這也是一種極可觀的景致。不同的繞圈者構成一個隱修群體，進入修道院的都是出於自願（我可以引導他們，但不能強迫他們），隱修者們來到這裡首先是為了修煉，他們喜歡留多久也可以，唯一的條件是不可能太短（最少為七天，最長為終身），因為太短的隱修並無意義，正如太短的繞圈亦無意思。繞圈子要達到一定數字，重複性的身體動作才能成為一種考驗，一種通向心靈的精神修為。繞圈子是一種高度自我覺醒行為（尤其是陀螺式的自轉），但其極致則又通向忘我的另一極致；只能經年累月修行的人，才可能達到重複感、暈眩感與忘我感渾然為一的境界。至這境界，人是否身在修道院的迴廊中已無所謂了，因為這少數「修成怪果」的人，無論置身何處，都可以將腳下的道路想像也即是變身成一條迴廊。

第五章

【字畫像】

失焦者

余心

「悠悠，你手中拿著的是一張甚麼照片呢？我見你盯住很久了。」

「那是我要尋找的遊幽的一張照片。」

「你要尋找他，為何帶的是一張失焦的照片呢？」

「照片雖然失焦，卻鎖住了一些東西，或曰在頃刻間捕捉到了一種內在的神韻，這神韻自始至終沒有離開過他。」

「那你可以用文字試試形容這神韻嗎？影像雖然直接有力，別忘記，你依仗的終究是文字。」

悠悠

我怎麼向人述說你呢，遊幽，一個降生世上，卻彷彿有一部分殘餘物遺留在另一星體的人，以致你活在當下（或你根本不能盡然如此），眼目總時刻瞄向一個縹緲的遠方，那遠方到底在甚麼位置，憑你渙散的目光，我大概知道是似近還遠，難以對焦的。那是一對尋索的眼目，同時也是迷失的眼光。

跟遊幽這種人相處不是容易的事，或者我應該說，他跟他自己相處，不是一件省力的事。

他在，又不在。眼睛盯著前方，但又有一種渙散。渙散是於我而言，他其實在對焦另一個世界，或者可以說，生活在他方。沉默的時候，他思索，喧囂的時候，他思索；腦子裡總有一些思想盤踞著，無處不在，最終又膨脹為空洞。沉默的時候，他跟自己對話；喧囂的時候，他跟自己對話。不說話的時候，他還是離不開語言。獨語不是最準確的字眼——當一個人處於有意識分裂的狀態時。對話其實也不準確，因為被分裂的自我，並不成明確對立的主客二體。身處當下，另一隻腳卻踏在過去；未來，對他來說是很模糊的概念，唯一可以做準的是，它不斷在遞減，並且，無可逆轉地滑向崩頹、皺紋與朽腐。他有與你深入的渴望，但永遠也有與人隔絕的需要，兩者永遠處於張力之中，萬一前者威脅到後者時，我懷疑他會以最大的力氣，守著自我隔絕的權利，即使是我。他以生命築起的靈魂堡壘，只容許極少數人探訪，最核心的一所房間，則完全封鎖；事實上他也無能為力，他自己並沒有鎖匙，每次他能夠潛進內裡，還得依靠一種他不完全理解的神祕力量。

有時我覺得，這樣活，真是累。但弔詭的是，他生存的力氣，就建基於這種筋疲力竭。你給他一張極度舒服的沙發，長期坐著，他會覺得如坐針氈。但其實他也不斷在抓著一叢荊棘，把它織成華麗的冠冕，戴在自己的頭上，不為發放光芒，只為感受痛楚——生命不可或缺的質感他以為。某程度上，你可以說他是一個精神上的自虐狂、克己主義者，雖然從中他並非沒有過狂喜。

余心

失焦即是從現實世界中逃離，被驅逐或作永不終結的自我放逐。

每個人的寫作起點都是不同的。但共通處是從放逐開始。不是聖經創世紀中耶和華把亞當夏娃逐出伊甸園那種很「實在」的放逐，而是一種不動聲息，卻因而更難言詮的放逐感。沒有一個高於自己的強者，明明確確地施下放逐的懲罰或詛咒。沒有一個可見的被逐出樂園的門口。事實的表面正好相反，肉體上你留在自身的家園，突然一股陌生感以至荒誕感迎面襲來，不是因為你一時靈魂出竅，心不在焉，而是一下子你在最正常的地方瞥見了不正常，像在鏡子中看進了空無一樣，像在人堆中你看到了鬼影，那麼突如其來而且深刻，你無法別過面去；就在那麼的一霎，從此你觀照尋常世界的眼睛，都脫掉不了一片隱形的異化鏡片。

無以名之，我且稱這曖昧的決定性時刻為：生命的失神光照。

「我敢說，年紀越小的（大概在六歲前），若越多被捕捉到這種神情，此人今後的照片都很難是對焦的。又或者說，他必須用力才可以對焦，他全然自在、放鬆時，或不為意給別人捕捉拍照時，神情一定是飄離的。」

「是的，我明白，所以這張失焦照，雖是拍於昨日，卻是超越時間的。它捕捉到的，或說直抵的是，影像背後掩藏著的，靈魂的祕密。」

「悠悠，你找失焦者找到這裡來，我想你是找對了地方的。寫托邦收容的，很多正是這種天生的失焦者，某程度上，在這裡，你甚至可以說失焦是他們的天分。只是這樣的人，到底還是有不少的。他們在這裡有一個稱號，叫 OFF。」

「OFF？」

「Out oF Focus 的簡稱。但只有天生的失焦者才配有這個稱號。」

「那你的意思是，也有不是天生的，是扮失焦的嗎？」

「是，但那是沒有用的。一時失焦的，或扮演失焦的，其他人也許容易混淆，但我總能一眼分辨。如你所說，那是屬於靈魂的東西。只依附在肉體表皮的神情，沒有扎根於靈魂，沒有與靈魂縫合的，如人面上化的裝，一搖晃便抖落了。」

那悠悠，就當作給失蹤人士作一張拼圖，給我描繪一下，你遊幽那副失焦的面孔是如何的。

失焦自畫像

五歲時，我的眼睛看進了空洞。
十一歲，那年有了第一個幻覺。
十七歲，人生的玫瑰花蕾。
十八歲生辰。第一次想到，人生活到四十歲就足夠了。
三十歲，不要再給我慶祝。
四十歲，捨不得你。
終於不再唱歌。

悠悠

1. 五歲的眼睛看進了空洞

開始總是困難的。該從何說起呢？我不是遊幽的母親，我沒見過他孩提時的真實樣子。即使只是一張嬰兒照，他家中也沒有。但「缺席」常常是一個線索。若說那年頭照相機不便宜還不如現在那般普及以至氾濫，這是很合理的原因。但遊幽的姊姊，卻有幾張嬰孩照，一張她伏在地上玩叮嚀噹啷的玩具，旁邊應該有大人看著，但沒有被攝入鏡頭。另一張，母親手抱著她，旁邊立著她的父親，父母焦點都對準眼前不為所見的攝影者，從這些照片中，我幾乎可以聽到有人在他們面前說，「是的，站好，一，二，三，笑！」按下快門，閃光燈很誇張地發出白燦燦的光來，連著一種瞬間爆發好比手起刀落的「叱」一聲，彷彿也有著燒焦的氣味，三個人的神態、姿勢、臉容就被瞬間凝住；嬰孩仍未懂得望鏡頭，眼睛望向別處，也即是說，她尚在還未懂得向周遭世界頻密的呼召作出適時反應的初始階段。

後來就多了你哥哥。後來多了你弟弟。中間不見你。在一疊你小時候的家庭照中，你總是缺席。你母親說，你在的，但就在按下快門的剎那，你不知閃身到哪裡去了，可能扭轉身背向鏡頭，可能把自己變矮縮在人的頭顱下，我們以為他不喜歡照相，也不勉強他。對此，你姐姐則有另一個解釋：人家拍照站定讓拿著相機的人對焦，你總是飄，也不是跑，只是飄來飄去，所有拍你的影像都因為對焦不準而成了一撩風，那年頭照片還是用菲林沖曬的，逐張計錢，為省點費用模糊不清的會給圈掉，所以，照片中就不多見到你了。

家庭照中找不到你（日後在你的家庭聚會中，你也常常以一種心不在焉的狀態出現——你處身於一種關係中，但你不屬於這個世界），幸好還有你小時候的成績表，成績表上有你的學生照，年級層層遞升我看到你童年臉孔的緩慢變化，到最後上天總算眷顧你你成了一個清秀的小夥子。現今我找到你最小年紀的一張學生黑白照，拍於你五歲那年，尚讀幼稚園，這真是我見過的一幀最憂鬱的孩子臉孔。五歲的小孩怎麼會把眉頭深鎖的呢，外表很靜但看得出內裡有一股深藏的迷惘，然而一切還是顯露了都說眼睛是靈魂之窗這句話的確沒錯。你雙眼有著深深的雙眼皮，配搭著呶起的小嘴有點女兒相，標致的纖細的瓜子臉掛著尖尖的下巴，令人想到一頭可愛的小鹿，然而小鹿不知受甚麼微弱的聲音驚嚇了，就那麼的一霎你深澈的眼睛瞧向攝影機卻穿透了它看向不知在何方的空洞深淵。這幀照片把你框著了，它攝於稍縱即逝的一霎卻又成了一張永恆的時光定格，此後無論你的面相如何改變，長得更俊或者長得更老，它始終掛著這無可消除的**「童稚延相」**——那份出於生命原初的存在困惑一直跟隨你，恍若風眼悄悄降臨，不動聲息始終不肯移開，伺機待發席捲成一場生命的風暴。

中間有很多空白，我不知道。

2. 十一歲那年有了第一個幻覺

「以前有沒有出現過幻覺？」

「我不確定。」

「不確定？」

「不確定這是不是幻覺。」

我曾經在半夜中醒來（或者我徹夜根本沒睡），平臥在地，面前，也不是近在眼前，大概有十呎之遙，有一把菜刀晃過，我耳邊出現一把聲音，也不完全是人聲，或者說是一股力量，叫我到廚房中拿起刀子，劈落自己身上。我好怕。我用意志控制自己，不要動。我睡在地上的蓆上，一動不動。就那麼一剎那，熬過去，菜刀不見了。我逐漸知道我回復安全。

我不確定這是不是幻覺。因為有時我覺得，這更像是一個夢。如果把可怕的夢境當成幻覺，我的意思是，當成精神病學上所定義的幻覺，那就十分危險。所以我一直沒太過放在心上。

「那時候有跟誰說嗎？」

「有，跟母親提起過。她的反應異常冷靜。」

「這怎麼可能？」

「母親不認為是我的精神出現問題。她沒有這種意識。她以為是一些『污糟嘢』。」

「『污糟嘢』？」

「鬼魂，或者亡靈。而鬼魂這些東西，雖然幽暗，母親卻以為是平常的。」

「那次事件，或者說是幻覺，對你有甚麼影響嗎？」

「我照常上學，照常生活，生活沒出現甚麼異常。只是有一段日子，我不敢碰廚房的刀子。不得已要進入廚房，我就盡量把視線移離它。持續幾年，我不敢直視一把刀子。」

「那時候，你有多大？」

「十一歲，我記得大約是十一歲。」

3. 十七歲，我的玫瑰花蕾丟失在哪裡

4. 十八歲生辰。第一次想到，將來活到四十歲就足夠了

一個人活到四十歲，就老得足以去死。年少時候我曾經這般想過。

十來歲的小夥子覺得四十歲的人好老，不足為奇。

但二十五歲時，我已經有點遲暮的感覺。遲暮是，離開青葱已有一段日子。一點異樣的介乎狀態，明明花兒仍是盛開的，卻提早嗅到枯萎的氣息。這應該不止是一種，所謂少年人的，傷感主義。

5. 三十歲，不要再給我慶祝

三十歲生日，感覺有如行刑。「請，不要跟我慶祝。」

過了三十五歲，有點羞於說出自己年紀的感覺。

年齡成了莫須有的恥辱，或原罪。舞者尼金斯基在他的瘋狂日記中如此寫下：「我今年

已經二十九歲了，我覺得說出自己的年齡很羞恥，因為每個人都以為我年輕一些。」我非常明白他所感到的羞愧，儘管那本來是「莫須有」的（年紀加諸我身，並非我的罪過），但正正因為是「莫須有」，它又成了一種原罪了。

6. 四十歲，捨不得你

如今是越來越接近，我一度曾經以為的歸期。

如果生命的Stop-watch由自己按下，如果不是軟弱，那一定是非常頑強。求死也是一種意志。

「現在還這樣想嗎？四十歲就夠了。」

「或許沒那麼強烈了。可能是我比以前更加軟弱。可能是我比以前更加堅強。可能是怕死。可能是貪生。捨不得。」

「捨不得甚麼？」

「捨不得你。」

7. 終於不再唱歌

樹上的鳥兒何時不再啁啾，就是我不再唱歌的時候。舞者何時不再起舞，武者也有折腰的時候嗎？足球員退役叫掛靴。歌星退休叫封咪。只有大作家才敢說「封筆」，好像高手劍客有劍不拔從此把劍封進劍鞘中。

你說真是奇怪，運動員退役有的做了慈善家。曾經叱吒風雲於球場，一下子轉換了身分，午夜夢迴運動員夢到自己仍披著戰衣，醒來時他難道不會感到絲絲的悵惘？無論如何，運動員成為慈善家或企業家，就有了人生的第二春；而作家，一個真正的作家，只可能一直寫到生命的盡頭，無論以任何形式。我說運動員退役可以成為慈善家的終究是極少數，那一定是他或她戰績彪炳兼非常有名，更多的運動員，在未上競技場前已經倒下，不曾贏過一場戰績就已經退役，退役之後敢情生活困難，世界上有許多也盡過力做過夢的默默無聞者。你說，那樣說來，運動員與作家原來還是有著一點共通的。不過，時間對於作家比較寬容，對於一個運動員，時間實在太匆匆了，跡近於無情。一個作家，如果他夠頑強的話，可以寫盡生命的春夏秋冬，由日出寫到日落，寫到生命的最後一口氣。他也可以想像於時空中穿行，重返過去，遙想未來，頑抗「過去、現在、將來」加諸我們每人身上的直線割裂生命律動，於尚在年輕之時透支枯萎，於行將就木之時重拾青春，以種種虛構的手段突破限制。但一回到生活，作家又只能是同樣的那一個自己。一個現實的人。一個無能的人。日子一點一點的過，不知不覺間，時間已經不再站在你那一邊。

生命再一次跳格，無有紀年。

他默默為自己許了一個心願。

將自己寫到像紙一樣薄，像靈魂一樣厚。

一個近乎自殺的心願。

近乎。不完全是。

無所歸屬的人

悠悠

你站在了信仰的門外，好幾趟。狹義的宗教之門，你來到一個基督教會門外，踏進去了，生活過了，又走了出來。替代的宗教之門，你來到一個織滿了玫瑰的愛情花園，你被玫瑰的色澤和美吸引過，隨手摘下一朵，發覺是有刺的，玫瑰原來是荊棘，於是你更加著迷了，可不久玫瑰就凋謝了，你又離開了。你出生的年代已過了社會的火紅年代，但你的理想主義好像更是與生俱來的，而不是一個時期的產物，如面上的春青痘不過霎時迸發。但理想主義落入濁世也需要一個棲居的地方，你發現所有理想主義的門都關上了，倒塌了，變形了，失真了，以至你最終只有關起自己的房門，拿起書本，把書頁當成門窗，在封閉的世界反倒找到一隙逃遁的出口。文字裡面有花冠，文字裡面有野草，文字裡面有智慧，文字裡面有安慰。及後，閱讀之外，你也投入了文字的耕作，逐漸領略，文字裡面也是有著徒勞的，在文字的路上，理想主義者與虛無主義者碰頭，撞個正著，面面相覷，詭異地互相打了個照面：「呵呵，原來我們之間，那麼近。」忽爾明白，事物與事物的對立面，本來就是同根而生的（「絕望之為虛妄，正與希望相同」）。

一個書寫者的，不安之書（編輯：悠悠）

（編按：既然你把家中的電腦留下，我就把裡頭的文字，當作你給我的遺贈。我重新當上你的編輯，把你未發表的文稿整理出來，編成一冊「不安之書」，不日發表。我沒徵得你的同意，也無需詢問你的意見；消失的人，是沒有抗議的權利的。）

游幽

【文字城堡】

窗櫺已經關嚴門鎖已經閉上，從今天起我不打算迎進任何人了。如果你看見我跟你微笑，請你明白，中間是隔著一道透明玻璃的。我怕你看不見走過來給玻璃反彈就不好了我不擔心玻璃會割傷你因為那是一層厚玻璃平常人不容易摔破。是的，透明的玻璃殼成了我的保護罩，我以友善的姿態拒絕，明眼人也許還不容易察覺，事實上我也是無能為力呀，我自絕於外我把自己封存因為連我自己都遺失了解開心鎖的鑰匙。自此我與所有東西都隔著一道距離。

我已經離開了那個叫「家」的地方，住進了自己一手築起的文字城堡，我不知道這文字城堡是否比那個叫「家」的地方更廣大、更堅實，還是更虛幻，更似泡沫般一觸即破，但好歹它是我（或「寫作的我」）一磚一瓦搭起來的，它已經成了一塊石頭，它沒有門，別人休想叩門進來，但我已經住進去了，儼如一個牢房，囚禁在自築的牢房中因而感到僅存的一息自由，相對於外頭喧鬧繽紛的所謂「自由世界」。

這座文字城堡（或廢墟）已經花了十七年搭建。十七年，足夠一隻埋在泥土裡的「十七年蟬」羽化成蟲。但我的城堡始終沒有完成，我甚至越來越相信，它根本就是無法完成的。作品的邊界由死亡鑲上畫框，這完全是聽命於偶然的；死亡突如其來之日，也就是我停工之時。沒有多少人可以像薛西弗斯般愚弄死神，或者像《第七封印》中的中世紀騎士跟死神周旋以申請緩期。

【房間與牆】

是那個叫柏斯加的哲學家說的嗎？——世間的悲劇就在於一個人不能好好地留守於自己

的房間。而我終於也是留守不住了。這悲劇對於一個作家來說或許又更大一些，因為據說如果一個作家不能把自己困在房間，膠在自己的桌椅上，是不可能指望寫出好作品來的。寫作的房間與其說是一個一般人理解的舒適房間，不如說是一堵幽閉的牆，作家日夜對牢它，自言自語、自我傾訴；牆壁越是單調作家越有可能進入沉浸的寫作狀態。如所有的修行都是寄託於單調重複性的隱祕之上（禱告聲、敲木魚的聲音、三跪一拜等動作），作家求索於生活的枯燥以期達到筆尖底下的豐盈，猶如一場隱祕而盛大的交換似的。在這意義上，偉大的作家理應是以現實身軀的枯竭為其終站，所謂「油盡燈枯」，說來應是一種善終。

＊＊

當我現實的房間色彩過於絢爛，也就是它失去了作為一面幽閉的牆的作用之時，我離開了它，到外邊世界去尋找另一面可以包圍我的牆。這樣的出走，或者是對現實世界的一種不負責任，但非如此不可，實在是非如此不可，因為我更在乎的，是對寫作的忠誠。大前提是先得對「寫作的我」，負上最大的責任。

＊＊

所謂小說家，就是一個單打獨鬥的人。以手掌在牆上做手影，擺動錯以為飛舞。不寫的時候，你不確定自己是否存在，還是消失。有時真實，更多時候，不是不知其虛幻，而又必須繼續進行的。

＊　＊

寫作的意義只有在寫作的過程中彰顯。所以，這刻，儘管我與你只是一房之隔（當然，我的書房門是關著的），我其實是在另一個世界。但怎麼我會想到你在外邊的動靜？也許你在沙發上看電視，也許你在廚房中泡咖啡，也許你在睡房中塗指甲——這通通只是我的想像，我沒有看見你（難道只有在沒看見你時，我才會想像你嗎？）是我不夠沉浸於我的寫作世界，還是我準備把活生生的你暗暗寫進我的小說中？

＊　＊

人類最早的寫作都在洞穴的石壁上進行。那是石器時代，穴居人的紀元。科技日新月異，由石器時代，我們進入青銅時代，再而進入近世的鋼鐵時代、玻璃時代，但其中一些「現代人」，仍殘存著石器時代的記憶，因而回歸洞穴，永遠有著回歸原初的脈動。石器時代的穴居人在石牆上雕刻圖畫，雕刻符號，漸漸有了文字，石頭是人類草書塗鴉最早的界面。我是這科技時代的穴居人、洞穴癖，我在石牆上塗鴉，如果有人把牆上的刻紋拓印出來，或者最終會浮現出一本書。

【幽閉之癖】

沉溺不了，就沒滿足回贈，沉溺盡頭，就沒回頭可能。我不過一時之間走遠了一點，你是無需太過緊張的。我沒有預早告訴你，因為如果我一早告訴你，你一定會禁不住闖進來；你一旦闖進來，我的書桌便不成書桌了。我必須要讓自己進入完全幽閉的寫作狀態，我需要它如同需要空氣，對於一個需要空氣來維持生活的人，你能指控他甚麼呢？

＊＊

寫作的沉浸狀態太少了，也就是，寫作的付出不夠，因此寫作的狂喜神迷（一種寫作的幸福）不太多眷顧你是自然的。

＊＊

沉迷的狀態包括沉思、孤寂、詩意地感受，當然也有消沉、自我開解、自我分裂，以及，對世界的一種背絕。這暫時是我可走下去的活法。

＊＊

我消失在閱讀裡，如果一天沒有完全進入隔絕的閱讀時刻中，我就會感到若有所失。

有些時候，我的確想把自己縮小。

或者寫作就是把自己縮小，縮在一角，你知道我在，但看不到我。

【失敗之書】

你的思想裂紋處處，怎麼可以成為故事？就寫關於寫作的疑慮、沮喪和失敗嗎？一場一早已注定是失敗的遊戲？如果失敗的人生可以成為故事，那失敗的寫作呢？沒有人有興趣看的。你跟自己的影子玩耍得太久了，這是很危險的。別以為你寫下的東西都可以成為作品，很多都只是垃圾，可憐今時今日要清除這些垃圾，連碎紙機也不需要。沒有一個悲壯的作者，自己一個人在家中焚燒稿紙，因為火盆也是不需要的（你家中根本沒有）。一切只有0與1，你明白嗎？你以為筆尖在運用著文字嗎，實情是符號在操控著你，到底你是作品的主人還是你才是它的提線木偶？當你不寫不行，難道你不像一個每天要服藥的病人嗎？有誰願意聽到抱怨，但抱怨跟禱語如何分辨？有誰可以將連綿的抱怨譜成詩歌？像你現在所做著的。私密的腹語，終究也是會有人聽到的。

* *

有時候，寫作累積的失望已去到一個不能承受的程度。但這種失望的情緒從何而來？是對自己失望，還是對環境失望？多半是前者，我不太對環境抱怨，恐防這是一種推卸行為。但有時候，你又能說得清，難道不是失望的情緒成了寫作的火焰，在體內燃燒而引發成一股不死的動力嗎？

* *

一種透支生命的寫作，失敗的情緒累積為了最終熬煉成文字。這樣的生命划不划算，我自己也說不上來。

* *

因為並無足夠鼓勵性，那作家終於死了。你們一直稱他為年輕作家，其實，他已經由日出寫到日落了。永不長老並非祝福，格雷的畫像原是詛咒。

* *

【身體書寫】

頭和心的距離有多遠？心和手的距離有多遠？為了拉近它們之間的距離，你是否已經筋疲力竭？

＊＊

我懷疑多少我是滿足不了展露身體的慾望而寫作的。

＊＊

為了寫作的慾望，為了慾望的寫作。兩者之間，如何能夠說得清？

＊＊

你永遠看不到自己的眼睛，如同你直接看著別人的眼睛一樣（他可能在盯著你，或不）。你只能在鏡子中、照片中看到自己的眼睛，但那只是眼睛的影像，不是你原來的那對眼睛。奈睡斯（Narcissus）對湖自照看著自己面孔的倒影，其實不是他原來自身。自戀的企圖一早已注定是失敗的，你永遠與自己隔著一道不可逾越的距離，如你的眼睛永遠只瞧見前方而看不到後方，說來這是上帝造人的偉大造化，或曰玩笑。人類因此不得不卑微，不謙遜，但其中一些，始終拒絕絕對的服從，以此作為生命尊嚴的最後防線。明知一切一早被判定為徒勞，卻如燈蛾撲火奮不顧身地投進去。在這個形象中，我看到真正稱得上為作家的孤傲身影的剎那閃現。那殘缺的折翼的天使的優雅的可憐相。

＊＊

自從他開始寫作，他就無法辨認自己了。尋常人是不會常常自我對焦的，當他企圖深挖自己，好像將自己變成一個標本放於顯微鏡下，他越調就越模糊，有時好像差不多可鎖定焦距了，看到形貌了，出現了，照見了，稍一過了頭，又模糊了。自己在辨認自己的面相，真是徒勞的事。他甚麼地方都沒去，一直在對湖自照。終於，溺斃了。

＊＊

與其說寫作是驅魔（或曰「淨化」），不如說寫作是招魂——召喚那流離失所的自己的魂靈，如在泥人口中吹進空氣，讓他活得稍微有氣息起來，儘管也只能維持一瞬間。但斷續的瞬間串起來，或者仍是有點份量的。如果可以這樣，就不至於太行屍走肉。在這意義上，寫作與其說是魔法，不如說是一種巫術。

* *

肩膊痛

你不過微微轉一轉頭，軟骨就在你頸脖內彈奏聲音，這聲音很難形容，因為只有你一個人聽見，像老鼠噬咬骨頭，很微弱的，然而又十分清脆。肩膊繃緊，好像一束樹根在裡頭扎根猛然抽搐，然而在肩膊之上，除了你的頭顱，並沒有長出任何生命。孤獨一人，肌肉關節的痠痛卻成為你的長期伴侶，形影不離，誓要與你廝守終生似的。

承受多少的痛楚才寫得出一部作品，這不好算計，你不想以痛楚，作為寫作浪漫化的代幣。不哼一句，如你一直在荊棘滿途的寫作路上所做著的，或者錯把寧靜當作尊嚴。不哼一句。然而這段文字寫下了，又不能不說是，痛楚的呢喃，非常低迴的，竊竊私語，我不驚動任何人，請你容許我。

沙城前後

遊幽

1

從某時開始，你說起沙城所有地方都得加上一個「舊」字，或者「前」字。前星星碼頭我們曾經一起送別過仍記得它的機械銅鐘鐘聲伴著旁邊輕盈清脆的雪糕車聲音。前女皇碼頭我們倚著欄杆呼出菸圈女皇遠去了將來這裡將是與我們無相干的海濱長廊。遊行示威至前政府山有你我的足跡但已成為歷史這裡將變成保育、綠化和發展地帶。前添馬艦的環球嘉年華會中我們也坐過摩天輪但這只是暫時的過渡狀態最後一日歡樂已經派送完畢後來就成了儼如高牆的「門常開」。

我們相約在五支旗杆等，五支旗杆被圍板包起來了。圍板解封，如變魔術般，五支旗杆換了另一支旗杆。對岸的銅鐘不見了，被漏夜棄置於堆填區。我們一起共看的風景全都成了廢墟。在沙城之中。你我都曾目擊，悄悄進行著驚心動魄的城市變臉。而我們的臉上也生出了皺紋，添了風霜。

2

沙城的前身其實不叫「沙城」，而叫「浮城」。傳說中浮城本是生長於一塊懸擱於半空中大石上的一個奇異城堡，但奇蹟終究不敵萬有引力定律，大石自某時起慢慢下沉，逐漸下沉，最初不為人所察覺，直至轟然跌落地上時，大石底層裂出許多塵土和沙粒來，空氣頃刻一片渾濁，幾乎要重演龐貝古城城中人走避不及被突如其來的火山灰封住了軀體如集體點穴般凝注了整個城市和所有的人。這奇異的一刻有人稱之為「時間零」說不清是死亡還是重生的剎那。但墜落地上的浮城沒有如龐貝古城般一夜消失，她仍然繼續生長，浮城人繼續做著一半飄浮一半陸沉的夢。

3

真正巨大的衝擊還要等「時間零」的幾年之後。沙城人抵受得住自己的塵埃抵擋不了外來的風暴。一場沙塵暴自北方吹來，最初只是飄浮於空氣的一些粗沙粒，第一個人吸入，身體出現異常排斥的症狀，因為浮城本是一個濱海城市，雖然石頭奇多，但那種入侵浮城的粗沙粒經化驗，很快證實來自極其乾旱的沙漠，跟浮城的氣候完全不符，確定是一種外來的異質物，經過動物或人類宿主的流動身體，而悄悄進入浮城的。為防止吸入粗沙異質物，浮城人紛紛戴上口罩如戴著一個面具似的，從此沒有卸下。氣候劇變，沙塵暴自此隔不久從外襲來，大大小小不同級數的，內含不斷變種的毒。毒成為常態，變成懸浮粒子，變成每日生活的景致。終於再無飄浮的夢，只剩沉降，浮城告別，正式進入「沙城」時代（如今我們稱「浮城」，也叫「前浮城」了）。

4

城中掃毒隊的人數不斷增多，編制也越來越複雜。有一隊專門追蹤「毒」的龍頭，暗號為「惡」，有一隊專門緝捕「毒」的隨從，暗號為「辣」。在毒品的清單中，每天都有新的品種出現，除了掃毒隊外，還有一支毒品定義科，專門鑑定、修訂城中最新的毒品項目，他們樂於看到毒品跟人類種族一樣，共同走著繁衍增生的步伐。他們才是真正擁有權力的，裁員在他們的部門那裡是不用擔心的。

5

一切建立在浮沙之上。由一堆沙堆積而成的沙城，人們可以預想，她終歸也有崩塌下來的一天。但到目前為止，沙城的外殼仍是堅固的。如果由沙建成的埃及金字塔可以在世上屹立不倒幾千年，沒一定必然理由，沙城最終是會變成泡影的。然而我要告訴你的是，這是在命書中一早給沙城寫下的宿命，沒有人可以違抗，或者說，沒有人的意志頑強到足以扭轉命運，不是人的集體意志太微弱，而是他們正正把自己的意志用在相反的方向上，加速著沙城的滅亡。對此，沙城人許多並不知曉，還以為自己在親手架設著一個樂園。

從那邊遙寄的放逐者遊記

遊幽

1

我來到一個地方，這個地方從來沒有人帶傘，更準確說，根本就沒有傘子這東西。因為長年下雨，就無所謂晴天。雨有時小，有時大，人們就照樣給雨水淋著，並不以為可厭，有些人看來還可從雨水中提取一點快樂。

2

我來到一個地方，這不是人的世界。這是一個櫥窗模特兒的世界。我看著她向我笑。其實她是向全世界的人也笑的。

3

我來到一個地方，所有人都在低頭哭泣，從鼻孔嘴巴發出窸窸窣窣的聲音。起初我以為走錯了地方，但這裡明明放著一個個書架，而低頭哭泣著的身軀所伏著的書桌上，又明明擺著一本一本的書。是的，沒有弄錯，這是一個圖書館。圖書館的讀者就是作者自己，他們在看著自己的書。我坐下來，並無哭泣，只是哆嗦，圖書館的空調太冷了。

4

我來到一個**半見村**，所有事情都只浮現出它半個的輪廓。一個人只露出了半身，平齊地在腰間截斷，雙腿不見了。只有左邊的人未必一定是左傾的。右邊的身軀失去了左邊的配合，一個人還如何拍掌呢？人體的器官很多原來都是成對的，現在卻變成，獨眼，獨耳，獨肺、獨腎、獨手，獨足，器官沒了伴侶會感到孤獨嗎？分成一半的子爵會在這裡出現嗎？

5

開解自己的方法，就是離開自己，因此我走上了街道，看見了人群。周圍的人群未必很快樂，他們對我也不一定友善（這從來不是我的要求），但這刻我在注視著他們，我便知道，這刻我稍稍可以從自己的內心抽離出來。這是醫治自我沉溺症的一個方法，儘管要讓自我意識完全掏空，幾乎是不可能的。一個人如我，只能讓意識從自我與他人之間迅速頻密地穿梭往返，說來這甚至可說是我唯一的強項。

6

每一個我把目光投注其身上的人或物，都會將目光折射反照回我的深心處，哪怕是一塊石頭。每個人都是一塊玻璃、一面鏡子、一塊石頭，我穿透它同時根本沒有進入。說來這也是我的一種本事。

7

我覺得與周遭的人都有距離，隔著一堵牆。距離也許不錯，而牆則比較難受，有時。

8

去哪裡我都沒所謂，只要是一座城市就可以了。我知道這個世界有草原、有沙漠、有高原、有戈壁，但這些地方於我有敬畏，城市於我比較親近。不要問我從哪裡來，有時我情願忘記。旅人選擇把生活暫時寄託於他方，何處是他方，其實都是可以的。哪裡有距離哪裡就有異鄉人。

9

我已過了背包族浪跡天涯的年紀。青年旅舍應該是住不下去了。但那又有甚麼關係呢？

我不浪跡，或者我在逃遁。我不逃遁，或者我在尋索。都很相似。

10

「離開這裡，就是我的意思。」卡夫卡說。我已忘記卡夫卡在哪裡說過這話，可能在他的日記，而我在日記中也記下這話。他最終有沒有出走，我不知道。城堡是虛擬的，來了的人遺失了身分，它成了一座監獄。

11

尋索一個理想地叫天路歷程。窮困而無家可歸叫三毛流浪記。浪漫主義的流浪叫撒哈拉故事（但沙漠從來沒長出一棵橄欖樹）。現代吉卜賽有一個藝術的名字叫波希米亞。流放從此無可折返的叫放逐。受壓迫出走的叫流亡。歸隱作為修行的叫隱士。桃花源也是一片流刑地。我甚麼都是我甚麼都不是。

12

連名字我都記不起來，一切被掏空，反而可以轉換身分。A城的遊幽是B城的彼得是C城的莫梭，但他們每一個又是不一樣的。可惜我仍然攜著我的性別行走，如果可以放下哪怕是一會兒，自由也許會走近我多一點兒。可惜我仍攜著我的階級、膚色、口音、習慣上路，許多東西揮之不去。應該把沙特金句「存在先於本質」倒轉過來，是「本質先於存在」才對，一個在流動中背負著他來處文化的旅者份外自覺。

13

「流浪者的雙足宛如鮮花，他的靈魂成長，終得正果，浪跡天涯的疲憊洗去他的罪惡，那麼，流浪去吧！」——《婆羅門書》

14

但卡繆又說中現代人的浪遊狀態：「面對虛無，求助於享樂與不斷旅行，那是將歷史的心靈變成地理了。」

15

一個叫德勒茲的哲學家說：「遊牧者並不離開，也不想離開，他執著於那片森林退縮後的平滑空間，那裡有草原或沙漠在進占，他發明了遊牧主義，作為這個挑戰的回應。」

16

不斷盤桓，其實甚麼地方都去不了，「無腳鳥」在上空不斷飛，不斷飛，落地的時候就

是死亡。——高達《法外之徒》

17 人們一旦企圖尋回失去的東西，就注定展開放逐的旅程，然而又是甚麼地方也去不了的。

18 真正的放逐是不可能的，正如真正的消失，我心裡明白。但當生命透支到了一定程度的時候，就要以身體的位移，來換取一點心靈的安慰，儘管一切只是自製的。足不出戶也未必不可以放逐。我一早已經背向了世界，周遭的世界。

19 無所告別，因為不曾離開。但也可以說，無所離開，因為並無所謂，我的故鄉。

20 返回原地，其實我不曾離開又無可折返的地方，叫原初。

21

與其說是離家出走
不如說是離開自己

22

梅特林克說：「倘若蘇格拉底今天離家，他會發現賢人就坐在他門口的台階上。倘若猶大今晚外出，他的腳會把他引到猶大那兒去。每個人的一生都是許多時日，一天接一天。我們從自我內部穿行，遇見強盜、鬼魂、巨人、老者、小夥子、妻子、遺孀、戀愛中的弟兄們，然而，我們遇見的總是我們自己。」——詹姆斯．喬伊斯《尤利西斯》

23

我終於回到一個人的空間。我終於可以思索。世界以異常陌生的眼界展現眼前。我不知自己身在何方，但我確實知道已經踏出家門。史上最年老的一個離家出走作家，可能是托爾斯泰。他已經厭倦其妻太久了吧。但出走十天，就感染肺炎，一命嗚呼，真的是大出走了。我沒所謂，我尚年輕，而且，我只是一個微不足道的，書寫的人。

名利場

悠悠

名利場。每一天你也去名利場搜索一下有沒有自己的名字。名字有沒有被提及。名字有沒有榜上有名。名字有沒有被誤寫（誤寫了你怎麼知道說的是你呢）。名字有沒有被放大。名字有沒有被縮小。名字有沒有被扭曲。

父母賜你一個名字。你卻把它變成名利。由名字到名利是多遠的路程？如果名字是實的，名利又是堅實還是絕對的虛空？權力沒有的時候你渴望爭取，嘗到的時候方知原是一口虛空，對於有人這樣說你怎麼想呢？我想你會說，因他已嘗到了才這樣說。就好比有人說金錢是不重要的因為他手握金錢。那名利呢？如果真要把「名利」二字分開，那「名」重要還是「利」重要？

名利這東西，真是挺令人累的。

所謂智慧的果子，是你先咬著它，逐漸明白其中的空虛，而其中，是或長或短的過程。有些人終身不肯放手，離不開，於是，名利場就成了世界。這也是生活的一個可能世界，跟囚牢很像，但如果自身意識不到囚牢的邊界，那囚牢又足夠成為天地了。

明白了，而可以放下的人不多。不一定大明星才計較名利，名利有大的，有小的，有不同名目的。名目本身就是一種名利。

超脫談何容易，而沉溺者必成老鼠，終日玩著永不停歇的老鼠滑輪。其結果是必殆矣，但即便如此，也未必就是不值得的。因為在過程中或者賦予了徒勞者以意義，或曰，虛榮的意義，意義的錯覺。

你希望爬上文學的殿堂，結果你墮進了名利的深淵。名利有不同的形式，有時是動聽的掌聲，有時是懾人的鎂光燈，有時是舞台上的聚光燈，有時是被評析的慾望，而最廉價者，則為圍爐取暖的互讚——虛假而足以營養人的幻象。

幸好你經受得起誘惑，為了保守寫作的純然，你自名利場中出走，寧願遁入無人之境，在冷清中繼續書寫，孤絕、靜謐而自由，以另一形式迎接，必至的毀滅。

一段關於自殺的對話

悠悠．遊幽

「遊幽，你最想人問你的問題是甚麼？」

「嗯，我沒想過。不如說，你最想問我的問題是甚麼？」

「很多，為甚麼會寫作？為甚麼愛上了我？為甚麼拒絕婚姻？為甚麼怕老？為甚麼怕死？」

「這些都是很深奧的問題。」

「是的，但我們暫且將這些擱下，你可能已被問及太多你本不想回答的問題，所以，今趟讓我由你出發，來真的，你最想人問你的問題是甚麼？」

「嗯，根據卡繆說，世界上唯一有意義的問題是，人應否自殺？」

「那遊幽，你，有沒有想過自殺？」

「你把問題改變了，卡繆說的是，人應否自殺，不是有沒有想過自殺？我每天都有自殺的念頭，但我不知道人應否自殺。卡繆把自殺看成一個非常嚴肅的存在論問題，所有『應否』的問題，都含有一定的道德性。基督教的答案一定是『否』，因為自殺是罪。何以是罪？因為你不是屬於你自己的，你是屬於上帝的，你本來就無權消滅自己。所以，當卡繆提出人應否自殺這問題時，實則已把上帝摒諸門外，我們，每一個人，首先應為自己負責任，而負責任首要思量的，就是你應否存在，或者應該說，應否繼續存在。你別無選擇地被拋入這世界，但你可以選擇退出，這是一個抉擇，一種意志，不關乎罪。」

「然而，別說宗教，我們的社會、法律，還是把自殺看成一種失敗的行為。沒有人把自殺看成是好的。自殺總是遭到貶斥的。」

「不僅是失敗，並且還是怯懦的，所有人都裝出，對自殺所可能有的力量一無所知，我看這也是一種非明文的社會契約。因此，有思想性的自殺，無論結果如何微小，都有一定反社會的意涵。」

「卡繆還說：『當一個人無意自殺時，對生命只有保持緘默。』你如何理解這話？」

「我對這話抱有保留。如果真要保持緘默，我不明白他為何要寫，他的《異鄉人》、《瘟疫》等，那些對抗虛無的荒謬小說。雖然我還在理解，小說到底是一種聲音，還是一種緘默。小說是一種非常弔詭的存在。這個且讓我暫且不表。我對卡繆的另一保留是，他把自殺看成是一次性的抉擇——當你做了不自殺的決定，那就向虛無挑戰，做你的薛西弗斯。但問題是，自殺的思量不是一次性的，它是反覆出現的，你說不準它甚麼時候，會在你生命中回歸、反撲。所以我以為，存在主義者，包括卡繆，都是有點英雄主義色彩的。也許，這的確是我們怯懦的年代所缺乏的，所需要的。但自殺與否，其實也不僅是一個道德意志的問題，還是一個情緒的問題，或曰一個審美的問題。」

「審美的問題？如何理解這話？」

「就好像丟棄一幅畫，你不是覺得它沒有意義，但就是，也許突然地，覺得它不美，也許，美感被耗盡了，也許，醜的力量突然膨脹了，大得你無法承受，你別過臉來，閉上眼睛。我說的不是無緣無故的情緒發作。生存，除了道德倫理之外，還有美學的問題。」

「其實人生在世，所有人都是死緩。」

「嗯，你這句話，也是有美感的存在。」

互困亦是一種結果

遊幽．悠悠

——自由意志其實不是無邊無界的，但只要你不覺知邊界的存在，尋索、立志就變得真實的了，起碼於主觀感覺而言。這不是化約為甚麼唯心論，而是我們沒有一個人，可以跳出這個世界，從外面、從高處，作自我觀照的絕對客體。我們永遠被困於世界。正是這種被困狀態給我們以自由的嚮往。

——那你就一直困著我吧，遊幽。

——我只想我們的生命開敞。

——開敞到盡頭，像站在懸崖邊，很怕。

——不，開敞到盡頭，甚麼邊界都不存在。

——甚麼邊界都不存在，那也是很令人驚慌的。

——也不一定，你看過一望無際的平原嗎？

——在這個城市，從沒看過。

——我也沒看過，我只是想像過。

——想像跟現實不一樣。

——是的，在想像的世界，一個斗室也可以是無限的。

——所以，「敝」跟「敝」是那麼的相像？

——在倉頡輸入法中，兩字是同碼的，火月人大，選一是「敝」，選二是「敝」。

——一和二之間，竟是兩個世界。

——倉頡輸入法經常跟人開玩笑。

——這無意中也增加了它的哲學意思。

——是的，我想起另一個字。

——甚麼字？

——「死」字。倉頡輸入法是一弓心。

——像一箭穿心。

——「死」與「恐」是同碼的，都是一弓心。選一是「恐」，選二是「死」。

——那一和二之間，就是差不多的境界了。

——是，差不多，我只是想像，有沒有不帶恐懼的死。

——到目前為止，我還沒有聽過。

——我也沒有，我只是讀過。

——誰？

——蘇格拉底。

——噢，公元前的人物，太遙遠了。

——是的，太遙遠，困不著我們。

——一是「困」，二是「果」，互相困著，也許是我們的結果。

傳記作為情話、毀容與塗抹

悠悠

1. 我曾經說要給他寫傳記——純粹是情話

當遊幽還未晃遊進他的恍惚世界前，當他的理想主義稍微壓得著虛無主義在體內如癌細胞的擴散時，當他的傲氣在與自卑的長期拔河中仍能保持均勢的時候，也即是，他尚且年輕而對世情還沒參透了悟的時候，他曾經半認真半玩笑地跟我說：「如果我的人生有一天真值得寫一本傳記的話，執筆的人，只可能是你。」

事實上，我已經記不起來，他說這話，是不是回應我的。應該是我先說：「遊幽，你要把自己說過的話記下來，一天我要為你寫本傳記。」於是他說：「如果我的人生有一天真值得寫一本傳記的話，執筆的人，只可能是你。」這就是我說「半認真半玩笑」的意思，這一段關於寫作與人生的對話，相當程度其實只是情話，以非關愛情的內容，傾訴著千篇一律的愛意：你於我是多麼的獨特。我要寫你。只有你可以寫。

「你於我是多麼的獨特。」問題關鍵也正在這裡。情人之間把對方看為獨特，雖非必然，卻是愛之常情；但把對方寫成傳記，又是另一回事。因為情話是私密的，而書本不，一旦化成書本文字，如果轉化不出純私密以外的意義，那只能是罪過——有違文字良心的罪過。經由文字敘述，你進行著一種本質的轉化，把「我告訴你（情人），你是多麼的獨特」，轉化為「我告訴你們（讀者），他是多麼的獨特。」而這轉化極可能是失敗的，因為別說讀者壓根兒就不存在這一荒謬，即或有的話，情人一旦脫離了你的眼睛，落回芸芸眾生，那他的獨特性就未必那麼容易經受得起考驗了。而且，在寫的過程中，你個人的觀感也可能會受到試探，以至自我質疑（也是在質疑對方）——他，我在寫的那個我一直看作特別的人，真是那麼獨特嗎？在寫的過程中，你永恆擺盪於投入與抽離、主觀與客觀之間。最初你以為你在寫他，慢慢你開始不自覺地審判他。

當然，我明白，獨特與平凡總是共生的，沒有人是徹底的獨特，也沒有人是徹底的平凡，雖然明明白白的，有些人又的確與眾不同。而另一方面，我相信，平凡人、平凡事，也有其可值得記取的東西。

而構成開首一話「半玩笑」意味的，是遊幽本就沒有被寫成傳記的野心。他也許有尋求認同的虛榮（哪個作家沒有？），但他從來不相信自己有被寫成傳記的合理性（精采人生、巨人、天才、有啟示、教化作用之類），當然更遑論自傳。也別說從本質上說，他對傳記這東西從來就抱有質疑。在他寫過的一篇〈自傳即自殺〉的文章中，他引述過盧騷《懺悔錄》的話：「總是要把自己喬裝一番，名為自述，實為自讚，把自己寫成他所希望的那樣，而不是他實際上的那樣」；而文章的標題，則出自羅蘭巴特一句頗令人費解的話：「寫自己是一種很自負的觀念，但也是一個很簡單的觀念，就像自殺那般簡單。」

但他喜歡的法國導演杜魯福又曾說：「我總傾向自傳式的事物，只是程度深淺不同罷了。」其間分別，關鍵在於形式。自傳這形式是驕傲的、自負的、充當歷史的、企圖令你信以為真的；但把自傳式事物化入藝術創作中，甚或作為創作之基本、寫作元素的生活來源，則是藝術本身所予以允許的，甚至可以說是藝術之基本，因為藝術首先就是要求一把個人的聲音，而作家除了從自身的生活和想像中提取資源外，事實上他又還有甚麼把持呢？在小說世界中，真實與虛構的距離進一步為自傳式事物設下安全的屏障，建構它同時消解它，讓它不再以自身展現為目的，而必須服膺於藝術創作中，至此它方才找到暫且存在的理由。

基於以上所說，在遊幽晃遊到了恍惚世界的一千零一夜後，我決定跟他落實這個多年前的「半認真玩笑」——我執筆寫起遊幽這個人來，但決不是傳記，而毋寧說是一篇小說，在這裡，消失了的遊幽，將暫且找回憂鬱地棲居的方寸。而最後，這將是屬於我的。這是我重新擁有他的一個方法，也是塗抹他的方法，即便是錯覺。

2. 原來我認識的他是那麼零散的

當我開筆想寫遊幽這個理應是我的親密伴侶時，我方發覺，原來我一直以為熟悉的人，我對他的認識是那麼零散不全的。童年以至青少年的他，我只能憑藉遊幽以往一些回憶敘述，來重構一個我從沒見過的他。重構出來的，不用多說，我是無法驗證的。儘管我認識他的父母，但難道你以為他的父母的記憶，就必然比遊幽的準確嗎？即使回到兒時，我也沒這份相信。而更重要是，對於重構一個人生平的真偽，我並不認為是最重要的。我漸漸感到，與其說我以文字在寫一個人，不如說我是以一個人來寫一個文本，「書寫之生」，逐漸僭越位置蓋過「生平之真」。我怎麼會意識這些呢？也可能是日子有功，受遊幽耳濡目染也說不定吧。我以自傳招魂，同時塗擦，回魂的人竟已不是他原來自身。

幽靈的還原・文字問米婆

余心

悠悠，你想出了消失的十二種可能，很好，但看來你還未完全明白，幽靈之為幽靈的本真意義。你小時候曾聽過母親說這樣的一個故事嗎？晚間，鬼魂飄浮於空氣間，特別喜歡藏在暗角，不為肉眼所見，但所謂「陰氣」、「陰風陣陣」，即是鬼魂亦有其存在氣息。這時，如果你突然對準鬼魂所在打開手電筒，鬼魂反應不及，會馬上現形，動彈不得。以迅速的光將鬼魂定格，照見其本該隱形的身軀，而鬼魂所屬之軀必為「殘缺」，沒了一個下巴或沒了一條腿，它極其量只是人形的殘缺痕跡。

但想想，悠悠，被定格了的幽靈還是幽靈嗎？如果幽靈之為幽靈必為逃逸、縹緲，你把它照見出來、定格下來，它還可保有幽靈之本相嗎？

悠悠，到此我必須向你一問，你勞勞以文字來尋索你的情人遊幽，到底是想將其真身照見，還是想將其幽靈本相毀滅？如果你的情人走到生命某一刻，以幽靈作為其理想存在狀態的追求，你何苦要以文字作你「瞬光不及掩眼」的手電筒，把它復又打回原形？而所謂「原形」，也極其量不過是殘缺的痕跡。

你以為回到故事的開初，把你們的故事一筆一筆寫出來，便可當一個文字巫師，如問米婆把陰間的鬼魂召到人間，讓它上自己的身，讓它開口說話。但悠悠呀，你這個看似深情的「文字問米婆」，我看見你的身體痙攣眼皮眨白，雙手插進米粒堆在狂亂潑灑，我聽見遊幽的聲音自你喉嚨發出扭曲成一把陰陽聲線，但那到底是他真的上了你的身，附魔在你的身上，還是你在上演著他的現身，一切其實是你的演出如問米婆其實不過是自編自導有著高超演技的一個演員？

如果一切最初出於善意，過程中必將出現質變，無可避免地滲入恨意（還是恨意本就是你的出發點？）至此，如果你對遊幽有愛，我同時看到在愛的底層下，埋著一股深藏不露的恨意。作為遊幽的情人和長期的文字夥伴，你不可能不知，他對生命的幻滅感最後就只剩下一道防線：將自我消失，躲藏於其小說文字的背後。讓作品走在作者之前，讓作品成為前台，讓作者成為別人無需知曉的幕後，將作者的消隱置換成作品的誕生，由此所有的創造都是一種「毀滅性的創造」。他終於在長期的修行中找出這「毀滅性創造」的訣竅，讓作者的身影成為隱藏的幽靈，將血肉之軀置換成一塊「寫作書板」，以「寫作的我」交換「生活的我」，從而獲得了存在的憑據和唯一可能的新生。而悠悠，你打著「愛」的旗幟，竟做著一切還原的動作，將作者召回到台前，用手電筒將他本已飄逸的身體定著，並以光影將其身影放大，掩蓋住他的作品本身。他不想再玩那個叫「主體」的遊戲了，他寧願像希臘神話中被姊姊美狄亞撕成碎片扔入大海的阿布緒爾托斯，以碎片狀的痕跡取代所謂「整全的自我（幻象）」，而你竟然企圖在大海中打撈碎片並將之縫合還原。你竟然替遊幽繪出一幅一幅的「字畫像」，甚至說要為他寫起「傳記」來，而你不可能不知道遊幽對「傳記」文體的戒心以至拒斥，因為傳記書寫（除了「反自傳」的傳記）賴以運作的，就是其書寫對象即主體的存在，可以生命故事的敘述來重構。在層層重構（與虛構）之中，你將一個幾乎已成功隱形的幽靈，變回一個殘缺，沒了手臂沒了嘴巴或沒了耳朵的身軀。悠悠，在你愛的悼念的文字之中，我嗅到了一種恨意的潛伏，也許連你自己也不覺曉，或者最初不知，但在書寫過程中你逐漸察覺。但到察覺到的時候，你自身已成附魔的人不可能停下來；因為據說問米婆若不能完成召喚魂靈的儀式，將在中途口吐白沫即時斃命。召喚魂靈竟變成一場生死交換的肉搏場。文字暗藏殺機。你雙手沾著的不是米粒，而是血滴。

第六章 【出走記】

飛鴿傳書

悠悠

木棉樹未落葉便開花了。鳳凰木一半的樹冠不長花。四棵百年石牆樹一夜遭齊頭砍殺。斑蝶不見了。蜜蜂大規模消失。候鳥只喜覓南而飛，但南方的空氣已經轉變了。薇金菊肆虐，蛇蟲鼠蟻鑽出地洞。白鴿在高樓大廈群的圍困中方向莫辨，已無簷篷可棲，除了撞牆而死，只剩被驅逐的命運。整群的白鴿死在逃亡的路上。牠們甚至未能飛出沙城的邊界。

當我在寫作療養院中，看到一隻白鴿展開雙翅在頭上飛過，口中啣著一卷信紙，我遂知道，你已身在彼方。（鴻雁于飛，哀鳴嗷嗷。）你終究沒有食言。你謹守承諾。一條風箏的線，無論如何氣若游絲，始終繫著我們。感謝寫作療養院看守人余心，把你的傳書轉遞。我現在一頁一頁地讀著，你沿途看到的風光，你的幽靈遊記。身旁有信鴿作伴，我不捨得放走牠，我把牠造成標本。

回歸之旅

游幽

我不知你人生有沒有嘗過這種光景，你張開眼，來到一片陌生之地，一切源於出走，毅然離開，將一切拋在身後，到哪裡都沒有所謂，只要不是此處，到任何地方都可以，讓意識帶領雙腳，墮崖可以，到極樂世界可以，到地獄也可以，說不清是你遺棄這世界，還是被這世界拋棄。

這樣在出走路程的某一站中，我來到一座圖書館，更確切地說，一個遭廢置的圖書館。

1. 雕像界

圖書館裡分成不同區域，第一層中央，有一個區域叫「**巴別圖書館**」。這區的設計獨特，由許多六角形的迴廊組成，除了兩邊之外，六角形的四邊各有五個長書架，一共二十個，從任何一個六角形都可以看到上層和下層，沒有盡頭，也許是螺旋形樓梯蜿蜒盤繞造成的幻像，讓人感覺它上通天堂，下達無底深淵。「巴別圖書館」是作家博爾赫斯的紀念區，他坐在一張椅上，用手抵著下巴，長長的手指撐開，有一種奇異的柔軟和優雅，好像一隻張開的翅膀。他眼睛看著前方，也像望向空洞，可能那時候的他，已經全瞎了。那其實是他的一具大理石雕像。

圖書館內竟然還有舊式索引書卡，堆疊在一個個大小齊一的啡木櫃桶內，依書號次序排列，那麼多書，單是索引書櫃就鋪滿一堵又一堵的牆。

奇怪圖書館內不大見到圖書館員。沒有圖書館員，書本由誰來整理呢。我走近博爾赫斯，想像跟他說話。

「已經全瞎了，如何看？」我問。

「我在腦中回味從書本中讀過的句子。」他轉臉向我說。

「你是圖書館館長，圖書館員都到哪裡去了？」

「打開這一頁，讀給我聽。」他拿起一本書交給我，吩咐我說。

於是我照著唸：「人無完人，圖書館員可能是偶然之物，也可能是別有用心的造物主的作品；配備著整齊的書架，神祕的書籍，供旅人使用的、沒完沒了的螺旋樓梯，和供圖書館員使用的廁所的宇宙，只能是一位神的作品。」

「那你明白嗎？」

我看著他洞悉一切的眼睛，原地站立。

「神已經離棄了這個地方。沒有真正的讀者，就不再需要圖書館員，無論他是偶然之物，還是造物主的作品。」

「但圖書館內不是還有一些人低頭閱讀嗎？」

「你看真的話，他們都是作者自己，低頭在看自己的書。這裡，許久沒來過一個像你這樣的天外來客了。你也是一個作家嗎？」

「在你面前，與其說我是一個作家，不如說我是一個書痴。」

「這樣就很好了。」

「我很願意留下來，當一名圖書館員。」

「你還不明白嗎？沒有讀者需要你的服務。」

「那博爾赫斯先生，你為何還要留在這裡？」

「這是我的家。這是我的世界。我給你們變成了一個雕像。」

雕像的第二根指頭原來指向旁邊一個閱讀廳，我依指示前行。閱讀廳內安放著一張桃木長閱覽桌，現在已長滿了藤蔓和荊棘，荊棘纏繞著圍在桌邊坐著的七個低頭看書的人的手腕，其實他們本就動彈不得，因為它們只是一具具泥雕，好像他們原來是一家人，本在享受著桌上的「思想的天賜食糧」，突然一場大風沙掩至，因為太過靜默專注來不及走避，被風沙包裹封住，給點穴成一具具凝定的軀體。奇怪從這些泥雕身上，隱約傳來非常低迴窸窸窣窣的哭泣聲，也許變成泥人的他們仍有一顆跳動的心臟如我？一刻我想像自己也變成一具泥雕而不自知，但我明明在走動著，我沒有變成雕像，除非連走動的感覺都是錯覺。

不遠處有另一個區域叫「**柏林穹蒼下**」，有天使在空中飛翔，看真原來是一件件天使雕塑，每個天使背上都有一雙插著白色羽毛的大翅膀，通通是折翼的，才不幸墮落於人間。但據說要丈量人間與天堂的距離，圖書館是最接近的地方了。當我走過時，有片片羽毛自空中飄落。我心想，沒理由的，它們明明只是雕像，難道雕像也會溶解嗎？我抬頭一看，原來天使雕像插著的翅膀是一本一本攤開放大的書，書皮貼背白色書頁向開，書邊沒齊刀切割而是錯落有致呈原始的鋸齒狀，看起來果真像一雙雙打開的翅膀。這樣的翅膀既輕又重，好像注定只能在低空飛行，而所謂羽毛，原來不過是掉落的書角和塵埃。

2. 災難界

我走回中央的螺旋樓梯。向上還是向下，這是個問題。但答案有時是無需思考的，我依本能而行，又像聽到一把召喚聲，提步往地下世界探進。

沿螺旋樓梯走下一層，有一個區叫「**華氏４５１**」，華氏４５１度是怎樣的溫度，據美國小說家Ray Bradbury說，這是焚燒書籍的最佳溫度，世世代代多少暴君曾經焚燒書籍，然而書如野草，是燒不盡的，有一個法國導演叫杜魯福，他本身是一個書痴，他以影像來讓我們看到華氏４５１度是怎樣的一種喪心病狂而終究是徒勞虛妄的烈火，以表達對書本的崇敬之情。這區內的書本都是特殊的銅製的，經受得起熊熊烈焰，我怕走進去自己也會化為灰燼，我畢竟沒有一顆銅製的心。也許我沒想過與書一同壯烈犧牲。也許純粹是我害怕高溫。（灼傷一定是非常痛苦的，何況會毀損容顏。）也許是我害怕火刑這種燒死女巫的方式。（女巫與聖者只差一線，我不願當聖者。我不是聖者。）但我愛書，我在門口行了一個敬禮。

步離「華氏４５１」區，想不到隔壁竟是「**書籍冷凍區**」。這邊烈火那邊冷凍，赤道與極地竟成鄰居。在這裡，放置書本的不是書櫃，而竟是一個個冰箱。書本整整齊齊地放在冰箱格內，好像從沒有人碰過。有一本叫《沙城小說選》，我伸手進冰箱格內，然而根本無法拿出。冷藏的書籍變成一塊塊乾冰。

隔壁又有一個區域叫「**書籍地震區**」。我看到玻璃室中一面牆邊放了很多書，不是整整齊齊放在書櫃上，而是書櫃已經歪倒、毀壞了，書本從書櫃上傾塌下來彷彿不久前這裡發生過一場地震，書本滾滾墮地互相堆疊成一個小山丘。我推開玻璃門，走近一看，有的書本狀態仍然完好，更多的是不堪擠壓，書脊屈曲，書頁發黃，有的邊角呈鋸齒狀侵蝕如被幼蟲嚙咬過的桑葉。有的書封面被利刀狠狠割破，其中，竟有我特別鍾愛的書籍，刀鋒落在書皮上彷彿曾幾何時我也心如刀割。

3. 書墓園

再下一層，在我眼前張開的是一片書的墓園。墓園排列著一個大型方陣的墓碑，從我站立的位置好像看不見盡頭，每塊墓碑就是一本立著的書，書的封面便是被埋葬者的遺照。有一個人將墓碑剷走又鋪上新的。那名「仵工」（還是耕夫）說：「太大量了。沒有那麼多的位置。我唯有採用『輪流耕作埋葬法』。這裡被埋葬的書只能留一個季節，隨季節轉換，我把舊的除去，又換上新的。」

「那不是很徒勞嗎？」

「徒勞？徒勞不正是這些書及其作者的本有命運嗎？」

「不遠處有人在燒書，有人在冷凍書籍，你卻在這裡埋葬書本。」

「我們這裡的災難工作者，各司職不同工作。埋葬不是謀殺，相反，就如人為先人立碑，埋葬書本正是給書本送上最後輓歌。人於世上，死了有人悼念一個季節，就算得上安慰了。」

「那你選甚麼書來埋葬呢？」

「春季埋葬那些胎死腹中的，即在書本孕育時，差不多可面世於天地卻在最後一步流產的書。這些書差不多已在書籍出生登記冊上掛上名號，但後來在作者懷中成了死嬰，劊子手不排除是作者自己。其中一些，如果誕生出來將會是好書，你眼前看到的便是這些。我稱它們為『差一步的書』。」

「夏季埋葬的是書的棄嬰，那些出生後無人認領，無人問津，從來無人翻揭的書。秋季埋葬那些被時間侵蝕，書脊彎曲散架，書頁枯乾、風化得猶如一片片枯黃落葉，也有相反給霧氣弄濕成一片片海綿，字跡不復可辨的。冬季埋葬那些由死人寫的書，真的，有的作家寫作的意志太過頑強，來到陰間魂魄不散，還繼續寫他生前未完成的書，完成了方能獲得解脫超度。四季輪換，之間有一段休眠期。被埋葬的書本會自我分解，成下一輪書本的泥土和肥料。」

「塵歸塵，土歸土，這也是一種善終。」

「先生，你有緣來到這裡，我猜你也是一個寫作的人，說不定我也曾親手埋葬你的書。」

「那可能一年四季我都需要你。」

「無論如何，我會給你預留一個方格的位置。」

「未請教你的名字。」

「叫我安安。」

「叫我遊幽。」

「我不知你怎麼潛進這裡來，但我要告訴你的是，你要走出去並不那麼容易。我已經在這裡逗留了相當長的日子，來的時候我還是一個少年，現在我已經完全不知道自己長成甚麼模樣了。不瞞你說，多年以來，我就是靠地上腐化的泥土為生。」

「我好像從哪裡聽聞過你的故事。如果一天你累了，我可以當你的接力。」

「不要傻了，這已是一片給神遺棄之地。趕快找一個出口吧，回到你原來生活之地。」

「我本來就是想返回原初之地，結果卻漸行漸遠，蕩失在這裡。」

4. 已死區

我在圖書館尋找出口，但所有貌似出口的地方都標上了相反的意思：No-Exit。螺旋型樓梯層層相疊，變成一條無盡頭的迴廊，如蛇頭咬著蛇尾又把我帶回原處。有時在眼前好像現出一道門縫了，走近卻變成了一堵石牆，橫在一面木製書架與另一面書架之間，除了讓人面壁哭訴，也許亦發揮防止潮氣侵蝕書卷的作用。

層層螺旋型的樓梯在頭頂上打圈，我的身軀也禁不住在原地轉圈，其實不過是純粹暈眩的感覺。從地下深淵抬頭仰望穹蒼，方發現原來整個圖書館都是密封的，連一扇窗也沒有，除了天花盡頭的玻璃彩繪，蓋覆著烏鴉密布天空的濃密油彩，看真原來是用電光投射上去的，並不是真正的天空。圖書館的氣味由人氣轉為霉氣、瘴氣，我不想再停留於廢棄書本的世界了，但在重重書牆圍困之下，我無法撕出一道缺口。

我走呀走來到一個「**已死區**」，其中，陳列著「上帝已死」、「作者已死」、「主體已死」、「人文已死」、「小說已死」、「意識形態已死」的書，將死、已死又像未死，我心念一想，很適合「死魂靈」出版社出版成各一系列。但我忽然感到心跳停頓，莫非我自己也已成一個已死之軀？我沿螺旋樓梯走回那個書墓園，想找回那個在這裡唯一跟我說過話的仵工耕作人，那個叫作或自稱安安的掘墓人，奇怪我一回頭春季已變作冬季，安安轉臉跟我說：我曾經在春季為你耕作一本「事先張揚不能完成的長篇小說」，在夏季為你耕作一本無人認領的《不安之書》，在秋季為你埋葬一本給你親手割破至滿身傷痕的《從這裡到永恆》，現在嚴冬來了，我給你騰出的一個地洞已準備好，上面將豎立一塊書的墓碑叫《一個作家消失了》。但它需要你自身去完成最後一筆。在這個廢棄圖書館內，如果你必須找一個出口離開這裡，除了眼前這個地洞別無其他為你開啟的。請你自己投進去如投進一個深井吧，它會把你帶到一個另邊的世界；如果你還裹足不前我就唯有將你推下去了。作為一個書荒園的掘墓人，這是我的責任，也是我樂於參與的一個行動。我會記得你的名字，遊幽，你的「死魂靈」作品將在這裡，獲得足足一個季度的悼念和懷緬。

「噗」的一聲，我倒下來，鑽進了一條漆黑的隧道。

5. 回收筒

我被投進了一個資源回收筒中。（還是我一不小心滑了進去？）我想起沙城的廢物回收筒一如很多城市，分廢紙、塑膠、金屬容器，有些還附有玻璃，各以不同顏色標識，分別在沙城中大部分回收筒都是作假的。收了的回收物跟城中其他垃圾一樣混在一起，送進無限膨脹不斷增生的堆填區。我不是紙，不是膠，不是金屬類，我是一個人。我沒料到竟也有一個回收筒特別為我而設，上面標著的是「其他垃圾／廢物」（入口很窄，僅僅足夠讓一人滑進，好像為我度身訂造似的）。我墮進去了，它把我接收了，井口通向一條漆黑的隧道，隧道的盡頭把我帶到城中一個不為人知的堆填島。

跟我一起滾進堆填島的，還有許多的廢紙、塑膠物料、金屬容器，還有互相碰撞時發出呼楞嘭啷清脆響聲的玻璃樽（其中一些碎裂玻璃把我割傷了），與一些不明來歷的棄置物混合，全傾瀉而下，像下了一場廢物豪雨。

6. 自照湖

堆填島的泥土鬆軟，雙腳踩在上面會凹陷進去，有些地方濕潤如一片沼澤，但不是泥黃色而是乳白色的，經化學漂白的樹漿在日光之下冒起水泡，在地上蒸騰著、流竄著。走著走著我來到一個堰塞湖，湖邊竟然有幾個我的同類生物，但他們低頭看著湖面，完全置我與四周於不顧，看起來好像是一模一樣的。我想走近其中一個問他們這裡是甚麼地方，但他們完全不理會別人的說話，只沉迷於湖面上自己的倒影。我禁不住也加入了他們，一窺湖中泛起的波濤漣漪，奇怪一看，湖面變成一面有著巨大磁場吸力的湖鏡，將人的眼光鎖定下來。終於「咚」的一聲，我旁邊一個倒下湖裡，不知是失足墮湖還是自尋短見。終於又「咚」的一聲，又一個墮進湖中，是骨牌效應還是集體自盡？每投進一個湖面便激起一團泡沫，白色糊漿狀的，原來這湖盛著的不是水而是白色紙漿，投進去也許不失為滋潤心靈的流奶溫泉。也許我也可加入他們，在紙漿之湖中泅泳，或者沉到湖底變成一片美麗的珊瑚？終於湖邊的同類生物都不見了，一投進湖裡便馬上人間蒸發，好像眼前的紙漿湖不是一個美麗的湖而是一鍋化骨蝕肉的人肉田雞粥。我以念力對抗磁力，拔足掉頭而走。

突然一股巨風迎面襲來，雨水狂潑，好像颱風突然引發一股土石流，土壤液化，地表滑落，我站立的位置瞬間向下塌陷，一條奶白紙漿的河流突然決堤，我被紙漿急流捲走，隨我傾瀉而下的有一棵棵巨大的風倒樹，斷根斷枝在滾滾紙漿洪流中漂浮如一艘艘獨木舟，僅存的求生意志或本能叫我抓著其中一棵，只要我能登上其中一艘也許我便可於這場紙漿土石流中倖存下來。危急之際在最後關頭我抓著了一棵漂流木，我把命運交付給它了，它要是把我帶到地府深淵我也是會盡我最後僅餘力氣緊抱它不放的。

7. 埋葬場

終於隨急流來到一個低窪地帶。我一直死抱不放的漂流木已經不知被捲到哪裡去。我疾步前行，四周有許多朽木和風倒木攔截去路，我隨地撿起一根粗壯的樹木殘枝作枴杖。眼前有一條幽深的林道小徑，霧靄瀰漫看不見盡頭，我應該走進去嗎？（其實來到這時候，往哪裡去我已經無所謂了。）林道小徑隱隱約約傳來一把召喚聲：「往深處！往深處！」（其實不過是風的呼號）。我把手上的殘枝當作金枝，應聲走進去了，有紅色的樹漿自受傷的血桐流出來，把地上浸染成一片血紅。

走進了林道小徑，絕然的人跡罕見之處，天上忽然降下白雪來，在空中紛飛，奇怪大雪下氣溫並不特別寒冷。我抬頭看看天空，竟有一群白鶴在低空飛行，籠罩了天空，天空開始轉陰。如果我能登上其中一隻，也許我便可一嘗真正飛翔的滋味？忽爾天空颳起旋風，雪片飄落，在空中婀娜多姿地跳著一段下沉的曼妙舞蹈。降下的雪越來越密，步步升級成一場雪雨，雪片打在身上不覺痛楚，我伸手抓著一片，一束，一捆，終於明白，從天上掉下的原來是一片片給撕掉的白色書頁。雪雨飄飄，原來都是紙片。雪雨越落越大，好像穹蒼穿了一個大窟窿，加入紙團舞蹈的，還有捲菸紙、描圖紙、紙杯、紙盤、餐巾紙、面紙、瓦楞紙……。天上的白鶴群這時也守不著了，一陣氣流急襲，一輪閃電炸裂天空，白鶴翅膀失去平衡，高速下墮，直跌在地上。我走近俯身一看，原來也是紙摺的。混在一群紙鶴「屍體」之間，竟也有幾隻紙飛機，亦因氣流衝擊而急速墜毀。掉下的東西越來越多，竟然還有紙衣服、紙手機、紙電腦、紙屋……，雖說是紙製也是有重量的，我四周無遮無掩樹木全都東歪西倒或被齊頭砍斷，終於我極目一看看到前頭有一棵有著大樹蔭的唯一綠樹，我走呀走一邊閃避從高中墮下來的紙物如玩著一場模擬真實的Tetris磚頭遊戲般，終於我走到大樹之下，原來是一棵無花果樹，在林中孑然生長，果子碩大無比，伊甸園裡的善惡之樹就是這樣子嗎？正當我想起一首我喜歡的詩〈第一顆無花果〉時，一顆果子從樹上掉下來，中間爆開露出了罕見的果中花。

此時，人跡罕見之地終於出現了一個人，他手持柳條枴杖，身穿寬大麻衣，頭戴寬邊帽，背上披著一件羊皮大斗篷如飛毯，他轉臉看看我，跟我說起話來。

「你終於也來了。」

「你是甚麼人？」

「我是**世界剝落物的資源回收者**，如果這聽來比較複雜，你也可當我是一名拾荒者，專門打理書荒園的殘餘灰燼。這樣的紙風暴不常常發生。又不知多少翅膀集體葬送了。但這也是必至的。好像天降豪雨，本來就是水蒸氣在雲層凝積太多終至不勝負荷，這世上，人的飛翔慾望始終如水蒸氣飄散不去，積聚太多時便要來一次大清洗，有多強的飛翔慾望就有多重的高速下墮。這場紙風暴後，我又得有一番勞動和收穫。」

「你在這裡待了很久嗎？」

「我也說不清自己是第幾代傳人了。曾經這樣的翅膀集體葬送風暴，掉下來的是紙莎草、綿羊皮紙、山羊皮紙、牛皮紙，連碎布也曾有過，到我接棒這工作時，撿拾的都是紙翅膀了。你看我身上披著的那件羊皮紙斗篷，就是前人留下，一代代傳到我身上的。」

「撿拾到的紙翅膀都用來怎樣了？」

「除了回爐當紙張，那還有甚麼用途呢？循環再用，也是『書寫者』這種零餘者，向他匆匆走過的世界最後僅可做的貢獻。」

「那這到底是甚麼地方？」

「這是你終極的流亡地站。你再也回不了家了。但也可以說，你終於回到家了。我在這裡守候你多時了。」

「等我？」

「是，我在等你變成一個**紙人**。你也是從空中墮下來的。」

「你會把我送到哪裡？」

「我會把你帶到你的歸宿。一個低谷。一個如人般腰椎彎曲的盆地。我會把所有收集得到的損毀翅膀都投進其中，好填埋整個低谷。現在只欠最後一步。請出示你手上拿著的金枝，插入這棵無花果樹上那個樹洞，它會帶你穿越冥河（軀幹內的樹漿），帶你進入其他世界（開向天空的枝椏）和另邊的地下世界（地上的根），真正的『詩歌舞』（Sycamore）之地。」

我把金枝插進樹洞中，在最後一瞥之中，有聲音在我耳畔輕哼，像搖籃歌又像一首安魂曲。

我的蠟燭兩頭燒；
它撐不過整個夜晚；
但是啊，我的宿仇，噢，我的友好，
它燒出燦爛之光！

日落掩至，終於還是會唱歌。

第七章

【洞穴劇】

沉降者

悠悠

我在「華麗安居」電梯中一直降，一直降，奇怪它怎樣也降不到地面，時間一分一分的過，以至後來，我沒了「後來」的意識，降落跟靜止，原封不動變得很相似。

余心

在「華麗安居」，下沉根本並無可能。所以你也離開了它，飄流到這裡，這片「憂鬱棲居」之地，下沉是其唯一的可能。你將一直走下去，走到地底，走到地牢，鑽進存在的黝暗地下隧道，在這裡有一些東西迎接你。

鑽入現實的深處。
要多深才為之深淵？
以「呎」計嗎？（不。）

以「米」計嗎？（不是。）

以「哷」計嗎？（一千哷。三千哷。五千哷。都，不，夠。）

那以「尋」計嗎？（是，以「尋」計。）

尋不完。（沉不完。）

讓胃部沉降。脾臟沉降。肝臟沉降。De-pression，下壓的意思，讓你體內的器官如頭顱掛上鉛塊般向下低垂。你感到胃氣脹、胃絞痛，不僅如此，你感到一股力量把它們拉下來，拉下來，彎曲的橫隔膜如一道腹內拱橋勉強撐著，器官因下垂沉降而相互擠壓出異常的親和。腸子蠕動如盤曲的蛇。唯一沒下垂的是肺部。肺葉繁茂地張開，生長，隨著器官的下沉，吐出了濃度比平常更強的呼吸、精神，及靈氣。氣精自鼻自口溜出，無人看見，但從你臉頰散發出的兩團紅暈可以得知。在下沉的狀態下，亢奮與疲憊共存。

據說我們每個人都是被「拋擲」進世界的。好像一個天外來客，或說一塊鐵餅給無名大力士從另一個世界拋擲進我們的世界。每一個投擲的軌跡都可劃出一條大同小異但無可重複的拋物線。拋物線地下墮；跟從母親子宮爬出來的路線不一樣，後者令人想到生命是從地府裡鑽出來的，所有的新生嬰兒都是投胎而來的。但兩者都是真確的。拋物線是形而上的，從子宮爬出來是生物性的。它們共同定義了我們人生往後的存在基本動作：試圖飛躍（但注定失敗）、下沉墜落（無可避免），而大部分時間：在地上匍匐爬行。

如你於某年某月於沙城一間育嬰醫院出生（你的姊姊還是由助產士接生的，你剛好過了這時代）。呱呱落地，我想像你也是哭著來到這世界的，第一眼張目所見，即為命運給你預先派送的命運場，人們慣常稱之為「家園」、「故鄉」，以及後來若干地方演化出來的：「我城」（是的，那時「我城」之名開始成形，還沒演變至後來的「沙城」）。出生與否，不由你選擇，你被拋擲進來的所在地，不由你選擇，還有你的父母，也不由你選擇。這無選擇性既是一種賜予，也是一種剝削，生命的殘酷本相從此發端，但由此結果的，亦並非無愛。

在地上匍匐爬行，然後雙腳站走（成為「直立人」），甚至懂得飛奔、跳躍、攀爬，但除非生活在另一星球，否則地心吸力則無可倖免。而其中一些，卻始終感受到一股下沉的力量，與物理的地心吸力無關，與肉體的脆弱無涉，而毋寧說是一股靈魂的暈眩力量，近乎於一種誘惑，讓自己倒下的誘惑。

悠悠

讓我跌下，跌在存在的高處。我時而聽到這一把無聲呼喚，來自幽靈的，來自神明的，無從分辨。

余心

存在的高處在哪裡？不在大廈頂層，不在雲端，也不在半空中，讓我告訴你，唯一的存在高處在深淵。唯有敢於潛進生命之井底，深深地挖進內在的隧道，才有可能超越，才有可能到達別的場所，才有可能目擊生命與死亡交碰的迫人亮光。飛翔與墜落並非兩回事，它們是同一個存在動作的極致。

那麼，悠悠，往下墮吧，再往下墮，沉到底吧，再沉到底，回歸你來時的歸宿，一個地底世界，陽光照不進去之所在，地牢、地獄、冥府，你原來所屬的一片深淵。

夜還不夠夜。
到深處，到深處。
再下沉一點。再沉降一些。
不要用梯子，用你自己的身軀。
不要無重下墮，太快了，太凜冽了。並會將容顏毀損。不適合你。

吳爾芙是如何自己一步一步踏入河中的？奧菲莉亞是如何自沉於湖中的？慢一點，再慢一點，讓水的浮力承托著自己。切勿在身上繫上石頭，只需如奧菲莉亞般在自己雙手上綁上荊棘。

再慢一點。再慢一點。體驗身軀如何逐漸在水中化解，頭髮散開成水上最美的一綹水仙花草。

潛到最底，你才可能找到他，才可能找回自己。下沉，跟回頭的動作近乎一致。我從來沒見過一個「回頭者」不是「下沉者」，每一次回頭，你又沉降一分。把自己無限反覆地推向深淵吧，悠悠，你必須把這視為一種天性稟賦，能在深淵走到盡頭的，畢竟只有極少數。天花亂墜亦為飛舞。何妨讓自己變成一片最重的雪花。雪花墜落時，悠悠，我會親手接住你。

洞穴放映會（洞穴癖・木偶劇藝人・囚徒・影子人）

悠悠

洞穴癖

我終於回歸洞穴，一個埋在地下的洞穴。洞穴必然是在「地下」的，一若文學。那不是一般所說的「地下文學」，而是，文學必然通向深淵。洞穴有一個窄窄的入口，我想起聖經說的窄門，穿過它，我不知它帶領我通向的深淵有多深，深至最底是何境地，但追求文學的人如一個尋道的人，不問結果。我只是感到，它在召喚我。

穿過洞口，洞穴門口有一束火把，燃燒著熊熊的烈火，但在深埋地下的洞穴中，也只能把洞穴照出一片半明半暗；全然光亮、燦爛，不屬於洞穴的世界。半明半暗，若顯若隱，這洞穴的氛圍正是我所神迷的。由洞穴外的光明一下子走進洞穴內的晦暗，我的眼睛一下子不能適應，但這應該是比從黑暗一下子走出熾亮更容易一點的。靠著火把的光照，我沿著洞穴的斜坡走下去。

我經過一堵矮牆，我想起在我來自的語言國度中，這樣的矮牆又有另一個名字，叫女兒牆。牆也有分性別嗎？這聽來很有趣，我猜是跟牆的高矮有關，它是一面矮牆，橫在洞穴口與最深處的洞穴壁之間，又像一道火籬笆。這面女兒牆，或火籬笆，原來又是一個舞臺，我越過它的時候，看到一排隱身藝者，在矮牆前拿著竹竿，把玩著竹竿上一個個不同的人偶、物偶，擺動著不同的動作，發出不同的聲音，聲音在洞穴中迴盪，回聲自四面反彈，但有時也滑入沉寂，鴉雀無聲。我不知道這群人偶物偶操作者排演著的是一齣有劇本的木偶劇，還是隨機無預演的即興劇，是有聲的木偶戲，還是無聲的啞劇。從斜坡走下去的時候，我回想自己以往無數次在城中走進電影院的經驗，從門外的光明走進洞穴中的昏暗，尋找預留給自己的座位，讓自己融進光影中，融進清醒地做夢的唯一真實之中。感覺竟然似曾相識。

果然洞穴前方的座位中，就零零舍舍有一個空位，好像是留待給我的。說是座位，其實這只是地上一個凹坑。在原始的洞穴之中，鋪著真皮或絲絨的棗紅軟墊座椅當然是沒有的。一排手腕腳踝纏著荊棘的人席地而坐，他們對於我的到來、我的經過絲毫沒有反應，他們眼睛緊緊盯著前方，好像我只是掩映在他們眼前的眾多影子之中的一個影子。

我坐下來，也拾起了地上的一叢荊棘把自己的手腕腳踝捆綁，好像是一種本能反應，又像一道讓自己入定的儀式。我的脖子旋即被鎖上，我不能轉頭，只能眼望前方。前方不遠處是一堵石牆，上面投映著人兒、動物的影子，一刻我仍記得在我眼前閃現走動的是影子，但不久，我漸忘記了影子的存在，把他們當成是物事本身。但我並沒完全失去洞穴之外遺留在身上的認知。石牆與我的距離，大概真的像我以往走進電影院中，與大銀幕之間的距離。我的記憶尚存，我的意識尚在，便不能完全如我身邊一排「觀眾」般看得入戲，他們眼中好像只有眼前影像，完全無視於身邊同類的存在，也從不跟身邊的人交談，但看著影像時偶爾也會發出自己的聲音，不知道他們自己是否能夠聽見。

是的，聲音在四周迴盪，好像是從石牆那邊傳來，事實上，就好像直接發自牆上人兒動物身上，時而發著「巴別」、「巴別」紛亂的語音，偶爾又轉換成我懂得的語言，有時又滑進靜默之中，好比一齣無聲的默片或啞劇。在毫無先兆下，靜默又忽然給突如其來的尖叫刺穿，如列車軋過路軌時發出的悲鳴。這些交疊的聲音質感，比我記得的電影院環迴杜比聲還要立體，還要多聲軌，也有著更攝人心魄的力量。在這些交疊多層次的聲音中，我聽到其中一條微弱的聲軌是屬於自己的，來自自己的喃喃自語，來自自己的自我禱告，來自自己發自體內、不用開合唇齒半分的腹語術。但未幾，這把屬於自己的微弱聲音也漸漸融進了複合的回聲交響樂中，再難完全分離出來了。

在半明半暗之中，我看著眼前石牆上的一齣木偶劇。

木偶劇藝人．囚徒

木偶劇是歐洲古老的民間藝術，木偶在我的身後，就在我身後的矮牆之上，跟我距離不遠，然而這刻我被捆綁著，脖子被僵固著，我看不到他們。他們立體的軀體投映在面前的石牆上，變成薄薄的一片片影子，沒有顏色（所有影子都是沒有顏色的），沒有厚度（所有影子都是沒有厚度的），只餘輪廓，彼邊在女兒牆上排演的木偶劇，投在此邊的屏幕牆上，成了另一種古老藝術的皮影戲。我想到書寫，我的「老本行」，也如木偶劇、皮影戲般一樣古老，一樣漸漸為現今世代逐漸所離棄，而徐徐墮進被遺忘的邊緣。相對應於當下的高科技電子紀元，木偶劇藝人、皮影戲藝人和文學書寫者，多少都像是原始世界的手工業者，這份與時代脫節的孤絕，也許正正是這洞穴令我神往之處，使我在洞穴之外，就遙感到它的存在和召喚，非要闖進來看個不可。孤獨有時難熬，但唯有隔絕才可能生出獨特，我的先行者前輩曾經告訴我。

當我看著眼前的影像／影子，一刻我想過把脖子擰側，看看我身邊的看客，看看他們穿上的衣服，是否傳統監犯穿的條紋服，但我發覺我不僅不能轉背，我連把頭顱左右旋側的能力亦失去了。我的頭顱被鎖著，只能看望前方石牆屏幕，這令我想起一齣電影裡男主角被撐開眼皮強迫觀看暴力電影的片段，殘餘記憶未退這事實，讓我想到，我終究是帶著外邊的自我走進來的，跟一直待在這洞穴不曾離開半步的囚徒終究是不一樣的。但想想，這又有誰能說得準呢，難保在我身邊的不知名看客，也曾溜出洞穴之外，邊接收著眼前的影像邊在腦內滾捲著各自對於塵世的記憶如我現在所做著的？

我的頭顱、肩膀被鎖著，我背向著世界——背向著在我身後的女兒牆，在女兒牆下走動的木偶藝人，背向著洞穴峭壁高處的火把，背向著洞穴盡頭那微小、可以讓一個人如駱駝穿過針孔的那個洞穴窄門。「給我一個囚徒號碼。」我對自己說（我不知身邊的人是否聽到？或是說的其實是身邊的人？）有一把聲音回答：「我不會給你666的。」「何解？」「那是一個尊貴的號碼你未夠格。」眼前的影像似乎也應和著這聲音，我分辨不出這是二人對白還是一場自問自答。

未幾我竟也適然於被鎖著的姿勢。或者這姿勢——背向世界，或背向生活的現實，本來就是我所選擇的。最少它包含一點自願，不完全是一種懲罰。一如我手上綁著的荊棘，它纏得很緊但畢竟它不是警察局用的手扣，我要是用力鬆開它應該也是可以的，儘管必然要付出一點讓荊棘刺傷、流血痛楚的代價。我自願選擇坐在這個位置，我的雙腿交疊一起，盤坐如一個打坐的姿勢。在我決定撐起雙足，起而站立或反抗，走出洞穴之前，我很想入神地看一齣好戲。

囚徒的邊界——以後方的女兒牆作柵欄，以前方的石牆作屏幕，在此岸與彼岸之間，是存在不可逾越的本質距離。洞穴將真實的世界掰開來。沒有人是完完全全無縫地活在真實之中。因為真實的世界被掰開成兩面，有了真實生活與表象投影的分隔，書寫潛進其中，才生出其意義。所有書寫都是在距離中進行的，力求接近真實，而終究未可竟及，如撲一隻永遠撲不到的蝶。如果已然、時時刻刻已在真實之中，那可能便無需寫作了。

影子人

誰人要是開始了一個遊戲，跟自己的影子捉迷藏，便注定永無寧日，終至陷入瘋狂。

都是捕風，都是捉影。

看著眼前石壁的影子，我想起聖經傳道書兩句我喜歡的話。

深埋在地底的洞穴不知吹不吹進風來，但我記得，在走進洞穴門口那火把時，火光是搖曳的，如果無風，火光應不會擺動，如果無風，甚至空氣也沒有，火便無以為生。但比之捕風，捉影更令我神往。

這刻石牆上的顯影：有一隻貓，一張椅子，中間隔著一張桌子。貓兒四腳站立，尾巴豎起，雖然沒有走動，但尾巴還是隨牠意或不隨牠意地擺動。椅子靜止，桌子靜止，合乎於自然規律，合乎於想像。貓兒想探身鑽進桌子下，或跳上椅子嗎？我不知道。我只是外在物事的感官接收者，而非造物主。牆上左邊的貓在我後面應是在右邊的。牆上右邊的椅子在我後面應是在左邊的。因為世界被掰開了真實與幻象兩邊，於是一切便有了雙重性——真身與影子，後方與前方、演員與觀者、光與暗。都是複象，都是疊影。

我處於後方舞台與前方屏幕的交界之間。交界如一條川流不息的河，是一種特殊的存在狀態。後方我背向的木偶舞台——女兒牆，成了一道防波堤。洞穴上面或有山泥傾塌，但有這道防波堤擋著，它成了我囚室另邊的想像邊界，它阻擋生活過於氾濫迫人的現實如山泥傾瀉下來，它成了世界的一條分隔線，讓我有了界限，暫且可以安心作我的囚徒。

身邊陌生囚徒跟我看到的都是同一影像嗎？如眾人在電影院中看著同一齣戲。但即使畫面是一樣的，因為坐落的位置不同，觀看的角度亦必然有異。但其中差異，也許並不僅止於此。

我看到一個熟悉又異常陌生的影子在眼前閃過。她披頭散髮，口中唸唸有詞，雙手是被荊棘捆綁著的，兩腿交疊盤膝如一個打坐者。聲音自牆壁上她的嘴巴處發出，我張開耳朵，聽到她說：「都是捕風，都是捉影。」那聲音源自我的內在又像源自對面的牆壁，聲音在洞穴中迴盪、擴大，失去了準繩的距離感，與其他聲音重疊，久久不能消散。

我低頭沉思，她也低頭沉思。那個影子原來是我自己。我攜著影子同行，面前的影像，是自我影子與他人他物的重疊。沒有絕然客觀外在的世界，每個人的世界都籠罩著自己的影子。我盡量接近內心的陰影，同時無可避免地活在他人的影子之下。

為了更確定眼前其中一個影子是我自己，我開始對著牆上做手影，如我小時候寂寞之時常做著的。我的雙腕雖然被荊棘纏綁，但仍可做有限度的擺動。我以雙手做出一隻飛鷹，飛鷹就出現在我眼前，我擺動指頭搧風，牆上的飛鷹便如擺動翅膀般飛翔。我轉換手勢，飛鷹消失了，隨即又變成了一隻兔子，兔子有一對長長的耳朵。原來我也是一個木偶師。但想想，我又如何可以確知呢，難保我不成別人手中的一個提線木偶，錯把外來物事的感官接收，當作主觀想像的藝術創造？一半的我總是外在於我，或者一半的我被背後我看不到的木偶藝人套了繩套，成了他們的手中活物？如果一半的我落在木偶藝人手上，那坐著觀戲的又是誰？如果坐著觀戲的是我自己，那投在眼前牆壁上的那個自我影子又是誰？一個人可以同時分裂出多少個分身？想到這裡，有人或野獸發出「啊！」的一聲驚喊，聲音中充滿了怖慄；在一人上路的出走旅程中，我想不起多久我沒盡情地吼叫過，現在我可以確定那聲音是源於我的喉頭，不，我底靈魂深處。

我的注意力逐漸離開自己的影子。貓兒在眼前跑走了，有一隻面目猙獰的獸叫獏，吃著不知名的東西叫夢。未幾，我的注意力離開了獸，被另一個女子的影子吸引住。女子有著盤曲的蛇髮，她跳著蘇菲的旋轉舞蹈，蛇髮隨她的舞姿擺動，她非常美麗，雖然我看不到她的面容只看到她的輪廓，但我可以確定，旋舞者就是余心。未幾幾個女子也加入了她的舞蹈，成了旋轉的群舞，而始終以美麗女子為中心。我記得小時候我也是極喜歡旋轉，我不曉得跳舞，只原地站立將自己變成一個陀螺自轉，轉呀轉，轉呀轉，四周不動的景物在眼前環迴飛速旋轉，我閉上眼睛，仍能感知它們的存在，我突然停下來，星團在我頭頂亂冒，伸手幾乎可以觸到星星，儘管最終我只是捏了一把空氣。頃刻之間，我很想加入女子的蘇菲舞蹈，但我的手腳被纏著，我動彈不得，只能看著眼前搖曳的身體舞姿，但即使只是旁觀靜思，我也感受到一種屬靈或屬魔的召喚俘虜著我的心靈。

美潛進了洞穴，不僅只是「知」的範疇。真理真相也許祇能是影子幻象，但因為捉不到，那撲蝶而始終差一分撲不著的本質距離，那預早被判定的徒勞，便有著一份絕然的淒美。我融進了這重光之中，在半明半暗中，洞燭幽微，面前的舞姿不僅是知性的還是美學上的，影子儘管只是單薄的、平面的、表象的，但又滿溢著神祕性，一種深不可測。與身體割裂又始終依附於它，如沒有陽光便無所謂影子。我以火把為燈，以牆為鏡，反映世界同時照見內在，我看不到寬闊的天空，但安於洞見如果這可叫作靈視。如果身後那火把是一把鬼火，眼前的影子是鬼影，我甘心留守於洞穴之中做一個幽靈，最少眼前的顯影足夠讓我迷戀一段日子，不言詩意地棲居，但在我與所在宇宙的關係已然遭到破壞之時，這個洞穴暫且可做我的理想國，我在世界中懸空的括弧，我底靈魂的居所，在層層複象、疊影之間，我將在洞穴的牆壁上刻上這幾個字，我的名字：不安的棲居者。

災難現場

悠悠

洞穴壁石牆上的投影轉換。有人披著一頭散髮，潛進了某人家中。即使蒙上了面紗，這人顯然就是余心，面紗與其說是掩飾，不如說是演員的服裝。她把客廳內塗鴉牆上的文字抹除，重新塗上一層白漆。她走進了家中的書房內，將書櫃內原來整齊放置的書推倒，《說不完的故事》、《失蹤者》、《隱身人》、《看不見的城市》、《失物認領處》、《消失的美學》等一本一本的書從書櫃上跌下來，在地上疊成一個小山丘。她在書桌上拿起了一把剪刀，往已傾倒在地的一些書封面上刮，博爾赫斯給刺了一刀，杜哈斯慘遭毀容，羅蘭巴特一早死了，吳爾芙的書衣給脫下來，書頁鬆脫，她還把一些撕下來，再把完整書頁撕成碎片，拋在半空中，與塵土一起飛揚。撕的時候她說了一句話（還是我的喃喃自語？）：

你說在城市撕出一道缺口，你最後可以撕的不過是自己的書頁。

一些從書本解體下來的書頁沒撕成碎片，而是給摺成一隻隻紙飛機、紙鶴、紙鳶、紙鴉、紙船、紙花、紙心。她很想知道這幢華麗安居是否完全密封，書房三面牆壁的書架已經東歪西倒，剩下的一面牆上有兩扇窗，原本嚴密的關著，蓋著密不透光的紅絨窗簾。她拉開窗簾，再打開窗，把傾巢而出的紙飛機、紙鶴、紙鳶、紙花、紙心等從窗口拋下，連著無數紙碎片一同灑下，此時洞穴壁石牆上的影像離開室內拉到室外，換成一個空鏡，紙片紛飛飄落如絮，原來不下雪的沙城也可上演一幕壯麗的雪景。

後來她撕的已不是書，而是這家中曾幾何時的主人留下的文稿、書信和筆記本。她一邊撕時一邊又原地旋起舞來，紙片隨踏踢的舞步翻飛，落在身上將舞衣裝飾成一條美麗的碎花裙。她拿起了一枝鋼筆指向天空，喃喃唸咒，彷彿在施行著一場法術儀式。那咒語我聽真了，竟是幼稚園學英文時人人都唸誦的"A Man and a Pen"！鋼筆變大，她用鋼筆在地上畫出一道圍欄來，紙碎片疊在圍欄內越積越厚已把她的舞鞋掩蓋，她拾起紙碎片就地紥出一個紙人來，在他頭上捆上一個紙環，還在他背上貼上一雙紙翅膀。她把紙人帶到窗邊，在紙人口中吹入一口氣，然後把他如擲紙飛機般拋出窗外，連同無數的紙飛機、紙鶴、紙鳶、紙花、紙心、信紙一同飄落，一同沉降。紙人墜落時旋起了一股強風，這時候一雙紙翅膀竟然在空中撲動，御風而行，把他帶進蒼穹。

然而紙人還是不敵地心吸力。他的飛行只是延緩他終究掉在地上的結局。但因為延緩了，投在洞穴石牆屏幕上，也足可成一段有高度觀賞性的慢鏡頭。此時，坐在地上手腕纏綁著荊棘的觀者們都屏息靜氣，看著一個紙人從空中飄揚，至在低空飛行，最後沿著地面擦過，掉落在一個下陷彎曲的幽谷盆地上。盆地上已積了厚厚的一層紙碎片，紙人墜落時，剛好有紙碎片當他的床鋪，「噗」的一聲，他沒有吐血，他只是睡著了，安息了，翅膀斷了。

此時石牆屏幕上大特寫紙人安睡的樣子，枕在一個紙墓塚盆地裡如他的搖籃。盆地放大，彎曲如一個女子腰椎末端的曲線。躺臥其上，即便睡著，紙人仍以他的肩胛骨量度其弧度。「這弧度將隨年月與日俱增，一直凹陷進去，終至成為一片低谷。」「別說是低谷，就算人生來到一片深淵，我們也會一起挺過去。」你終於沒有食言，我的遊幽。

石牆上的影像定格。紙片仍不斷飄落。肩胛骨上的翅膀脫落，掉在盆地深淵處打開成一本書，上寫：《一個作家消失了》。出版社：死魂靈。

一場新書發布會，一場作者追思會。

這樣的安排，你喜歡嗎？

在我後方的女兒牆上，此時竟傳來掌聲來。此刻，纏綁在我手腕的荊棘鐐銬自動斷開，我的頭顱也不再僵硬，我甚至可以移動身體，站起來，轉身。在我身後那女兒牆上站著余心、霏霏、斑馬明、掘墓人安安、拾荒者，全都來了，一同見證消失者的出現。當我向他們鞠躬致禮時，他們為我鼓掌，坐著的觀者有些也拍和起來。

遊幽成了第一個寫作寫至消失的人。

我成了第一個憑文字將消失者召喚回來的人。

我與余心之間相隔三十米，彼此連著隱形的線，藕絲的纏。我們拉著隱形的線向彼此走近，終於面貼著面，余心在我耳邊說：「今天是冬至，一年之中，白天最短夜晚最長的一天，家人理應相聚的時分。」「日落前讓捉迷藏終結。」

白晝轉暗，日落剩餘的時間無多了。

一股巨風吹進洞穴口，響起環迴立體的呼呼聲。山泥暴發、石頭滾落、樹木連根拔起，紙漿傾瀉而下，快要將洞穴口封住了。直況畫面映照在石壁屏幕上，遊幽也快要被掩埋了。另邊洞穴口的火焰搖曳著，猛力掙扎，時強時弱。終於不敵急風，熄滅了，再沒有影像。

余心：趁洞穴口還沒完全被封堵之前，快走吧。劈去我們之間隱形的線，否則你離不開這裡。

悠悠：那其他人呢？

余心：各人有各人的運命。放開你手上的提線吧。

悠悠：我不可以將你留下。

余心：快走吧。遁入消失之境的人如遊幽，已無從回返說消失了。你是唯一一個穿越消失之境而尚能逃離的人，還得回塵世作見證，即便他們都不相信你，把你所說的都看作小說。

余心：最後一問，你會恨我把你家園破毀嗎？

悠悠：你知我不忍心，才替我下手。

余心：唯有埋葬，方有重生。你也讓我過足戲癮了。

悠悠：寫作療養院仍需要你。

余心：放心，一天寫托邦尚在，一天余心不滅。我把棒交給你了。

沙中城堡

余心

三年前這裡走進來一個男子，初見時其實我並不能即時辨其性別，因為他面上戴著一個遮掩了大半張臉的口罩（與其說是「口罩」，或者更應稱之為「面紗」）。直至他開聲說話，雖然他結在喉頭上的「亞當的蘋果」並不突出，但明顯是偏男性頻道的，聲音柔性而帶點滄桑，好像是穿越風沙而來的，這也許亦是聲音透過口罩傳來的一種感覺。

我指指他面上說：「在這裡，你可以把它解下了。」

「還是讓我暫時戴著吧。我習慣了它。自從我把它戴著，就更加意識到自己的呼吸。」

「一個人太意識到自己的呼吸，是有危險的。」

「也曾有人這樣勸告我。」男子說。

「我猜想你的面孔一定也很俊美。一天當你願意解下面罩時，請讓我看看。」

我問他是怎麼進來的。他說他是從一個叫「沙城」的地方出走的（沙城，我也曾在這裡住過。我沒有告訴他。）「沙城出了事嗎？」「沙城被一場沙塵暴侵襲。」（難怪他走進來時仍戴著一個口罩，原來是防沙口罩。）「現在情況怎麼樣？」「劫後餘生。」「到底發生甚麼事了？」「這個，我不能三言兩語道出。」

「那你慢慢將故事寫出來吧。你打算在這裡待多久？」

「我打算在這裡把沙城的故事寫完為止。」

「那恐怕你要在這裡終老了。」

「這也是無妨的。」

「沙城的故事太漫長，不如你就記那場沙塵暴吧。」

「一部災難文學。」

「記你如何從沙城走到這裡。」

「一部『出沙城記』。」

「也許你並沒有真正出走。」

「也許我並沒有真正離開。」

「是的，內外不在於腳下土地，有時在乎你的心。」

「我以為自己走了很遠，這裡也許亦是沙城之內。沙城無處不在。」

「那我給你安置一個靜思寫作的地方，那地方儼如一座廢墟，這個地方還沒有名字，它將由你來命名。那裡人跡罕見，全地都是歷經一場風暴倒塌下來的沙粒，你可以在這裡，像你小時候在沙灘那樣，任意堆砌城堡。不同的是，你手中沒有膠泥鏟，也沒有膠水桶。你唯一的道具是你的手。將你所想的直接寫在沙上。將你的沙城故事寫成一部沙中書。

「這裡也沒有時鐘，只有一個沙漏，給你倒算生命。

「這裡沒有人會跟你爭沙，沒有人會惡作劇般將你悉心堆砌的城堡推倒，唯一我要叮囑你的是，這裡偶有海浪淹至，遇到大浪沖上灘頭，你的城堡可以毀於一旦。」

「那不正是沙城的本質嗎。」男子說。

「那不正是寫作的本質嗎。」余心說。

我們相視，微笑，低頭，沉默，不語。

當代名家・潘國靈作品集2

寫托邦與消失咒

2016年7月初版 定價：新臺幣350元

著者 潘國靈
總編輯 胡金倫
總經理 羅國俊
發行人 林載爵

叢書編輯 陳逸華
封面設計 兒日
封面繪圖 麥秋
校對 施亞蒨

出版者 聯經出版事業股份有限公司
地址 台北市基隆路一段180號4樓
編輯部地址 台北市基隆路一段180號4樓
叢書主編電話 (02)87876242轉224
台北聯經書房 台北市新生南路三段94號
電話 (02)23620308
台中分公司 台中市北區崇德路一段198號
暨門市電話 (04)22312023
台中電子信箱 e-mail：linking2@ms42.hinet.net
郵政劃撥帳戶第0100559-3號
郵撥電話 (02)23620308
印刷者 世和印製企業有限公司
總經銷 聯合發行股份有限公司
發行所 新北市新店區寶橋路235巷6弄6號2樓
電話 (02)29178022

行政院新聞局出版事業登記證局版臺業字第0130號

本書如有缺頁，破損，倒裝請寄回台北聯經書房更換。 ISBN 978-957-08-4771-0 (平裝)
聯經網址： www.linkingbooks.com.tw
電子信箱：linking@udngroup.com

國家圖書館出版品預行編目資料

寫托邦與消失咒/潘國靈著．初版．臺北市．
聯經．2016年7月（民105年）．336面．
14.8×21公分（當代名家・潘國靈作品集2）

ISBN 978-957-08-4771-0（平裝）

857.7 105010583